MIT DEM VATER
DES BABYS IM BETT

Band 9 der Serie
Mit den Junggesellen im Bett

von

VIRNA DEPAUL

Mit dem Vater des Babys im Bett

Copyright © 2017 by Virna DePaul

BÜCHER von VIRNA DEPAUL

LIEBE AM SPIELFELDRAND SERIE

KISS TALENTAGENTUR SERIE

DIE SERIE ‚MIT DEN JUNGGESELLEN
IM BETT' UMFASST

DIE SERIE, ROCK'N'ROLL CANDY

DIE SERIE, HEIMKEHR NACH GREEN VALLEY

DIE SERIE, HART WIE STAHL

VERRÜCKT NACH DEM VERKEHRTEN KERL

EINEM WERWOLFKÄMPFER VERFALLEN

INHALTSBESCHREIBUNG

Der wohlhabende Dante Callaghan hat seinen Playboy-Ruf sicherlich verdient. Doch jetzt muss er sich um seine jüngere Schwester kümmern, und er hat bereitwillig Nachtclubs und One-Night-Stands eingetauscht gegen Disneyfilme und Spieltreffen. Außerdem ist er zum ersten Mal in seinem Leben daran interessiert, sich auf eine einzige, besondere Frau einzulassen. Dummerweise möchte Aurora LeMonde nichts mit ihm zu tun haben – bis sie ihre Einstellung eines Abends unerklärlich ändert.

Auch wenn sie sich unleugbar zu Dante hingezogen fühlt, ist Aurora dennoch davon überzeugt, dass ihr zukünftiges Glück von einem anderen Mann abhängt. Als sich das als falsch erweist, fehlt Aurora die Kraft, den Trost, den Dantes Arme ihr bieten, abzulehnen. Doch sobald Dante sie berührt, kann sie an nichts anderes mehr denken, und bald schon muss sie einsehen, dass er der einzige ist, der ihr Herz jemals wirklich berührt hat.

Kann Aurora, als sie feststellt, dass sie Dantes Baby unter dem Herzen trägt, darauf vertrauen, dass der Vater ihres Kindes auch der Mann ihrer Träume ist? Und wird Dante sich nicht weiter auf nur eine ihrer Seiten beschränken und sie ganz für sich beanspruchen, ihren Körper und ihre Seele.

KAPITEL EINS

Aurora LeMonde lächelte heiter jeden Gast an, der an ihr vorbeiging. Sie war fest entschlossen, bei der jüngsten Wohltätigkeitsgala ihrer Firma Selbstvertrauen und Ruhe auszustrahlen, obwohl sie sich eher fühlte als hätte sie Rasierklingen verschluckt. Sie ermahnte sich selbst, das nicht zu tun. Sich nicht selbst zu quälen. Ihn nicht anzusehen – *sie* nicht noch einmal anzusehen. Leider war Auroras Selbstkontrolle, wie so oft, wenn es um ihren Boss, Giovanni Esposito, ging, gleich null. Innerhalb von Sekunden hatte sie ihn ausgemacht, ihn durch den ganzen Raum hindurch erspäht, ihn, der aussah, wie die personifizierte italienische Sünde in maßgeschneidertem Anzug. Er sah überhaupt nicht in ihre Richtung, seine ganze Aufmerksamkeit galt dem Rotschopf an seiner Seite.

Ob er es nun wusste oder nicht, Gio blickte auf die Liebe seines Lebens hinab.

Auroras Augen drohten überzulaufen, ihre Kehle schnürte sich zu und hinter ihren Brauen verdichtete sich alles. Doch sie war ja ein Profi, atmete einmal tief durch und schluckte ihre Gefühle hinunter.

Sie arbeitete nun schon seit fünf Jahren für Gio. Lebte und atmete ihn. Liebte ihn heftig und still. Irgendwann, so war sie überzeugt, würden die kosmischen Puzzlestücke des Universums an ihren Platz finden, dann würde Gio an ihrem Büro vorbeikommen, sie im genau richtigen Bleistiftrock im genau richtigen Licht mit genau der richtigen Menge Haar, die über ihre Schulter fiel, sehen, und ganz plötzlich würde er sie einfach ... belohnen.

Doch sie hatte ihre Gelegenheit verpasst. Oder vielleicht hatte sie überhaupt nie eine Chance gehabt. Denn die ganze Zeit über hatte eine hübsche rothaarige Frau gelebt und geatmet, und jetzt sah Gio sie auch noch *so* an. Als existiere er erst durch ihr Erscheinen.

Also hatte Aurora tatsächlich nie eine Chance gehabt. Nicht, was sein Herz anging. Denn dieser Ausdruck in seinem Gesicht? Der Blick sah nach Vorsehung aus.

Einem Impuls nachgebend schnappte Aurora sich ein Champagnerglas von einem vorbeigehenden Kellner und kippte die Flüssigkeit in sich hinein. Vielleicht hatte sie keine Chance auf sein Herz gehabt, aber es wäre verdammt noch mal ganz nett gewesen, ein- oder zweimal mit ihm zu schlafen. Da hätte sie wenigstens etwas gehabt, an das sie sich erinnern konnte im Altersheim, wo sie unweigerlich allein sterben würde.

Nicht dass sie verbittert oder sonst etwas war.

Sie schaute sich die Leute in ihrer Nähe an. Die meisten kannte sie, es waren Gios Klienten, Geschäftspartner oder Freunde. Da gingen sie hin, lächelnd und freundlich, einige schauten sie mit warmer

Vertrautheit an, doch keiner kannte sie wirklich. Keiner wusste, dass sie innerlich ihre Knie umklammert hielt und in einer Ecke vor sich hin schaukelte. Oder dass sie von hier fortgehen und allein in ihr Bett kriechen würde, wie sie es immer tat. Sie hatte seit Jahren keine Verabredung gehabt. Selbst wenn sie nur mit einem Mann flirtete, kam sie sich Gio gegenüber untreu vor.

Bei dem Gedanken konnte sie es sich nicht verkneifen, freudlos in ihren Champagner zu schmunzeln.

Sie war einem Mann treu gewesen, der sie als eine Schwester, eine Freundin, eine Kollegin betrachtete.

Treu einem Mann, der sie zwar berührt, aber nie *berührt* hatte. Sie hatte aus einem Tippen auf die Schulter hier und da viel zu viel gemacht, oder der Hand, die ihr ins Taxi half oder aus einigen wenigen, wahrlich glorreichen Momenten, in denen er sie triumphierend umarmt hatte, wenn in der Firma etwas richtig gut gelaufen war.

Ach, wie besessen hatten sich diese Momente in ihr Gehirn gebrannt.

Aurora nahm noch einen Schluck von ihrem Champagner und sagte sich dann, dass sie nur noch zwanzig weitere Minuten hier investieren musste, dann konnte sie sich davonmachen. Es handelte sich um eine Wohltätigkeitsveranstaltung gegen Lungenkrebs, viele ihrer Klienten hatten großzügig dafür gespendet. Einige einflussreiche Persönlichkeiten waren anwesend, darunter die Milliardäre Jamie Whitcomb und Eric Davenport aus Los Angeles, der von Montana aus, seinem selbst gewählten Exil, hergeflogen war, nur für diesen Anlass.

Sie musste gute Miene machen und sich unters Volk mischen, selbst wenn ihr Herz dabei brach.

Sie stellte ihr leeres Champagnerglas auf einen Abstelltisch und drehte sich zur Musik um. Leider stand sie nun direkt vor George Mills Junior, dem Sohn ihres ältesten Klienten. George war einer der schleimigsten Menschen, denen zu begegnen Aurora je das Pech hatte, und schon seit Jahren musste sie seine lästigen Annäherungsversuche ertragen. Obwohl sie ihm ihr mangelndes Interesse ziemlich klar zu verstehen gegeben hatte, hatte er keine Anstalten gemacht, seine Nachstellungen aufzugeben.

Seine Beharrlichkeit konkurrierte allein mit der eines anderen Mannes, einem Geschäftskollegen, der ebenfalls sein Interesse überaus deutlich bekundet hatte. Nur *der* Mann war alles andere als schleimig.

Ein ewiger, unverbesserlicher Verehrer.

So selbstbewusst, dass es einen wütend machte.

Übermäßig gutaussehend.

Überirdisch sexy.

Ja, Dante Callaghan war all das.

Doch Aurora war an dem notorischen Playboy nicht interessiert gewesen, als sie ihn vor vier Jahren kennenlernte. Und obwohl er es mehr als einmal geschafft hatte, sich in ihre Träume zu schleichen, hatte sie auch jetzt noch kein Interesse. Soweit es sie betraf war Gio der Mann für sie. Jetzt musste sie wohl akzeptieren, dass sie nicht füreinander bestimmt waren, aber, ach, wie sehr wünschte sie sich, sie hätte das nicht in der Gegenwart von

George Junior tun müssen.

„Noch einen kleinen Refill, Ms. LeMonde?", fragte er und schob ihr ein Champagnerglas in die Hand, bevor sie überhaupt Gelegenheit bekam zu antworten.

Sie nahm es, aber nichts in der Welt hätte sie dazu bringen können, etwas zu trinken, das George Jr. ihr gegeben hatte.

Er warf ihr einen anzüglichen Blick zu, seine Augen reichten kaum höher als bis zu ihrem Halsausschnitt. Aurora war groß, und mit ihren 1,78m hatte sie den perfekten Blick auf den fleischfarbenen Kreis oben auf George Jr.s Kopf.

Endlich schafften seine Knopfaugen es hinauf zu ihrem Gesicht. „Amüsieren Sie sich?"

Welche Antwort erwartete er? Schließlich war es ihre Firma, die diese Wohltätigkeitsveranstaltung schmiss.

„Aber natürlich", antwortete sie ruhig. „Ist doch ein ganz wundervolles Ereignis. Ist Ihr Vater auch hier? Ich würde mich freuen, ihn zu sehen."

Das stimmte. George Senior war ein vertrauenswürdiger Klient. Ehrlich, fair, eine echte Persönlichkeit. Es war Aurora ein vollkommenes Rätsel, wie er jemanden wie George Jr. hatte hervorbringen können. Sie schielte einen Moment nachdenklich auf den kleinen Mann hinab.

Er stürzte sich gleich auf ihre augenblickliche Aufmerksamkeit wie ein Mann, der versuchte, mit bloßen Händen einen Lachs aus dem Fluss zu ziehen. „Leider hatte er heute Abend anderweitige Pläne. Haben Sie sich

Gedanken über mein Angebot gemacht?"

Auf der anderen Seite des Raums warf die Frau an Gios Seite ihren Kopf in den Nacken und lachte über etwas, das er ihr ins Ohr flüsterte. Auroras Magen zog sich zusammen. Oh, Gott. Sie hatte noch nie gesehen, dass Gio jemandem etwas ins Ohr flüsterte. Gott. Herrgott Sakrament. Aurora spürte, wie sie für einen Augenblick jegliches Gefühl für Zeit und Raum verlor. Und das war auch noch ein echtes Lachen gewesen. Nichts Affektiertes oder Künstliches. So sehr sie es auch hasste es zuzugeben, Aurora fing an zu glauben, dass sie Gios Frau unter anderen Umständen vielleicht sogar gemocht hätte. Bei dem Gedanken verkrampfte sich ihr Magen nur umso mehr.

Aurora versuchte, sich auf George Jr.s verkniffenes kleines Gesicht zu konzentrieren. In der Sekunde, in der er merkte, dass sie ihn wieder ansah, sprangen seine Augen von ihrer Brust hinauf.

Aurora verkniff sich ihre Wut. Das passierte ihr nun schon seit sie fünfzehn war. Männer waren in so vielen Punkten einfach eine schlicht und vorhersehbare Spezies. „Entschuldigen Sie, was haben Sie gesagt, Mr. Mills?"

Etwas flammte in George Jr.s Augen auf, als sie ihn so förmlich anredete, und Aurora hätte sich am liebsten übergeben. Nicht in einer Million Jahre hätte sie wissen wollen, welcher Gedanke für diesen lüsternen Gesichtsausdruck verantwortlich war.

„Ich habe gefragt, ob Sie noch einmal über mein Angebot nachgedacht haben. Erinnern Sie sich? Ich habe mit Ihnen darüber gesprochen, als wir uns an Silvester begegnet sind. Mein Strandhaus?"

Ah, ja. Das Strandhaus. Die kleine Knalltüte hatte doch tatsächlich den Nerv gehabt, sie einzuladen, eiskalt, zu einem privaten Wochenende in seinem Strandhaus in Malibu. Nur sie beide.

„Lustig", Aurora konnte eine scharfe Erwiderung kaum zurückhalten. „Ich hatte das für einen Annäherungsversuch gehalten, kein Angebot."

George Jr.s Wangen wurden augenblicklich knallrot. „Ich wollte bloß–"

„Sehen, ob Ms. LeMonde sich vom Geld Ihres Daddys verführen lässt?"

Die tiefe Stimme kam von hinten, ebenso wie die große, warme Hand, die sich jetzt auf ihr Kreuz legte. Auroras gesamter Körper verkrampfte sich.

Großartig. Genau das hatte ihr jetzt noch gefehlt.

Dante *Fucking* Callaghan. Sie war sowas von überhaupt nicht in der Stimmung für seine Gegenwart, die einem die Luft nahm. Trotzdem musste sie sich beherrschen, sich nicht umzudrehen, um sein sicherlich umwerfendes Aussehen anzuhimmeln. Sein hellbraunes Haar war kurz, doch immer sah es irgendwie etwas zerzaust aus, und immer war sein scharfes Gesicht etwas verschattet, immer leuchteten seine blauen Augen durch ein inneres Feuer, das sie wärmte, wenn sie zu lange in sie hinein schaute. Dante war nicht laut oder aufdringlich, doch er war beeindruckend und souverän. Er füllte jeden Raum mit seinen breiten Schultern, seinen alles sehenden

Augen und seinem ständig halb amüsierten Grinsen.

George Jr. fing an zu haspeln und wurde nur noch roter. Dante stand immer noch direkt hinter ihr, doch sie konnte sein kaum zurückzuhaltendes Amüsement spüren. Sie schaute auf ihre Hände, als eine seiner großen Pranken ihren unberührten Champagner wegnahm und durch einen frischen ersetzte.

Endlich trat er vor sie, und Aurora wurde im selben Moment von dem unendlichen Nachthimmel seiner dunkelblauen Augen verschlungen. Diese verdammt umwerfenden Augen. Die mussten natürlich auch noch an dem ärgerlicherweise attraktivsten Mann der Geschichte angebracht sein.

„Ich wollte nichts in der Art andeuten, Aurora!", beharrte George jr., der sich wie ein Ballon aufblähte. „Wenn Sie es unbedingt wissen müssen, Mr. Callaghan, ich wollte nur–"

„Tun Sie sich selbst einen Gefallen, Junior, und verschwinden Sie, bevor Sie sich noch tiefer reinreiten", meinte Dante und nippte beiläufig an seinem Getränk, während er sich näher an Aurora stellte.

Aurora hätte sich beinahe an dem Champagner, den sie gerade trinken wollte, verschluckt. Sie hatte immer gewusst, dass Dante respektlos war, doch George Mills jr. war der Sohn eines der einflussreichsten Männer der Stadt. Als einer der besten Analysten im Geschäft, arbeitete Dante oft mit Gio zusammen an Projekten, das war auch der Grund, weshalb Aurora ihn so oft sah.

Zu oft für ihren Geschmack.

George Jr., der sich offensichtlich dazu entschlossen hatte, klein beizugeben, zumindest dieses Mal, nickte steif in Auroras Richtung und drehte sich auf dem Absatz um.

Sie schaffte es irgendwie, ein dankbares Lächeln zu unterdrücken. „Also ehrlich, Dante", sagte Aurora und sah ihn vorwurfsvoll an.

„Was denn?" In einer geradezu kindlichen Geste hob er seine Hände. „Er hat sich wie ein Sackgesicht aufgeführt, also habe ich dafür gesorgt, dass er sich wie ein Sackgesicht fühlt. Was ist daran so schlimm?"

Aurora verdrehte die Augen und vergrößerte den Abstand zwischen ihnen beiden um ein paar Zentimeter. „Was daran so schlimm ist, ist, dass er der Sohn unseres größten Klienten ist."

Weil sie plötzlich das Gefühl hatte, das nicht eine Minute länger ertragen zu können – verdammte berufliche Verpflichtungen – stellte Aurora ihr Glas ab und wollte weggehen.

„Ach, komm schon, LeMonde, du weißt, dass Mills nirgendwo anders hingehen wird, egal wie oft Juniors Gefühle verletzt werden. Er schwört auf dich und Gio."

„Das mag ja sein", erwiderte sie gleich, die Worte brannten auf ihrer Zunge und wollten überraschend leicht hinaus. Nachdem sie gefühlt ihr ganzes Leben lang Dinge zurückgehalten hatte, die sie im gleichen Moment hatte loswerden wollen, war es ganz angenehm, mal ein wenig schärfer mit jemandem sprechen zu können. „Aber warum soll man es drauf ankommen lassen? Das ist wieder ganz typisch für dich, dass du handelst, ohne vorher nachzudenken, und dann einfach verschwindest, denn derjenige, der hinterher die Scherben aufsammeln muss, ist dir scheißegal!"

„Welche Scherben?", wollte er wissen, stellte sich vor sie und unterbrach ihren Ausbruch. „Und wer ist derjenige?"

Aurora riss sich kurz zusammen und hätte am liebsten die Fäuste in die Hüften gestemmt. Doch sie wusste nur zu gut, wie das aussehen würde. Zwei Menschen, die am Rand einer Firmenparty miteinander stritten. Bei dem Gedanken faltete sie ihre Hände vorsichtig vor sich ineinander und biss ihre Zähne zu einem, wie sie hoffte, für alle von weitem sichtbaren höflichen Lächeln zusammen.

„George Juniors verletztes kleines Ego sind die Scherben, die ich meine. Und *ich* bin diejenige, die es beim nächsten Mal, wenn er ins Büro kommt, pflegen darf. Und dann muss ich die ganze Zeit ausweichen vor ..." Wovor? Seinen Händen? Augen? Seinem Atem? Jede Option war für Aurora gleich abstoßend, und sie gab die Wahl auf. „...allem!"

Dantes Kiefer verkrampfte sich, bevor er sich wieder entspannte und seufzte. „Du hast recht", sagte er und nahm ihren Ellbogen in die Hand, als sie versuchte, an ihm vorbeizugehen. „Ich hätte mich nicht so einmischen sollen. Ich wollte nur, dass er seine verdammten Augen in seinen Kopf zurückholte, wo sie hingehören."

„Damit sind wir schon zu zweit", räumte Aurora ein. Sie sah ihn misstrauisch an. Warum war er nur so nett? So

... menschlich. Normalerweise hätte er sie, wenn sie schon so lange miteinander sprachen, mindestens bereits zweimal gefragt, ob sie mit ihm ausgehen würde. Stattdessen stand er hier und sah ihr tatsächlich in die Augen, behandelte sie, als verstünde er ihre Probleme.

Und dann wanderte sein Blick auf ihren Busen.

„Er hat ganz schön Glück gehabt, dass ich ihm die Augen nicht zugetackert habe dafür, dass er dich so angesehen hat, Jessica."

Auroras Kinnlade fiel herunter. Uuund das Arschloch war zurück. Er begutachtete doch tatsächlich ihren ganzen Körper mit diesen tiefblauen Augen und nannte sie auch noch beim falschen Namen.

„Soll das ein verdammter Scherz sein, Callaghan?" Ihre professionelle Fassade verbrannte auf Chipgröße, als ihre Gereiztheit ihren Höhepunkt erreichte. Sie ging einen Schritt vor in seinen Nahbereich und legte einen Finger auf seine breite Brust. Aurora war mit ihren Absätzen groß, an die 1,83 Meter, doch er überragte sie immer noch. Sein sündiger Mund verzog sich zu einem Grinsen, und sein dunkles Haar fiel ihm über die Braue. „Wir arbeiten nun schon seit vier Jahren zusammen, die *ganze* Zeit über baggerst du mich an wie so ein dämlicher Lackaffe, und du bekommst nicht einmal meinen Namen hin? Gott! Was bin ich eigentlich? Ein Magnet für Fuckboys?"

Sie warf ihre Hände in die Luft als richtete sie diese Frage an das Universum selbst, und Dante schnappte sich mit Leichtigkeit eine ihrer Hände aus der Luft und verflocht seine Finger mit ihren.

„Ich kenne deinen Namen, Aurora, vertrau mir. Ich habe ihn schon oft genug nach Geschäftstreffen in mein Kissen gestöhnt."

Aurora zwang sich einen neutralen Gesichtsausdruck auf, da sie ihm nicht die Befriedigung gönnte, dass sie schockiert war. „Du bist so ein Schwein, Callaghan."

„Nein", korrigierte er sie und hielt ihre Hand ganz fest, als sie versuchte, sie ihm zu entziehen, und beschrieb mit seinem Daumen einen Kreis auf ihrem Handgelenk. „Ich bin ein Mann. Und du bist die schönste Frau im Raum, egal in welchem Raum."

Einen Moment lang sorgten seine Worte dafür, dass Freude sie durchfuhr, doch sie sagte sich, dass das alles war: hübsche Worte eines Meisters der Verführung. Sie schmunzelte und zog erneut an ihrer Hand. „Und doch kannst du dich scheinbar nicht an meinen Namen erinnern."

„Ich habe dich nur deshalb Jessica genannt, weil du in deinem Kleid aussiehst wie Jessica Rabbit."

Aurora bereute gleich das überraschte Lachen, dass aus ihr hervorsprudelte. Sie biss es weg, ignorierte den zufriedenen Ausdruck auf seinem Gesicht. Aurora schaute auf ihr rotes, bodenlanges Abendkleid hinunter. Es war verdammt sexy, nahm sie an. Doch es ging eindeutig eher in Richtung klassisch als in Richtung Sexbombe. „Tue ich nicht."

„Und ob. Glaub mir, als ich dich von der anderen Seite des Raums aus gesehen habe, hab ich Stielaugen wie im Comic bekommen." Mit seinen Händen machte er ihr vor, wie seine Augen aus dem Kopf vortraten.

Aurora verbiss sich eine weitere Lachsalve, verschränkte ihre Arme und brachte ihre Hände aus seiner Reichweite. „Nun, hört sich an als wäre das dein Problem, nicht meins. Wenn du mich jetzt bitte entschuldigen würdest, da sind ein paar Klienten, mit denen ich noch sprechen muss."

Sie wusste, dass sie sich gerade sehr hochnäsig verhielt. Und die Esposito-Gruppe arbeitete *tatsächlich* häufig mit Dantes Firma an größeren Projekten, aber mal ehrlich, sollte ihr Benehmen dazu führen, dass sie diese Partnerschaft verloren, dann würde ein Teil in ihr sich freuen, dass sie nicht mehr so viel mit ihm zu tun hätte. Er war einfach nur nervtötend. So groß und direkt. So frustrierend umwerfend und verführerisch, selbst wenn alles für ihn nur ein Spiel war.

Gott sei Dank schaffte sie es davon zu kommen, ohne dass Dante versuchte, sie aufzuhalten. Sie redete sich ein, dass sie das nicht enttäuschte. Und in Wahrheit war sie auch nicht sehr überrascht. Dante flirtete nun mal gern, und er hatte schon bei mehr als einer Gelegenheit klargemacht, wie sehr er sie wollte, zumindest körperlich. Doch er war nie zu weit gegangen. Darüber hinaus war er immer, in jedem ihrer Meetings, gewissenhaft professionell.

Sie hatte gar nichts gegen die Aufmerksamkeit, die er ihr schenkte. Genauso, wie sie auch nichts dagegen hatte, dass sein Blick auf ihrem Arsch klebte, als sie davon ging. Sie konnte ihm nur nicht nachgeben – selbst wenn das

Wissen, dass Gio jetzt, in eben diesem Moment mit der rothaarigen Frau seiner Träume zusammen war, sie am Boden zerstörte.

Aurora verschmolz mit der Menge und ließ sich gleich in eine Unterhaltung hineinziehen. Noch zehn Minuten, dann wäre sie hier weg.

Mit nichts als einem Wochenende voller Eis und Gedanken an Gio. Oh, welch Freude!

Sie wollte sich gerade von der Party davon schleichen, denn ihre zeitlichen Verpflichtungen hatte sie komplett erfüllt, als eine Hand ihr auf die Schulter tippte.

Aurora zwang sich zu einem freundlichen Gesichtsausdruck und drehte sich zu Gios Brust um.

„Du gehst schon so früh?", fragte er ganz freundlich, ohne die Spur eines Vorwurfs.

Er sah glücklich aus, wie Aurora sowohl mit einem niederschlagenden als auch einem erhebenden Gefühl in der Magengegend feststellte. Sie wollte ja, dass er glücklich war. Sie war nur immer noch verunsichert darüber, dass er mit einer anderen Frau glücklich war.

„Kopfschmerzen", sagte sie, und ihr war nur zu gut bewusst, dass sie sich gerade wie ein Feigling verhielt.

Besorgt verengten sich Gios Augen augenblicklich. „Bist du krank?"

„Nein, nein", beeilte sie sich zu sagen und fühlte sich schlecht, weil sie ihn angelogen hatte. „Bin nur etwas müde, das ist alles."

„Nun, meinst du, du bekommst noch fünf weitere Minuten Smalltalk hin? Da ist jemand, den ich dir gerne vorstellen wollte."

„Klar", sagte Aurora schwach, denn sie wusste sehr wohl, wen er ihr vorstellen wollte. Ihre Brust zog sich zusammen, und ihr Puls begann zu toben, wie ein Sturm draußen auf dem Meer. Wie in Trance folgte sie Gio durch die Menschenmenge.

Und da war sie, die hübsche Rothaarige. Sie stand genau da. Sie sah perfekt und zierlich aus und sagte etwas zu Aurora, das sie bei dem lauten Dröhnen in ihren Ohren kaum hören konnte.

Aurora schüttelte ihr die Hand, nickte und lachte höflich an den richtigen Stellen. Und dann, drei Minuten später, nachdem sie einander noch einen schönen Abend gewünscht hatten, entfernte sie sich von ihnen.

Im hinteren Gang bei der Garderobe starrte sie einen leeren Punkt in der Luft an und kam wieder zu sich. Was zum Teufel war gerade geschehen? Sie hatte gerade die Frau kennengelernt, die Gio nun mit nach Haus nehmen, und mit der er schlafen würde. Darüber hinaus hatte sie gerade Gios zukünftige Frau kennengelernt. Sie wusste es einfach. Sie fühlte es in den Knochen. Sie war keine Hellseherin, nicht wie ihre Mutter, das hieß aber nicht, dass sie nicht über eine überdurchschnittliche Intuition verfügte.

Aurora spürte, wie eine Übelkeit erregende Panik sie durchfuhr. Gios Frau war so hübsch. Süß und nett. Rose. Die hübscheste Blume, die es gab.

„Aurora?"

Sie biss die Zähne zusammen bei dem Klang der

kiesigen Stimme, die ihr einen Schauer den Rücken hinunter jagte.

„Was ist?" Sie konnte es sich nicht verkneifen, zu blaffen, während sie sich umdrehte und Dante im schummrigen Licht des hinteren Gangs gegenüber stand.

Er hob seine Hände, als wollte er sich ergeben. „Ich bin nicht gekommen, um dich wütend zu machen. Geht es dir gut? Du siehst aus, als hättest du gerade einen Geist gesehen."

Aurora betrachtete ihn in dem bläulichen Licht, ihre verschwommene Sicht wurde auf einmal schmerzhaft klar. Der Partylärm wurde leiser, als Schatten über sein Gesicht zogen, die sein scharfes Kinn betonten, sein unendlich tiefen blauen Augen und die dunklen Brauen. Er war so groß, dass er verdammt noch mal beinahe den ganzen Gang einnahm. Er war tatsächlich sogar so groß, dass Aurora sich in seiner Nähe klein fühlte. Und das wollte schon etwas heißen, denn sie war nie klein oder zierlich gewesen, nicht einmal, als sie noch ein Kind gewesen war.

Sein Duft – Seife und Waschmittel und Whiskey – wehte in dem kleinen Raum zu ihr herüber, und ihr Puls begann zu rasen. In diesem Moment, zum allerersten Mal überhaupt, öffnete sie sich dem Hingezogensein, das sie zu ihm spürte, und dachte über die Möglichkeiten nach ...

Sie neigte ihren Kopf, musterte ihn, und seine Brauen zogen sich zusammen, als versuchte er, aus ihrer Stimmung schlau zu werden.

Ein Gedanke machte sich in ihr breit. Ein gefährlicher Gedanke. Und dennoch ein interessanter. Warum sollte

Gio der einzige sein, der heute Nacht beschäftigt war? Sie konnte eine gute, altmodische, schweißtreibende Sünde jetzt nur allzugut gebrauchen. Es war schon lange genug her.

Vielleicht würde es helfen. Doch nur, wenn es heiß war. Sie brauchte etwas, das heiß genug war, um ihr diese Gefühle der Eifersucht und des Verlustes auszubrennen.

Also war die Frage nun, ob Dante Callaghan es so kurz vor der Ziellinie noch vermasseln würde, oder ob er es ihr so richtig besorgen würde. Ihr Blick senkte sich auf seine großen Hände, die er halb in seine Hosentaschen geschoben hatte. Sie passten zu der beeindruckenden Breite seiner Schultern. Und schließlich fokussierten sie die unübersehbare Wölbung hinter seinem Reißverschluss.

Sie hob die Brauen. Naja, selbst wenn er schrecklich im Bett wäre, damit konnte sie was anfangen. „War das alles nur Gerede?", fragte sie ihn, ihre Stimme klang selbst in ihren Ohren rau und verführerisch.

Er runzelte die Stirn und hob eine Braue. „Bitte?"

Sie ging einen Schritt auf ihn zu. „All diese hübschen Worte, die du in all den Jahren immer für mich übrig hattest. War das nur Gerede? Hattest du vor, jemals etwas daraus zu machen?"

Dantes Augen verengten sich gleich, als er verstand, während er ansonsten vollkommen ruhig blieb. „Möchtest du, dass ich etwas daraus mache?"

Aurora zuckte langsam mit einer Schulter und spürte, wie der Stoff ihres Kleides über ihrem Busen spannte. Sie fühlte sich waghalsig und notgeil und als würde ihre Seele

17

vertrocknen, wenn sie ihr heute Nacht nicht etwas zu naschen gab. Und was sie ihr in genau diesem Moment zu naschen geben wollte war Dante Callaghan.

„Aus irgendeinem Grund ja. Das möchte ich. Also, was sagst du?"

KAPITEL ZWEI

Dante war kurz davor, auf die Knie niederzusinken und dem gütigen Universum dafür zu danken, dass er sich doch hatte überwinden können, heute Abend zu dieser Party zu gehen. Selbst noch auf dem Weg hierher hatte er gewusst, dass das mal wieder vergebliche Liebesmüh sein würde. Er würde Aurora sehen können, mit ihr so lange flirten, wie sie seine Anwesenheit ertragen konnte, und dann eben wieder fahren. Mittlerweile wusste er, wie es lief. Er machte das ja nun schon seit vier Jahren.

Sie war die eine Frau, die er einfach nicht aus dem Kopf bekommen konnte. Sie hatte ihn fortwährend zurückgewiesen, ihre Rüstung war kein kleines bisschen gebröckelt, und der Grund war nicht schwierig zu erraten. Es war nicht, dass sie sich nicht zu ihm hingezogen gefühlt hätte – er konnte das lodernde Verlangen in ihren Augen sehen, auch wenn sie versuchte, es zu verbergen. Und es war auch nicht, dass sie ihn für unsympathisch oder langweilig hielt – was sie auch nicht gut verbergen konnte, war das Lächeln, das sie manchmal kaum zurückhalten konnte. Er hatte den Verdacht, dass Auroras Weigerung, auch nur den Gedanken an die Möglichkeit mit Dante auszugehen zuzulassen, mit seinem Ruf zusammenhing, ein Ladykiller zu sein. Und Gott wusste, dass er den verdient hatte. Doch das meiste davon lag lange zurück. Als seine kleine Schwester Michelle bei ihm eingezogen war, hatte er so nicht weitermachen können. Und in Wahrheit hatte dieser Lebensstil ihn auch schon zu langweilen begonnen. Jetzt gab es mehr als genügend Abende, an denen Dante sich einfach nur entspannte, während er zu Hause mit einem kleinen Mädchen Alles steht Kopf schaute. Oder an denen er es sich manchmal leider mit ihr im Krankenhaus ansehen musste, denn Michelle hatte eine seltene Blutkrankheit, das Von-Willebrand-Jürgens-Syndrom, dessentwegen sie ziemlich oft zum Arzt musste, und manchmal musste sogar eine Krankenschwester bei ihnen wohnen. Er fand eine Frau, wenn er eine brauchte, doch das kam nicht sehr häufig vor. Sein Leben war nun weit entfernt von den Clubs und Bars, die er früher frequentiert hatte.

Doch er vermisste sein altes Leben nicht sehr.

Was er jedoch vermisste war Aurora, wenn er nicht in ihrer Nähe sein konnte. Und genau das war sein Pech.

Er schmachtete nicht nach ihr, war nicht verliebt. Er kannte sie gar nicht gut genug, um sie zu lieben. Doch er wusste, dass sie gut zusammen passen würden, wenn sie ihm nur eine Chance gäbe. Als seine Tante Michelle eingeladen hatte, heute bei ihr zu übernachten, hatte er sich gedacht: Verdammt, warum soll ich nicht losziehen und mir mal wieder eine Abfuhr bei Aurora holen?

Schon lustig, dass er es als reizvoller empfand, von ihr

abgewiesen zu werden als mit irgendeiner anderen Frau auszugehen.

Und jetzt stand Aurora hier vor ihm, das schwache Licht des Flurs wie eine Decke um sie gelegt, ihre großen, umwerfend haselnussbraunen Augen zwinkerten ihm in der Dunkelheit zu, und das rote Seidenkleid, das sie trug, ließ Dante schwören, dass sie sicher wie Kirschen schmeckte.

Alles Blut in seinem Körper rauschte in genau dem Moment gen Süden, als sein Atem seine Brust verließ. Er fühlte sich als stünde er am Rand einer Klippe, als beobachtete er die Wellenbewegung des Ozeans, damit er nicht auf dem Fels aufschlug, wenn er den Sprung seines Lebens wagte.

Sein Körper schrie danach, auch die letzte Distanz zwischen ihnen zu überschreiten. Es wären zwei Schritte gewesen. Schon oft in seinem Leben hatten sie zwei Schritte voneinander entfernt gestanden. Doch heute waren es aus irgendeinem Grund zwei Schritte mit dem Wissen, dass sie ihn wollte *und* endlich weiter gehen wollte.

Er merkte, wie er sich bereits in ihre Richtung vorneigte, doch dann schlang sein Hirn ein Lasso um seinen Schwanz und zog ihn zurück. Die Wendung *aus irgendeinem Grund* hallte in seinem Kopf wider, als er seine Arme vor der Brust verschränkte und Aurora musterte. Er hatte nicht gelogen, als er ihr gesagt hatte, sie sei die schönste Frau in jedem Raum, den sie betrat. Dante bekam häufig Herzrasen und seine Hände schwitzten, wenn er ihr bei geschäftlichen Meetings gegenüber saß.

Und jetzt war sie hier, diese umwerfenden, vollen Lippen leicht geöffnet, nur die Spitze ihrer perlweißen Zähne zu sehen. Ihre Augen sahen zu ihm auf, als wollte sie sagen, *berühr mich.* Doch da war auch noch etwas anderes.

Aus irgendeinem Grund, hatte sie gesagt. Aus irgendeinem Grund dachte sie darüber nach, mit ihm zusammen zu sein.

„Was dagegen, wenn ich frage, was zum Teufel zu diesem Sinneswandel geführt hat, nachdem du mich schlappe vier Jahre lang hast abblitzen lassen?" Er hörte, wie die Worte aus seinem Mund kamen, und konnte es selbst kaum glauben. Heilige Scheiße, warum fragte er sie das?

Auroras Ausdruck verflachte sich sofort. Sie stellte ihre Hand auf ihre üppige Hüfte und warf die Mähne glänzenden goldenen Haares über eine Schulter. „Hör zu, Callaghan. Entweder willst du mich oder nicht. Dieses Angebot gilt noch ungefähr fünf Sekunden lang."

Schluck. Er hatte es immerhin versucht. Und wenn sie es *so* formulierte ...

Dantes Körper entriss seinem Hirn die Zügel und schloss die Distanz zwischen ihnen mit einem einzigen riesigen Schritt. Er drückte sie mit dem Rücken an die Wand, ihre Augen waren geweitet und in nichtmal zwei Sekunden hatte er ihre Hände über sie an die Wand gedrückt.

Die Hitze, die von ihrer Haut ausstrahlte, war der Wahnsinn. Beinahe fiebrig. Selbst durch die Kleidung hindurch verbrannte sie ihn. Er umfasste ihre Handgelenke mit einer Hand, die andere wanderte außen an einem ihrer nach oben gestreckten Arme hinab. Als er sie an ihre Seite hinab führte, begann seine Hand zu zittern. Gott. Ihre Haut war tatsächlich noch weicher als die Seide ihres Kleides.

Dante beugte sich vor, rückte ihr auf die Pelle. Er war tief zufrieden, dass er Hitze in ihren Augen aufflammen sah, zu spüren wie ihr keuchender Atem über ihn strich. Seine Augen wanderten zu ihren Lippen, und dann beugte er sich vor, er wollte nichts mehr als an dieser Unterlippe saugen, die ihn schon eine halbe Dekade lang verfolgte.

Aurora drehte rasch ihren Kopf zur Seite, so dass er an ihren langen, schlanken Hals kam, doch seinem Mund wich sie aus.

Dante entging das nicht. So hatte sie sich das also gedacht, wie? Keine Gefühle? Nicht einmal Küssen. Okay, damit kam er klar. Er würde alles nehmen, was er bekommen konnte. Das war ja sowieso die Geschichte seines Lebens. Und er sah keinen Grund, warum es heute Nacht anders sein sollte.

Er fuhr mit seiner Nase von ihrem Schlüsselbein zu ihrem Ohr. Ihr Duft war ganz natürlich, nackt. Nichts Künstliches, Aufgesprühtes. Sie war einfach eine Frau, irdisch, roh, irgendwie zart, wie ein Blatt, das sich in den ersten Maiwochen entfaltete.

Er konnte das Stöhnen nicht unterdrücken, das ihr Duft aus seiner Kehle entlockte. Es hörte sich beinahe verzweifelt an, selbst in seinen Ohren. Zeit, die Dinge voranzutreiben. Er trat einen Schritt von ihr zurück, und ihre Augen flatterten überrascht auf.

„Mein Auto steht vorne."

Er wollte sie zur Garderobe führen, doch sie stolperte hinter ihm her und zog an seiner Hand.

„Warte", sagte sie und zog dann diese verdammte Lippe zwischen ihre weißen Zähne. „Gleich hier ist ein perfekter Garderobenraum."

Sie warf ihm von unten einen Blick durch ihre dichten Wimpern zu, ihre dunklen Augen wie ein schwarzes Loch, das ihn einsaugte. Dante dachte gerade einmal zwei Sekunden lang über diese Möglichkeit nach, bevor er sie beiseite schob.

„Ich werde dich nicht in einem dreißig Meter Umkreis von diesem verfickten George Junior ficken."

Aurora lachte, offensichtlich überraschte sie seine Wortwahl. Er drehte sich gerade rechtzeitig um, um noch zu sehen, wie der Humor ihr Gesicht hell aufleuchten ließ. Seine Brust zog sich zusammen bei dem Anblick.

„Abgesehen davon", fuhr er fort. „Garderobenräume sind für einen schnellen Fick in Kleidung. Wenn ich das hier tue, Aurora, werde ich mich nicht von irgend jemandem unterbrechen lassen, der nach seinem zweiten Handschuh sucht. Fuck, nein." Er trat zurück und nahm ihr Kinn in seine Hand, sah ihr direkt in die Augen. „Wenn wir das hier tun, wird es nicht irgendein verschämtes Schließ-die-Augen-und-denk-an-England. Wenn wir das hier tun, dann wird es absolut unanständig. Du und ich. Wir werden einander vernichten. Verstanden?"

Eine schreckliche Sekunde lang meinte er, seine

Worte seien zu viel gewesen. Dass er sie jetzt verloren hätte. Doch dann lugte ihre Zunge hervor, um ihre Lippe zu befeuchten, und sie nickte.

„Mein Mantel ist der da", flüsterte sie und zeigte.

Dante griff nach hinten und riss ihn vom Haken. Er hielt ihn hoch, damit sie hineinschlüpfen konnte, und zum ersten Mal in seiner gesamten Erinnerung, stöhnte er nicht innerlich, weil er ihren Mantel mit einem Mantel bedeckte. Denn da er wusste, dass er den Rest von ihr sehen würde, hätte er am liebsten gehabt, sie wäre von Kopf bis Fuß zugeknöpft. Heute Abend durfte sie kein anderer Mann ansehen. Heute Abend gehörte sie ganz ihm.

Sie knöpfte ihren Mantel rasch zu und sah ihn an. „Hol dein Auto. Ich treff dich dann draußen."

Etwas verkrampfte sich in seinem Magen; sie wollte nicht mit ihm beim Gehen gesehen werden. Aus irgendeinem Grund stank ihm das gewaltig. Normalerweise war er eher der Typ, der dachte: leben und leben lassen. Was immer einer Frau gut tat, er war dabei. Heutzutage war sein Problem genau das Gegenteil: Er war daran gewöhnt, dass Frauen überall mit ihm gesehen werden wollten.

Er dachte daran, dass er im Grunde seit vier Jahren darum gefleht hatte, deshalb wollte Dante jetzt keine Fragen stellen oder sie zu sehr drängen. Und doch ... Er konnte auch nicht einfach so gehen. Der dünne Faden, der sie beide heute Abend gemeinsam zog, würde sicherlich reißen, wenn er jetzt von ihrer Seite wich.

Deswegen stellte Dante sich noch einmal vor sie und

nahm ihr Kinn in seine Hand. Mit seinem Daumen hielt er sie, während seine anderen Finger sanft an ihrem Kiefer entlang strichen. „Schön. Aber du sprichst mit niemand anderem. Du siehst nicht auf dein Handy. Du wirst nichts weiter tun, als dir vorzustellen, du spürtest mich fünfundzwanzig Zentimeter tief in dir drin. Hörst du?"

Ihre Augen weiteten sich, und er hätte schwören können, dass sie unter ihrem Kleid ihre Beine aneinander presste. Es war Zeit für den letzten Sargnagel. „Und wenn du nicht in vier Minuten draußen bist, werde ich wieder hier herein kommen und dich über meine Schulter geworfen nach draußen tragen. So dass jeder einzelne es sehen kann. Hast du verstanden?"

Aurora nickte, und sie wirkte so ernst, so ehrlich, so unglaublich angetörnt, dass Dante erneut spürte, wie sich seine Brust zusammenzog. Er wandte sich von ihr ab und rannte zu seinem Auto. Es war ihm egal, ob das vielleicht übereifrig aussah. Es war ihm scheißegal. Er wollte nur von dieser Party wegkommen und eine Sekunde mit ihr allein haben.

In zwei Minuten hatte er seinen Mercedes um die Kurve vorgefahren und war sehr zufrieden, als sie sofort heraus kam. Wenn er sich nicht irrte, sah sie ein wenig nervös aus, ein wenig angetörnt und ein wenig traurig. Merkwürdige Kombination. Dante wollte nichts mehr, als ihr diese Nacht um einiges erleichtern. Er wollte, dass sie sich verdammt gut fühlte.

Die leichte Frühlingsbrise spielte mit den Spitzen ihres goldenen Haars, und es juckte in Dantes Fingern, das gleiche zu tun. Sie rutschte auf den Beifahrersitz, als er sanft vorfuhr.

„Rihanna?", fragte sie, ein leichtes Lächeln umspielte ihre vollen Lippen.

„Girl's got pipes", sagte Dante und öffnete die Fenster etwas. Er wollte, dass ihr Haar sie umwehte.

Sie lachte, nur ein kleiner, rauer Ton. Doch er sorgte dafür, dass Dante steinhart gegen seinen Reißverschluss wurde. Er hatte sie heute Abend zweimal zum Lachen gebracht, und das stellte etwas mit ihm an. Er hatte sie zuvor nie lachen gehört. Sie war immer so ernst, professionell, perfekt. Er freute sich wirklich sehr darauf, sie ins Chaos zu stürzen.

„Kann ich dich etwas fragen?"

Sofort schlossen sich ihre Augen. „Vielleicht."

Dante räusperte sich und wandte sich ihr zu, um zu sehen, wie sie im roten Licht der Ampelanlage badete. Er wollte ihre Reaktion nicht verpassen. „Was ist ein Fuckboy?"

Er wurde nicht enttäuscht. Aurora warf ihren Kopf in den Nacken und lachte herzhaft. „Bitte?"

Er grinste sie an. „Du hast gesagt, du seiest ein Magnet für Fuckboys. Was hast du damit gemeint?"

„Ach, das ist einfach nur etwas, das man in meiner Generation so sagt."

„Sehr charmant. So viel älter als du kann ich doch wohl nicht sein."

„Wie alt bist du denn? Vierzig?"

„Autsch. Achtunddreißig."

„Du bist ein Jahrzehnt älter als ich."

Sie war jünger als er gedacht hatte, doch als er sie jetzt so ansah, den Anflug eines Lächelns auf ihren Lippen, die vollen Brüste, die gegen ihren dünnen Mantel drückten, war es Dante schnurzpiepsegal wie alt sie war, solange sie nicht minderjährig war. Er zuckte die Schultern. „Also, was hast du damit gemeint?"

Aurora neigte ihren Kopf und dachte darüber nach. „Naja, das hat mehrere Bedeutungen. Aber es ist jemand, der nur ficken möchte. Der alles Erdenkliche tun würde, um das zu schaffen. Und dann verschwindet er einfach. Aber in der Zwischenzeit verdreht er dir auch noch den Kopf."

Wow! Himmel! „Du hast mich einen Fuckboy genannt, als du dachtest, ich hätte dich, Jessica' genannt."

Sie zuckte die Schultern. „Hm, vielleicht bist du ein Fuckman."

Mit einer Hand am Lenkrad sah er sie an. „Denkst du immer noch, dass ich ein Fuckboy bin?"

Aurora drehte sich auf ihrem Sitz, um ihn zu mustern. Er hatte das merkwürdige Gefühl, dass sie direkt in ihn hineinsah, auf einen Punkt in ihm, von dem er selbst nicht einmal wusste, und das ließ das Blut gleich in seinen Schwanz wallen, während er auf ihre Antwort wartete.

„Nein, ich glaube nicht, dass du irgend etwas mit meinem Kopf anstellen wirst."

„Tue ich nicht", antwortete er augenblicklich. „Werde ich nicht."

Sie zuckte die Achseln, bevor sie wieder vor sich auf

die Straße sah.

„Wohnst du weit von hier?", fragte Aurora, und aus irgendeinem Grund röteten sich ihre Wangen ein wenig, und sie senkte den Blick. „Ähm, ich meine, ist es weit bis dahin, wohin auch immer wir gerade fahren?"

Dachte sie, er brachte sie in ein Hotel? Absolut nicht, verdammt. „Ich wohne nur fünf Minuten von hier. Und von da an sind es circa zwanzig Sekunden bis zu meinem Bett."

Sie sah zu ihm auf, und er meinte, er habe Erleichterung in ihrem Blick gesehen.

„In Ordnung."

Die Intensität zwischen ihnen, die er im Flur vorhin gespürt hatte, war etwas abgeklungen. Jetzt konnte Dante ihre Nervosität spüren, ihr vages Unbehagen. Ach, scheiß drauf. Das einzige, was sie heute Nacht spüren würde, wäre gut, wenn er es in die Hand nahm. Da er sie von den Gedanken, die sie scheinbar heimsuchten, ablenken wollte, nahm Dante ihre Hand und führte sie an seinen Mund.

Beinahe geistesabwesend küsste er ihre Innenfläche, bevor er sich den Weg zu ihrem Handgelenk hinunter knabberte. Seine Augen waren auf die Straße gerichtet, also konnte er nur auf das süße kleine Nachluftschnappen lauschen, das sie ausstieß.

„Aurora, Liebes, wenn dir viel an diesem Kleid liegt, dann solltest du besser langsam seinen Reißverschluss öffnen, denn ich werde nicht lange warten können, sobald wir durch meine Haustür sind."

Erneut schnappte sie nach Luft, und er musste das

Lenkrad fester packen, damit er nicht von der Straße abkam.

Sie zog ihr Handgelenk aus seinem Griff, und Dante dankte dem Herrn für die rote Ampel, derentwegen er sich nun umdrehen und zusehen konnte, wie sie einen Knopf nach dem anderen ihres Mantels öffnete. Ihre Haut war golden, selbst in dem schwachen Licht des Autos, und das Rot ihres Kleides hatte sich nun in ein tiefes Blutrot verwandelt.

Ihr Mantel fiel beiseite, und in hypnotisierter Zeitlupe sah er zu, wie ihre Hände an die Seite ihres Kleides griffen.

Dante fluchte, als das Auto hinter ihnen hupte. Er drückte aufs Gas und bog in eine Seitenstraße. Wenn sie sich jetzt auszog, wollte er nicht, dass irgendein Teenager, auf dem Heimweg von seinem Job an der Tankstelle, einen Blick hineinwerfen und alles sehen konnte. Er bog in eine weitere und noch eine Seitenstraße, nahm zugegebenermaßen den langen Nachhauseweg, doch das war ihm jetzt egal. Die Straßenlaternen endeten, und statt der Häuser waren nun Bäume zu sehen. Auf der Straße gab es keine Scheinwerfer außer ihren.

Dantes Herz machte sich daran, seinen Hals hinaufzukriechen, als er beobachtete, wie sie den Reißverschluss an der Seite ihres Kleides hinabzog. Er spürte ihren Blick auf seinem Gesicht, doch er schaute nur auf ihren Busen, als sie den oberen Teil ihres Kleides hinabsinken ließ und ihr roter Seiden-BH sichtbar wurde.

Heilige Scheiße, sie brachte ihn um. Er spürte, wie

sein Blutdruck stieg, und benetzte seine Lippen. Ihre Brüste, groß und golden und über die Säume ihres BHs quillend, hoben und senkten sich mit ihrem Atem.

Er streckte eine Hand aus, konnte sein Verlangen danach sie zu berühren nicht unterdrücken, doch im selben Moment bewegte sie sich, und er streifte nur ihre warme Schulter mit seinem Handrücken. Dante hätte sich beschwert, wenn sie sich nicht in seine Richtung bewegt hätte. Sie dehnte ihren Gurt und beugte sich über die Mittelkonsole. Er spürte ihren Atem in seinem Nacken und dann diese weichen, vollen Lippen an seinem Hals. Nur ein äußerst süßer kleiner Druck.

Dabei drückten sich ihre Brüste gegen seinen Arm, und Dante packte das Lenkrad noch fester. Er würde sie heute Nacht nicht berühren können, wenn er jetzt einen Unfall baute. Deswegen stellte er seine Augen auf laserscharfen Fokus und atmete tief ein. Dann öffnete sie ihren Mund, nur ein winziges bisschen, und er spürte, wie ihre Zunge über ihn strich.

Sie kostete ihn?

Oh ja. Das Fahren hatte genau jetzt ein Ende. Dante hielt am Straßenrand an.

Verwirrt löste Aurora sich gleich von ihm. Doch er hatte jetzt genug. Er konnte es keine Sekunde länger ertragen. Er schob seinen Sitz komplett nach hinten, schnallte sich ab und dann sie, dann ergriff er ihre Taille und zog sie auf seinen Schoß.

Sie schnappte nach Atem und klammerte sich an seinen Hals, um ihre Position zu verbessern. Dante musste sich einfach zurücklehnen und sie ansehen. Ihr Kleid breitete sich um ihre Hüfte, so dass er ihr Höschen nicht sehen konnte, das konnte er nicht ertragen. Vorsichtig zog er den weichen Stoff hoch und über ihren Kopf, dann warf er das Kleid auf den Beifahrersitz.

Gott! Da war sie. Sie saß rittlings auf ihm, auf ihren Knien, ihr Haar ergoss sich über ihre Schultern. Hingesunken bewunderte er ihren duftenden Körper wie einen Juwel. Ihr Spitzen-BH passte zu dem roten Spitzenhöschen, und Dantes Mund wurde staubtrocken.

„Grundgütiger", murmelte er und fuhr mit seinen Händen über ihre perfekte, schmale, kleine Taille. Über ihren Rippen, unter ihren üppigen Brüsten hielt er kurz inne. Gott, wo sollte er nur anfangen? Er beugte sich vor, um sie zu küssen, doch sie drehte sich erneut weg, milderte ihre Ablehnung aber dadurch, dass sie ihm ihren Hals bot.

Er verspürte die gleiche Frustration wie vorhin. Doch er durfte das den Moment nicht ruinieren lassen. Er senkte seinen Kopf zu ihrer Halsschlagader und küsste sie, wie er ihren Mund geküsst hätte.

Auroras Körper versteifte sich und schmolz zugleich dahin. Er grinste an ihrer Haut, als sie stöhnte, tief in ihrer Kehle. Er strich mit seiner Hand über ihren Rücken, fest und selbstsicher, geradewegs zu ihrem Hintern. Dann zog er sie hinab auf seinen Schoß. Ihre Hitze landete auf dem Reißverschluss seiner Hose, und sie stieß einen hilflosen, verzweifelten Laut aus.

Dante löste sich von ihrem Hals und legte seine Stirn

auf ihr Schlüsselbein. Er starrte auf ihre Brüste hinab, während eine seiner Hände an ihrem Hintern mit dem Saum ihres Höschens spielte.

„Verdammt, Aurora, deinetwegen bin ich jetzt verdorben, was rote Spitze angeht", murmelte er.

„Was?"

„Ich stehe total auf rote Spitze. Doch keine Frau kann jemals wieder so gut in roter Spitze aussehen. Das hat mich jetzt verdorben."

Aurora begann zu kichern, doch es endete in einem weiteren Stöhnen, als seine Zunge über die Wölbung ihrer Brust leckte und sich tief unter die Spitze ihres BHs schob.

Die Hitze ihrer Pussi verbrannte ihn, selbst durch ihre Kleidung hindurch, und Dante konnte sich nicht zurückhalten, sondern stieß nach oben.

Aurora stöhnte und legte ihren Kopf in den Nacken. Dante spürte, dass die Spitzen ihres Haars seine Knie kitzelten. Wie sie so bereit für ihn dalag konnte er sich nicht beherrschen, erneut stieß er seine Hüfte nach oben und seinen harten Schwanz gegen sie.

„Ich hätte nie gedacht, dass ich dich in einem Auto ficken würde", murmelte er, legte seine Hände auf ihre Hüfte und stieß noch einmal nach oben. Seine Finger gruben sich in ihren Hintern, während er sie auf sich hinabdrückte. Einer seiner Daumen tauchte unter die Spitze ihres Höschens und arbeitete sich zu ihrem sensibelsten Punkt vor.

„Wo hattest du es dir denn vorgestellt?", fragte Aurora atemlos, hob ihren Kopf und sah ihn mit diesen dunklen Augen an.

„Überall. Gott. Ich hatte gehofft, es wäre in deinem Büro. Auf deinem Schreibtisch. Du vornübergebeugt. Einer deiner kurzen Röcke hoch über deine Hüfte geschoben. Es wäre mir sogar egal gewesen, wenn diese verdammte Tür offen gestanden hätte."

Aurora stöhnte und drückte wieder ihre Hüfte vor. Das gefiel ihr. Naja, das war ja einfach. Das könnte er die ganze Nacht lang tun.

Jetzt schob er seine ganze Hand in ihr Höschen, zog Kreise auf der weichen Haut, direkt oberhalb ihrer Pussi.

„Ich habe mir auch vorgestellt, dich hinten im Club zu ficken, wo wir uns letztes Jahr begegnet sind. Erinnerst du dich? Der dunkle Raum, die blitzenden Lichter. Du hattest dieses enganliegende kurze Kleid an." Sie nickte, zeigte ihm, dass auch sie sich erinnerte. Er beackerte sie weiter. „Dieser idiotische Barkeeper hat die ganze Zeit mit dir gesprochen, und ich hätte ihm am liebsten seinen Schädel auf die Theke geknallt, dich geschnappt und dich in den Waschraum gezerrt. Ich hätte deine Hände auf den Waschtisch gelegt und dich im Spiegel zusehen lassen, wie ich dich ficke."

„Oh ja", stöhnte sie und beugte ihre Hüfte, offenbar wollte sie, dass seine Finger an den richtigen Ort rutschten. Doch er zog weiter seine quälenden Kreise.

„Doch eine meiner Lieblingsvorstellungen ist dein Haus."

„Bitte?" Ihre Augen öffneten sich ein wenig, während sie ihn durch einen Lustschleier hindurch ansah.

„Ich habe davon geträumt, dich in deinem Haus zu ficken."

„Aber da bist du doch noch nie gewesen."

„Aber ich kann es mir vorstellen. Ich stelle mir vor, wie ich an deine Tür klopfe. Du trägst einen Pyjama. Ich frage nicht. Ich komme einfach herein und hebe dich hoch. Knalle die Tür zu und trage dich in dein Schlafzimmer. Dein Zimmer ist sauber und mädchenhaft und duftet nach dir. Alles duftet wie du. In deinem Zimmer bin ich komplett von dir umgeben. Dein Bett hat rosa Laken. Hast du rosa Laken, Aurora?"

Sie konnte nicht antworten, nur stöhnen, ergriff seine Schultern und rieb sich an ihm. Sein Daumen neckte ihren Kitzler, nur ganz kurz, und sie versteifte sich sofort, bäumte sich über ihm auf und verdrehte die Augen.

Als er seinen Daumen wieder fortnahm, stöhnte sie enttäuscht. Doch er beugte sich vor, um direkt in ihr Ohr zu flüstern.

„Ich ficke dich auf diesem rosa Laken. So oft, dass wir beide nicht mehr können. Die Laken riechen jetzt nach mir, als ich gehe, so dass du von mir umgeben bist, auch wenn ich nicht mehr da bin."

Und dann glitt ein dicker Finger direkt in sie hinein.

„Mann, bist du feucht. Und so eng. Gott!" Dante ließ seinen Kopf auf ihre Schulter sinken und schloss seine Augen ganz fest. Himmel! Sie konnte ihn vielleicht nicht aufnehmen. Es gab einen enormen Größenunterschied zwischen ihnen beiden. Doch sie schob sich gierig seiner Hand entgegen.

Aurora war wie eine besessene Frau, und er hatte nie zuvor etwas Schöneres gesehen, etwas Erregenderes. Ihre weichen Finger knöpften geschickt sein Hemd auf und zogen es grob aus seiner Hose. Frustriert ächzte sie, als sie sah, dass er ein Unterhemd trug. Da veränderte er die Bewegung seiner Finger in ihr und traf einen Punkt, durch den sie anscheinend nicht mehr multitaskingfähig war.

Aurora lehnte sich an das Lenkrad, ihre Augen verdrehten sich, und sie stieß eine Hand an die Decke des Autos, während die andere sich in Dantes Haar vergrub.

Ja. Einfach nur ja! Sie lag auf seinem Schoß ausgebreitet da, ihre Brüste gefangen in ihrem BH, und Dante konnte es nicht mehr aushalten.

Mit seiner freien Hand zog er ihren BH hinunter und ihre Brüste sprangen frei. Seinen Lungen ging der Atem aus. Sie war das schönste Wesen, das er je gesehen hatte.

„Verdammt", stöhnte er. „Du bist verdammt noch mal Aphrodite."

Dann gab es keine Zeit mehr für Worte, denn er beugte sich vor und verbarg sein Gesicht zwischen ihren Brüsten. Er saugte, zog, leckte und knabberte. Er konnte nicht mehr gestoppt werden. Er stöhnte an ihrem weichen, duftenden Fleisch und brannte jede Sekunde in sein Hirn. Irgendwo, ganz schwach, war ihm klar, dass sie ihn für mehr als nur rote Spitze verdarb, sie verdarb ihn für andere Frauen. Doch wie konnte er dem Gedanken länger nachhängen, während sie sich auf seinen Fingern wand, während ihr feuchter Kanal sich langsam verkrampfte, sich ihre Hände in seine Schulter krallten?

Er hob seinen Kopf von ihren Brüsten, wollte, musste ihr Gesicht sehen, während sie zum ersten Mal für ihn kam. Er hatte keine Wahl.

Ihr Gesicht war so schön, dass es beinahe wehtat. Glückselig, angestrengt und so sehr lusterfüllt.

Dante brachte sie durch ihren Orgasmus, die eine Hand zirkelte und streichelte sie von innen, die andere packte grob ihre Brüste.

Aurora vibrierte, verkrampfte sich und schrie. Ihr Körper zuckte wie unter Strom. Dann schmolz sie an ihn. Sie wurde schwach und schmiegsam, fiel nach vorne auf ihn und verbarg ihr Gesicht an seiner Halsbeuge.

Unweigerlich legte er seinen freien Arm um sie, hielt sie ganz nah. Er zog einen festen, sicheren Kreis über ihren weichen Rücken und versuchte verzweifelt sich zu erinnern, wie man Englisch sprach.

Er würde sie wieder anschnallen und sie zu seinem Haus fahren. Er konnte so lange warten. Er war ja kein Tier.

Und dann schoss ihre Zunge aus ihrem Mund, und sie schmeckte ihn erneut. Die Kuhle unten an seinem Hals. Er hatte gedacht, sie wäre jetzt befriedigt, erschöpft, bräuchte einen Moment Pause. Doch plötzlich war sie wieder über ihm und tastete nach seinem Hosenknopf. Ihr Atem kam stoßweise, ihr Mund vor Begierde offen. Ihre Augen dunkel vor Lust. Auf ihn.

Er verschwendete keine Zeit. Er hob seine Hüfte, half ihr, seine Hose zu öffnen und schob sie hinunter. Sein Schwanz sprang heraus, und Aurora bekam große Augen.

„Du – du hast das ernst gemeint." Ihre Stimme war atemlos und hatte einen Unterton, den er nicht ganz deuten konnte.

„Was?" Im Moment konnte er kaum zwei und zwei zusammenzählen.

Ihre Augen verließen kurz seinen Schwanz, wanderten dann aber wieder zu ihm hinab. „Das mit den fünfundzwanzig Zentimetern."

„Ach", Dante grinste. „Ja, habe ich." Er streichelte sie mit einer Hand von oben nach unten. „Wir werden es ganz langsam angehen, Liebes."

Erneut verkrampfte sich ihr Körper, obwohl sie einander kaum berührten. Sie keuchte und hob ihm ihre Hüfte entgegen. „Ich glaube, ich kann nicht."

Sie war besorgt wegen des Größenunterschiedes. Das konnte er verstehen. Sie wäre nicht die erste Frau, die auf sein Paket gestarrt und nervös geworden wäre. Er fuhr mit seinen Fingern durch ihr Haar. Er beugte sich vor, küsste ihren Hals entlang, wünschte, sie würde zulassen, dass er diesen hübschen Mund küsste. Und auch, wenn die Worte ihn umbrachten, presste er sie hervor. „Wir müssen auch nicht ficken, Baby. Es gibt eine Menge anderer Dinge, die wir tun können, wenn du Angst hast, ihn nicht aufnehmen zu können."

„Nein", sie zog sich von ihm los, ein verschlagener Ausdruck auf ihrem Gesicht. „Nein, ich meinte, ich glaube nicht, dass ich die Sache langsam angehen kann."

Sie zog diese saftige Lippe zwischen ihre Zähne und stieß gegen ihn. Er blinzelte zweimal, verarbeitete ihre

Worte, bevor er ein Fach in der Mittelkonsole öffnete, ein Kondom herausholte und es überzog.

Aurora lächelte atemlos. „Da ist aber jemand eifrig."

„Ich habe vier Jahre gewartet", knurrte er und zog ihr Höschen an ihren Beinen hinab. Er half ihr, es auszuziehen, stopfte es in seine Hosentasche und setzte sie dann wieder auf seinen Schoß.

Dante wischte mit einem Daumen durch ihre Hitze und konnte nicht widerstehen, den süßen Saft abzulecken. Funken flogen in seinem Blick, als er sie endlich schmeckte. Er fluchte, dass er nicht hatte warten können, bis er sie in seinem Bett hatte, denn in diesem Auto war es zu eng, um sich nach unten vorzuarbeiten. Doch das Bedauern verschwand, als sie sich auf ihm positionierte und die Spitze seines Schwanzes in sich gleiten ließ.

Sie hielt inne, konnte kaum mehr als zwei Zentimeter aufnehmen. Sie stieß einen gierigen, verzweifelten Laut aus, als sie versuchte, tiefer auf ihn zu sinken und es nicht schaffte.

Dantes Daumen war sogleich auf ihrer Klitoris, während sich seine andere Hand in ihren Nacken legte und sie nach vorne zog. Er hielt seine Hüfte vollkommen ruhig, während er sie streichelte und seine Lippen direkt unter ihr Ohr legte.

„Braves Mädchen. Genau so", redete er ihr zu. Sie stöhnte und schob ihre Klitoris seiner Bewegung entgegen, eine Bewegung, mit der sie weitere zwei Zentimeter gewann. „Einfach immer weiter nach unten, du umwerfende Göttin. Gut so."

Wieder stöhnte sie, und er spürte, wie ihre Feuchtigkeit den ganzen Weg an ihm hinablief. Er musste sich anstrengen, still zu halten, weigerte sich, nach oben zu stoßen, bis sie bereit war, doch das war womöglich die schwierigste Sache, die er je getan hatte. Dante biss die Zähne zusammen und flüsterte ihr weiter schmutzige Dinge ins Ohr. Aurora kam immer tiefer, nahm ihn Zentimeter um quälenden Zentimeter.

Und dann war sie komplett auf ihm. Hatte seine ganze Länge aufgenommen. Dante hoffte, dass er irgendwann sein Sehvermögen zurückbekäme. Doch im Moment konnte er nur fühlen. Seine Zähne zusammenbeißen gegen diese schmerzhafte, fiebrige Lustwoge ihrer Pussi. Sie quetschte ihn wie eine Faust.

Ein kleines Geräusch ganz hinten aus ihrer Kehle ließ ihn die Augen öffnen, und was er da sah, erstaunte ihn. Er hatte nie einen erotischeren Gesichtsausdruck bei einer Frau gesehen. Sie leckte ihre Unterlippe und Dante musste seine Hüfte einfach nach oben stoßen.

Er war bereits so tief in ihr wie es nur ging, doch bei dem zusätzlichen Druck warf sie ihren Kopf in den Nacken.

„Oh Gott", flüsterte sie, als sie auf ihre Knie ging und sich beinahe ganz von ihm löste, bevor sie wieder nach unten drückte und ihn ganz aufnahm.

„Fuck", knurrte er. Wenn sie das noch einmal machte, wäre die Show schnell vorbei. Er nahm ihre üppige Hüfte in beide Hände, hob sie hoch und stieß sie wieder hinab. Er beschleunigte das Tempo. Hart und glatt und alles, was er seit Jahren gewollt hatte.

Ihr Duft erfüllte das Auto, und Dantes stoßweiser Atem versuchte, alles aufzusaugen. Er wollte, dass sie seine Lungen füllte. Er konnte sie noch auf seiner Zunge schmecken, das war das einzige, was ihn davon zurückhielt, seine Zunge an ihrem Hals hinunter gleiten zu lassen.

Er bewegte sie auf sich, während sie stöhnte und sich erneut verkrampfte. Sie ließ es zu, dass er das Tempo bestimmte, doch ihre Hüfte bewegte sich eigenständig. Ihre Bewegungen waren geschmeidig und zugleich grob. Gott, sie war wirklich eine Göttin. Dazu da, verehrt und verwöhnt zu werden.

„Ich werde–" Sie schnappte nach Luft. „Ich werde–"

„Gut", knurrte er. „Lass dich gehen, meine Schöne. Gib es mir. Nur für mich."

Ihr Blick senkte sich auf seinen Körper, als ihr Körper sich erneut verkrampfte. Als er in sie hineinstieß, entfleuchte ein hilfloses Nachatemringen ihren Lippen. Sein Körper fühlte sich von ihrem wie von einem Magnet angezogen. Er konnte sich nicht zurückhalten. Dante beugte sich zu ihr vor und zog blitzschnell ihre Unterlippe zwischen seine Zähne.

Es war kein richtiger Kuss. Einen Moment lang meinte er, sie würde sich losreißen. Doch dann wütete der Orgasmus durch sie hindurch, verengte ihre Pussi um seinen Schaft und verkrampfte ihre Finger an seinen Schultern. Er zog diese Lippe in seinen Mund, während sie erleichtert schrie.

Dann war sie wieder ganz schlaff, lehnte sich an ihn und konnte nicht mehr tun, als seine raschen Stöße aufzunehmen.

„Dieses verdammte Auto", ächzte er, als seine Füße versuchten, einen Halt zu bekommen. Er hatte Aurora LeMonde in seinen Armen, verflucht noch mal, und auf seinem Schwanz, und er konnte sie nicht einmal so ficken wie er gerne wollte. Ohne einen weiteren Gedanken daran zu verschwenden, legte er einen Arm um ihre Taille, riss die Tür auf und stieg mit ihr aus.

Die Abendluft war kühl, und ihre Nippel wurden sofort hart. Sie hob den Kopf von seiner Schulter, sah sich um, war verwirrt darüber, was gerade geschah. Doch er konnte nicht länger warten, nicht länger zögern. Er nahm seinen Mantel vom Sitz und ging, während er noch mit seiner ganzen Länge in ihr war, zur Kühlerhaube. Er legte den Mantel darauf, bevor er sie darauf platzierte.

Er lehnte sich zurück und brannte das Bild in sein Hirn ein. Das Mondlicht auf ihrer Haut, die Schatten der Blätter, die über ihr Gesicht tanzten, ihre Brüste, die fest waren und nach ihm riefen. Wenn jetzt irgendwer vorbeiführe, würde er genau sehen, was gerade passierte. Ein glücklicher Hurensohn, der gerade eine umwerfend tolle Frau auf der Kühlerhaube seines Autos fickte. Doch Dante konnte sich nicht dazu durchringen, sich deswegen Sorgen zu machen. Er war fern jeder Logik.

Er stieß in sie hinein, sein Körper schrie förmlich danach, in dieser neuen Position endlich erlöst zu werden.

„Ja", flüsterte sie, sie bog ihren Rücken durch, und ihr

Haar lag ausgebreitet um sie.

Eine größere Ermunterung brauchte er nicht. Dante legte ihre Beine um seine Taille und legte seine Hände links und rechts neben ihren Kopf. Dann fickte er sie wie ein Tier. Wie ein wahres Monster. Er nahm ihren Körper wahr, der seinem entgegen kam. Er hörte sie Gott schreien. Und dann, besonders schön, wie sie um mehr flehte.

Er gab es ihr und sich. Nichts war je richtiger gewesen. Heißer oder enger oder feuchter. Als das Feuer seine Wirbelsäule hinaufschoss und er wusste, dass er kurz davor war, fiel Dante auf sie. Seine Hände glitten unter ihren Rücken, packten sie bei den Schultern und hielten sie fest, während er sich in ihr verlor. Auch sie packte ihn, genauso fest, als die hellste, dunkelste, Zeitlupen-Turboexplosion sich aus ihm direkt in sie hinein ausbreitete.

KAPITEL DREI

Sechs Wochen später

Aurora erstarrte, als sie mit dem Salat, den sich gerade unten auf der Straße gekauft hatte, zurück in ihr Büro kam. Auf ihrem Schreibtisch standen Blumen.

Seit ein paar Tagen standen *immer* Blumen auf ihrem Tisch.

Sie stellte den Salat ab, nahm die Lilien hoch und schaute sich die Karte an, die auch dieses Mal nur schlicht unterschrieben war „Von Dante". Seufzend strich sie mit der Fingerspitze über das D in seinem Namen, bevor sie die Karte zu dem Stapel identischer Karten in ihre Schreibtischschublade legte. Dann verließ sie das Büro und ging in Richtung Pausenraum. Sie stellte die Blumen vorsichtig in die Vase mit den Rosen von gestern und den Margeriten von vorgestern. So langsam gab es im Büro keine Vasen mehr, und sie verlor die Geduld mit Dante Callaghan.

Auch bekannt als der größte Fehler ihres Lebens.

Sie ging zurück in ihr Büro und schloss die Tür. Sie wünschte nur, es gäbe auch eine Tür, mit der sie die

Erinnerungen einschließen konnte, die immer wieder auf sie einstürmten, wenn sie an ihn dachte. Wie er ihr beim Anziehen geholfen und sie dann vorsichtig auf den Beifahrersitz gesetzt hatte, nachdem er ihr einige der intensivsten Orgasmen ihres Lebens geschenkt hatte. Wie er ihre Hand gehalten hatte, als er mit ihr zu seinem Haus gefahren war. Wie er sie in sein Schlafzimmer hinauf getragen hatte, als wöge sie nichts.

Und wie er sich mit ihr gewälzt und jeden Zentimeter an ihr geküsst, sie stundenlang zum Schreien gebracht hatte.

Aurora drückte fest die Augen zu und ließ ihren Kopf an die Tür fallen. Das Bild, das sie quälte, das, bei dem sie das Gefühl hatte, nicht mehr atmen zu können, war, wie er ausgesehen hatte, als sie sich früh am nächsten Morgen davon geschlichen hatte. Friedlich und zufrieden und irgendwie gefährlich. Es war, als beobachtete sie einen Löwen im Schlaf. Sie konnte es nicht fassen, wieviel an ihr zurück ins Bett und zu ihm kriechen wollte, seinen Bauch lecken und sehen, was dann passierte. Doch der Rest, der *vernunftbegabte* Teil von ihr, hatte ihr zugebrüllt, sie solle zusehen, dass sie verdammt noch mal hier verschwand, bevor er aufwachte und sie über das sprechen mussten, was geschehen war.

Also hatte sie sich davon gemacht, ein Uber-Taxi bestellt und seit sechs Wochen nicht mit ihm gesprochen. Die Erinnerungen an ihre gemeinsame Zeit jedoch spielten sich immer wieder in ihrem Kopf ab, selbst zu den unpassendsten Gelegenheiten. Sie spielten mit ihrem Kopf.

Lenkten sie ab. Beeinflussten ihren Arbeitseinsatz. Und genau deswegen ging sie ihm aus dem Weg. Sie hatte Gio irgendeine Scheißausrede aufgetischt, und er hatte jegliche Zusammenarbeit mit Dante übernommen.

Sie hoffte, dass irgendwann, wenn sie nur genug Abstand zu ihm gewann, die Erinnerung an ihre Leidenschaft verblasste und die Dinge wieder so liefen wie zuvor. Klar, sie hatte ihn immer attraktiv gefunden, doch sie war überzeugt, dass seine Arroganz sie zu sehr nervte, um dieser Anziehung jemals nachzugeben. Davon musste sie sich nun erneut überzeugen.

Dante Callaghan und sein magischer Schwanz standen nicht auf ihrer Liste derjenigen Dinge, in die sie Zeit oder Energie investieren wollte.

Nur dass er ihr das Weitermachen nicht gerade einfach machte, verflucht.

Nachdem sie sich so davon geschlichen hatte, hatte ein paar Tage lang Funkstille zwischen ihnen geherrscht. Das hatte sie erleichtert, doch erstaunlicherweise zugleich enttäuscht. Doch dann hatte sie eine Nachricht von einer unbekannten Nummer bekommen.

Bin mir ziemlich sicher, dass von uns beiden, eher DU der Fuckboy bist.

Sie hatte versucht, nicht zu lächeln. Sie hatte versucht, nicht zurückzuschreiben, das hatte sie wirklich. Doch dann handelten ihre Finger einfach ohne ihre Zustimmung.

Bitte?

Tust alles, um mich einzusacken und dann verdrehst du mir den Kopf. Das war doch die Definition, richtig?

Aurora war sich nicht sicher, ob sie lachen oder eine Grimasse schneiden sollte.

Ich versuche doch gar nicht, dir den Kopf zu verdrehen.

Und genau das würde ein Fuckboy sagen.

Jetzt lachte sie wirklich. Sie ignorierte das Ziepen in der Magengegend, als sie das nächste eintippte.

Ich will keine Spielchen spielen, Dante. Die Nacht war großartig. Wir sollten es dabei belassen.

Die Nacht *war* großartig gewesen. Sie war sogar die beste Nacht ihres Lebens gewesen. Doch egal, wie man die Sache drehte und wendete, sie liebte Gio. Und wenn sie ihn nicht haben konnte, dann würde sie eben die zweitwichtigste Sache ihres Lebens haben. Ihre Karriere.

Ganz zu schweigen davon, dass Dante ihr eine Nummer zu groß war. Sicher, er war ihr lange hinterher gelaufen. Doch sie machte sich nicht vor, dass sie die einzige Frau war, die er so behandelte. Er hatte nur einfach das haben wollen, was er nicht kriegen konnte. Und den Gerüchten zufolge gab es nicht viel, was Dante nicht kriegen konnte. Sie hatte von Alice, Gios Praktikantin, erfahren, dass Dante schon mit nicht weniger als sechs Frauen aus ihrem Bürogebäude ausgegangen war. Und es war nicht einmal ein großes Bürogebäude. Sie wusste nicht, was er da für ein Spielchen mit den Blumen spielte, doch es war keines, in das Aurora sich verwickeln lassen wollte.

Seit jenem Tag hatte er nicht mehr geschrieben und auch nicht angerufen, doch er hatte in den letzten sechs

Wochen beinahe täglich Blumen geschickt.

Das war schon schmeichelnd, sagte sie sich, aber mehr auch nicht. Das war der Grund, weshalb diese Geste ihr Herz rasen ließ. Und die Blumen waren immer schön. Deswegen versetzte es ihr auch jedes Mal einen Stich, wenn sie sie aus ihrem Büro beförderte und in den Pausenraum stellte.

Sie wünschte nur, Gio würde sie nicht jedes Mal damit aufziehen, wenn er sie erblickte, dass irgendein netter Mann versuchte, ihr Herz zu erobern. Jedesmal, wenn er das sagte, musste Aurora den Kloß in ihrer Kehle hinunterschlucken.

Er hatte nicht direkt darüber gesprochen, doch Aurora hatte den sicheren Eindruck, dass es mit Rose ziemlich gut lief. Sie merkte, dass Gio so glücklich war wie lange nicht, und sie versuchte, sich mit ihm zu freuen. Leider hatte der Gedanke an ihn und Rose sie gestern dermaßen deprimiert, dass, als ein gigantisches Bouquet orange-rosa Rosen abgegeben wurde, sie in Versuchung war, zum ersten Mal, Dante zu schreiben und zu fragen, was er gerade machte.

Sie hatte ihr Handy schon angeschaltet, eine leere Seite aufgerufen. Doch sie schaffte es, sich zu beherrschen. Was würde er auch denken, überlegte sie, wenn sie ihm einfach so aus heiterem Himmel schrieb, jetzt, nach – wieviel? – sechs Wochen!

Sechs Wochen, dachte sie erneut.

Moment mal ...

Sechs. Wochen.

War das möglich?

Aurora scrollte durch ihr Handy zu ihrer Kalenderapp. Japp. Eindeutig. Die Wohltätigkeitsveranstaltung für Lungenkrebs war vor sechs Wochen. Und das hieß ...

Mit einem gigantischen Knoten im Magen rechnete Aurora zurück. Sie hatte ihre Tage seit *acht Wochen* nicht bekommen. Das hieß, sie war genau in der zweiten Woche ihres sehr regelmäßigen Zyklus', als sie mit Dante geschlafen hatte. Sie hatten jedes Mal, wenn sie gefickt hatten, ein Kondom benutzt, doch sie hatten *eine Menge* gefickt, und jetzt hatte sie keine Periode...

Wie in Trance sank sie auf ihren Schreibtischstuhl hinab. Sie atmete einmal tief ein, versuchte, sich zu beruhigen. Ihr war nicht übel gewesen, sie hatte keine Kopfschmerzen gehabt, keine Krämpfe oder irgendwelche anderen körperlichen Symptome einer Schwangerschaft. Und sie war traurig gewesen. Gestresst. Traurig wegen Gio. Bei Frauen setzte die Periode ständig wegen solcher Dinge aus, stimmt's? Stimmt.

Doch eines war sicher, sie musste ihren Kopf beruhigen, und das Beste dazu war ein Schwangerschaftstest. Doch als sie am Abend einen Schwangerschaftstest machte, war sie immer noch nicht beruhigt. Nicht vollkommen. Wie Kondome waren auch Schwangerschaftstests nicht zu 100% zuverlässig, besonders, wenn man noch ganz am Anfang der Schwangerschaft war. Deshalb rief sie am nächsten Tag gleich ihre Ärztin an und nahm den nächsten verfügbaren Termin.

Zwei Tage später saß Aurora auf dem

Untersuchungsstuhl einer Arztpraxis und bemühte sich, nicht auszuflippen.

„Herzlichen Glückwunsch", sagte Dr. Radnor zu Aurora. Sie legte eine Sekunde lang ihre Hand auf Auroras Schulter. „Haben Sie ... jemanden, dem Sie diese Neuigkeit mitteilen können? Der Ihnen vielleicht hilft, über die Möglichkeiten nachzudenken?"

„Meine Mutter", antwortete Aurora schwach, sie hatte nun Gewissheit und fühlte sich zugleich am Boden zerstört. Natürlich war sie nicht allein. Doch sie hatte keinen Partner.

Sie konnte es nicht glauben. Sie war doch so vorsichtig gewesen. So diszipliniert. Meist ein ganz braves Mädchen.

Braves Mädchen. Dantes Stimme hallte in ihrem Kopf wider. Das hatte er zu ihr gesagt, als er ihr vorsichtig dabei geholfen hatte, auf seinen Schwanz hinabzusinken, sie ermuntert hatte, immer mehr aufzunehmen.

Das eine Mal, an dem sie sich wirklich hatte gehen lassen, musste sie gleich schwanger werden.

Gott! Was sollte sie nun tun?

* * *

Dante saß in Gios luxuriösem Büro und trommelte mit den Fingern auf der Armlehne des Ledersessels, in den er zurückgelehnt saß.

„Nein, genau das habe ich gedacht, Doug", sprach Gio ins Telefon, drehte sich um und warf einen vielsagenden

Blick auf Dantes trommelnde Finger.

Dante verdrehte zwar die Augen, unterbrach jedoch seine nervöse Angewohnheit.

Er ärgerte sich über Gio, aber eigentlich war er froh, dass der Mann hier wenigstens seine Sinne beisammen hatte. Er hatte um dieses Meeting gebeten. Wie er sich auch um fast alles andere in den letzten sechs Wochen gekümmert hatte. Er bekam einfach keinen Kopf mehr an die Sache. Und der Grund dafür saß im Büro keine zehn Meter entfernt.

Nun, eigentlich war er sich ziemlich sicher, dass sie gerade nicht in ihrem Büro saß. Jedes einzelne Mal, wenn er in den letzten sechs Wochen zu einer Besprechung in Gios Büro gekommen war, war sie auf mysteriöse Weise verschwunden. Jeweils aus offensichtlich guten Gründen. Geschäftsessen. Weil sie etwas aus dem Drucker holen musste. Ein Meeting außerhalb des Büros.

Er wusste, dass sie ihm aus dem Weg ging. Das war allzu offensichtlich. Die sechs Wochen Schweigen waren Beweis genug dafür. Innerlich verdrehte er die Augen über sich. Als bräuchte er noch mehr Hinweise, dass sie nichts mit ihm zu tun haben wollte, wo sie doch schon mitten in der Nacht einfach abgehauen war.

Eine Nacht, die Dante unwiderruflich verändert hatte.

Sie war gegangen und hatte nichts hinterlassen außer dem Duft auf ihrem Kissen, der noch eine Woche daran gehaftet hatte. Als der Duft schließlich verschwand, hatte er ihr eine Nachricht geschickt. Und das war's. Sie hatte deutlich gemacht, was sie empfand.

Die Blumen schickte er, weil ... nun, er war sich nicht wirklich sicher, warum. Er war noch nicht bereit, von der Sache abzulassen. Und sie hatte ihm auch nicht gesagt, er solle aufhören, deswegen fragte sich ein Teil in ihm, ob er nicht doch Fortschritte bei ihr machte.

Wem machte er eigentlich etwas vor? Er machte keine Fortschritte bei ihr. Er war wegen einer Frau nicht dermaßen angeschlagen gewesen, seit ... naja, eigentlich noch nie. Es verdrehte ihm den Kopf. Nur aus dem Grund hatte er zugestimmt, sich heute Abend mit Grace zu treffen. Sie war eine alte Freundin und geschäftlich für eine Nacht in der Stadt. Eine, mit der ein paar gegenseitig befriedigende Nächte verbracht hatte. Das war ein Angebot, auf das er sich unter normalen Umständen ohne zu zögern gestürzt hätte. Energischer Sex mit Grace könnte genau das sein, was der Arzt ihm verschreiben würde. Er musste über diese Schwärmerei oder was zum Teufel sonst das war, das er für Aurora empfand, hinwegkommen. Warum also hatte er das Gefühl, Aurora zu betrügen, als er die Verabredung traf?

„Was zum Teufel stimmt eigentlich nicht mit dir?", verlangte Gio zu erfahren, nachdem er das Gespräch beendet hatte, und griff Dante an. „Du hast bei dem Anruf kaum etwas gesagt. Du weißt sehr gut, dass wir beide nicht bei dem Klienten landen werden, wenn du einfach nur dasitzt wie ein vollkommener Wichser."

Dante öffnete den Mund, denn automatisch sträubten sich ihm die Nackenhaare, doch im Grunde hatte Gio recht. Er strich sich mit einer Hand über das Haar. „Du hast Recht."

„Bitte?" Gio sah ihn an als hätte er gerade verkündet, er wolle einer Nudistenkolonie beitreten.

„Ich sagte, dass du Recht hast. Ich bin im Moment nicht ganz bei der Sache. Danke, dass du das Telefongespräch übernommen hast."

„Oh." Überrascht sah Gio ihn an. „Ist alles in Ordnung?"

„Japp, wir, äh, müssen jetzt nicht diese ganze Gefühlskacke durchkauen, Mann."

„Okay." Gio zuckte die Schultern. „Bist du bereit für das Meeting nächste Woche? Wenn nicht, wäre es vielleicht besser, wenn ich es einfach allein mache."

„Nein, nein." Dante sprang von seinem Stuhl auf. Das war das letzte, das er wollte. Dass jemand ihm beruflich unter die Arme griff, nur weil seine verdammten Gefühle von einer Frau verletzt worden waren. „Es wird schon gehen. Es war einfach nur ein Scheißfrühling. Doch das ist jetzt vorbei."

„Okay", sagte Gio ein weiteres Mal. Er öffnete seine Bürotür, und sie gingen hinaus. „Hat Alice dir schon die technischen Daten für das Projekt gegeben?"

„Nein, es sei denn, sie hat sie mir geschickt, während wir unsere Besprechung hatten." Dante nahm sein Handy hervor und sah sich die Nachrichten an.

„Keine Sorge. Aurora hat sie", sagte Gio, ging zu ihrer geschlossenen Bürotür und öffnete sie.

Überrascht blinzelte Dante. Da war sie. Sie stand neben ihrem Schreibtisch und verschob Papiere. Sie trug ein blaues Kleid und eine lange, silberne Kette. Einen Pferdeschwanz. Ihr tolles, blondes Haar fiel in einem Scheißpferdeschwanz über ihre Schulter. Verdammt. Er hatte eine Schwäche für Pferdeschwänze.

Sie blinzelte direkt in seine Richtung, offensichtlich überrascht ihn zu sehen.

„Dante! Ich wusste ja gar nicht, dass du heute im Büro sein würdest."

Und wenn, dann wäre ich jetzt nicht hier. Das war die unausgesprochene zweite Hälfte ihrer Bemerkung.

Dante trat neben Gio in den Türdurchgang.

„Ungeplante Konferenzschaltung mit Doug Wexler", erwiderte Gio.

„Ach!" Aurora sah überrascht und aufgeregt aus. „Sag mir, dass wir den Kunden haben!"

„Noch nicht, Wexler kommt nicht aus dem Quark. Wir treffen uns nächste Woche erneut."

Dante war Gio dankbar, dass er die Tatsache nicht erwähnte, dass Doug Wexler deswegen nicht aus dem Quark kam, weil Dante nicht bei der Sache gewesen war.

„Hast du die technischen Daten für das Projekt?", fuhr Gio fort, offensichtlich blind für die Tatsache, dass Aurora absolut überall sonst hinsah, nur nicht zu Dante. „Dante braucht sie."

„Na klar." Sie eilte um ihren Tisch herum zum Aktenschrank in der Ecke. Dante musste unweigerlich beobachten, wie graziös sich ihr schöner Körper bewegte. Wie ein Panther, der über einen Ast stolziert. Sie blättert eine Minute lang durch eine Akte, bevor sie einige Papiere hervorzog.

„Mr. Esposito", rief Alice aus dem anderen Raum. „Ich habe hier einen Klienten für Sie am Telefon."

Gio nickte Dante zu und verließ den Raum, dabei schloss er die Tür hinter sich. Und einfach so waren Dante und Aurora auf einmal allein in ihrem Büro.

Sie hielt ihm mit geweiteten und schockierten Augen die Papiere entgegen. Dante öffnete den Mund, um etwas Frivoles, Bissiges zu sagen, doch als er den Raum durchquerte, sah er an den Papieren, dass ihre Hand zitterte. Und wenn er es genau überlegte, sah auch ihre sonst so goldene Haut schrecklich blass aus.

„Aurora, geht es dir gut?", fragte er und ging zu ihr.

„Ja. Ich fühle ... ich fühle mich nur etwas schwach..."

Ihre Knie gaben nach, und Dante war in weniger als einer Sekunde an ihrer Seite. Er packte sie an der Taille, dann unter den Knien. Hob sie vom Boden hoch.

„Dante, das ist nicht nötig", sagte sie beharrlich, doch sie versuchte nicht, sich von ihm zu lösen, und verkrampfte sich auch nicht. Im Gegenteil, eine Sekunde lang schloss sie die Augen und lehnte ihren Kopf an seine Schulter. Dante setzte sie vorsichtig in ihren Bürostuhl und ging vor ihr in die Hocke.

„Was ist los? Bist du krank?"

„Nein."

„Hast du heute schon etwas gegessen?" Sein Herz schlug mit einer Geschwindigkeit von einem Kilometer pro Stunde.

Sie deutete auf eine ungeöffnete Salatpackung. „Den

habe ich mir vor ein paar Minuten geholt."

Dante nahm den Salat und riss den Deckel auf. „In diesem Essen ist kein Essen!"

„Was?" Sie rieb mit einer Hand über ihre Stirn und sah ihn verwirrt an.

„Das sind ungefähr zwei Salatblätter und eine Olive. Was zum Teufel soll das denn für ein Mittagessen sein? Ist ja kein Wunder, dass du ohnmächtig wirst."

Ein kleines Lächeln huschte über ihre vollen Lippen, bevor sie wieder einen neutralen Gesichtsausdruck aufsetzte. „Ich mag mein Essen zufällig. Und mach dir keine Gedanken wegen des Schwindels. Ich habe letzte Nacht nur nicht gut geschlafen. Was tust du da?"

„Ich wedele dir mit einer Akte Luft zu, wonach sieht es denn aus?" Dante war wütend und war sich nicht sicher, warum. Diese Frau brauchte ein BLT-Sandwich und ein Bier. Das würde sie wieder zu Kräften bringen. Doch die Chance, dass er sie dazu brachte, so etwas zu essen, war ungefähr null. Also musste sie halt einfach da sitzen und zulassen, dass er ihr Luft zufächelte.

Sie klatschte ihm auf die Hand. „Sei nicht albern, Dante."

„Sei einfach still und lass mich eine Sekunde lang für dich sorgen, Aurora."

Ihre Augen weiteten sich, als sie zu ihm hinaufsah. Sie spielte mit der Unterlippe zwischen ihren Zähnen. Als sie erneut zu sprechen anhob, war ihre Stimme ganz leise, Verwirrung und Verletzlichkeit kämpften in ihren Augen. „Das ist es, was du möchtest?"

Er legte die Akte nieder und hielt den Blickkontakt, denn er wusste, dass sie plötzlich über viel mehr als nur ihren Ohnmachtsanfall sprachen. „Ich möchte das, was du mir zu geben bereit bist. Egal was." Seine Antwort war ehrlich.

Sie nickte. Die Verletzlichkeit war noch in ihren Augen zu sehen. Sie hatte sich eher noch verstärkt.

„Ich ... ich ..."

Heilige Scheiße. Schaute sie auf seinen Mund? Dante erstarrte, konnte sein verdammtes Glück gar nicht glauben, als Aurora sich auf ihrem Stuhl vorbeugte. Ihr Atem strich über sein Gesicht, als er den Abstand zwischen ihnen beiden verringerte.

Doch Aurora zog sich zurück, erschrak, als sein Handy in der Tasche vibrierte.

Er ignorierte es.

„Willst du nicht rangehen?"

„Nein, ich mache mir gerade mehr Gedanken um dich."

Als sein Handy erneut vibrierte, hob sie die Brauen. „Geh bitte ran. Ich möchte nicht, dass du meinetwegen geschäftliche Dinge vernachlässigst."

Da er nicht mit ihr diskutieren wollte, zog er sein Handy hervor. „Schön. Aber ich bin mir sicher, dass es nichts ist. Und jetzt hör auf so zu tun als sei alles in Ordnung. Dir geht es nicht gut." Als sein Handy ein weiteres Mal vibrierte, schaute er auf das Display. Leider tat Aurora das auch.

Die Nachrichten waren von Grace.

Hey, du Hengst. Freu mich auf heute Nacht. Möchtest du erst eine Kleinigkeit essen? Oder möchtest du gleich ans Eingemachte?

Er warf Aurora rasch einen Blick zu, die nun noch blasser aussah. Einen Moment lang blitzte ein verletzter Gesichtsausdruck auf, wich dann aber schnell einem zynischen Grinsen.

Himmel. Was für ein Timing! „Aurora–"

Sie drehte sich auf ihrem Bürostuhl, um sich ihrem Computer zuzuwenden. „Danke für die Hilfe, aber ich fühle mich jetzt besser."

Sein Magen zog sich zusammen, als er ihr trauriges Profil betrachtete. Sie sah nicht wütend aus, nur als resignierte sie. Gott. Das war alles so schief gelaufen. Sie hatte einen ersten Schritt gewagt, und dann in weniger als einer Minute war sie gleich zurückgewichen.

„In Ordnung." Alles andere, was er jetzt hätte sagen können, wäre eine Landmine gewesen. „Gute Besserung."

Als er ging, schloss er vorsichtig ihre Bürotür, eine Bewegung, die in krassem Kontrast zu der Wut stand, die in ihm rumorte. Wut über sich selbst.

Er hätte sich nicht mit Grace verabreden sollen. Hätte nicht planen sollen, eine Frau dazu zu benutzen, eine andere zu vergessen. Das hatte keinen Sinn.

Aurora war in seinem Kopf. In seinem Blut. Teufel auch, vielleicht sogar in seinem Herzen.

Und die Wahrheit lautete: Er wollte, dass sie da blieb.

KAPITEL VIER

Aurora legte ihren Kopf in den Schoß ihrer Mutter und ließ die Tränen zu. Ihre Mutter war so ruhig gewesen. Selbst als sie ihr mitgeteilt hatte, dass sie schwanger war, hatte Cedalie LeMonde ihre Tochter mit offenen Armen empfangen, ihr die Haare gestreichelt und sie gehalten.

„Ça bon, piti", hatte Cedalie wieder und wieder in ihrer Muttersprache Kreolisch gesagt. *Ist gut, Kind. Ist gut.*

„Es wird alles gut werden", sagte Cedalie erneut und strich mit ihren Fingern durch Auroras Haar. „Ich habe dich auch allein großgezogen, und sieh, wie gut du geraten bist. Und du hast so viel mehr als ich hatte."

Aurora drehte sich so, dass sie zu ihrer schönen Mutter aufsehen konnte. Die Schönheit lag in ihrer Familie. Selbst mit 50 wäre ihre Mutter noch als Ende 30 durchgegangen. Sie hatte die gleiche goldene Haut wie Aurora, doch ihre Augen waren blau, und ihre Züge nicht ganz so scharf wie die ihrer Tochter. Aurora hoffte, dass sie nicht nur die Schönheit, sondern vielmehr auch die Stärke ihrer Mutter geerbt hatte.

Ihre Mutter war so gut wie obdachlos gewesen, als sie

Aurora auf die Welt brachte. Schwanger und pleite und keinen Schimmer, wer der Vater war. Sie hatte Lose an einer Straßenecke in New Orleans verkauft. Nach Auroras Geburt war Cedalies Aufstieg aus der Asche nicht wirklich meteorenhaft. Sie hatten jeden Penny zweimal umdrehen müssen, um jeden Bissen Brot kämpfen. Genau das hatte Aurora zur Schule getrieben, Schule und nochmal Schule. Gott sei Dank hatte sie ihre Mutter überreden können, mit ihr nach Los Angeles zu ziehen, so dass sie sie im Auge behalten konnte, während sie an der Wirtschaftsschule war.

Anscheinend hätte ihre Mutter wohl er *sie* im Auge haben sollen.

Als hätte sie ihre Gedanken gelesen, nahm ihre Mutter ihr Kinn und hob ihr Gesicht, damit sie sich in die Augen schauen konnten. „Du hast einen Job, Geld und eine Wohnung, Aurora. Das ist schon so viel mehr als das, womit du und ich angefangen haben. Dieses Kind kann sich glücklich schätzen, eine Mutter wie dich zu haben."

„Aber was ist mit einem Papa für mein Baby?", weinte Aurora.

„Eh", Cedalie wedelte mit ihrer stark beringten Hand durch die Luft. „Wer braucht den schon? Ein Mann verkompliziert bloß die Energie im Haus."

Cedalie war eine Louisiana Kreolin der alten Schule. Nicht wirklich Voodoo, doch sie vertrat eine ganz andere Denkrichtung als der Durchschnittsamerikaner. Aurora hatte vor langer Zeit die Weltanschauung ihrer Mutter akzeptiert. Eine, die mit Auren, Energien und Geistern gefüllt war. In einigen Fällen hatte sich herausgestellt, dass ihre Mutter beinahe hellsehen konnte. Was auch immer das hieß.

Aurora hatte eine gewisse „Vision" von ihr geerbt, ihre rasiermesserscharfe Intuition hatte eine große Rolle dabei gespielt, dass sie in der Geschäftswelt so reüssiert hatte. Doch meistens zeigte sie ihre mystische Seite nur in Momenten, in denen sie mit ihrer Mutter zusammen war.

„Ich habe keine Angst davor, ein Baby ohne Papa auszuziehen. Ich habe Angst davor, es *mit* ihm aufzuziehen."

„Was soll das heißen, mein Kind?"

„Der Vater des Babys. Er ist..." Auroras Stimme versagte. Sie war sich völlig unsicher, was sie überhaupt hatte sagen wollen. „...nicht der Mann, den ich liebe." Doch selbst, als sie die Worte aussprach, war sie überrascht, dass, als sie versuchte, an Gio zu denken, Dantes Gesicht ganz präsent blieb. Beinahe als weigerte es sich, beiseite geschoben zu werden, um einen anderen Mann in ihren Kopf zu lassen.

Oder ihr Herz.

„Hmm." Scharfsinnig sah Cedalie Aurora an und strich mit einem Finger über die Brauen ihrer Tochter. „Dann erzähl mir mal von dem Vater."

„Sein Name ist Dante. Er ist groß. Erfüllt jeden Raum, in dem er ist."

„Ist er laut?"

„Nein, nein überhaupt nicht. Er ist einfach der Typ, den die Leute bemerken. Er sucht immer nach einem Witz.

Aber ist auch intelligent. Ein guter Geschäftsmann. Er ist nicht wie wir, Mama."

„Inwiefern?"

„Er ist reich. Sehr reich. Und er ist daran gewöhnt, dass die Leute alles tun, was er ihnen sagt. Er ist sehr rechthaberisch." Aurora wurde rot und wandte sich von ihrer Mutter ab.

„Wäre er ein guter Vater?"

„Ich hab absolut keine Idee. Er hat zu jeder Zeit eine Million Frauen in seinem Stall. Er ist ein Spieler. Seit Jahren war er hinter mir her, und eines Abends bin ich einfach..."

„Du brauchtest einfach Liebe."

Da setzte Aurora sich auf. „Nein. Nein, das ist es überhaupt nicht. Ich brauchte die Leidenschaft."

„Und die hast du mit Sicherheit bekommen, Kind." Cedalie stand auf und schüttete eine Tasse Tee ein, der in einem Kessel auf dem Küchentisch gezogen hatte. Sie brachte sie Aurora. „Das sieht man deinem Gesicht an."

Aurora wurde nur noch roter. Es hatte keinen Sinn, ihre Mutter anzulügen, die immer wusste, wenn sie log. „Naja, schon. Er ist sehr leidenschaftlich. Oh Gott, Mutter, das ist schrecklich, was ist denn in dem Tee?"

„Das bringt Glück. Für dich und dein Baby. Trink es. Leidenschaft ist eine sehr gute Eigenschaft an einem Partner."

Aurora stieß ein freudloses Lachen aus. „Nicht in einer Million Jahre wird er mein Partner sein."

Cedalie lehnte sich an, ihr silbrig schwarzes Haar

legte sich über den weiten purpurnen Pullover, den sie trug. Sie setzte sich auf ihre Füße, die in verschiedenen Socken steckten, und schaute aus dem Fenster. „Wenn du das Baby behältst, musst du es dem Vater sagen. Es erzeugt schlechte Energie, einen Mann von seinem Nachwuchs fernzuhalten."

Aurora schluckte die Verbitterung in ihrem Hals hinunter. „Ich weiß."

Sie wusste, dass das einzige, was ihre Mutter wirklich daran bedauerte, wie Aurora gezeugt worden war, das war, dass Cedalie nie sicher gewesen war, wer der Vater war. Es war in einer etwas wilderen Zeit passiert. Als sie nicht sicher war, wie die Namen der Männer, die sie mit ins Bett nahm, lauteten, und natürlich war sie nicht sicher gewesen, wie sie Kontakt zu ihnen hätte aufnehmen können.

Cedalie wandte sich wieder ihrer Tochter zu. „Aber du solltest vorher verdammt gut wissen, dass du vorbereitet bist. Du musst den Mann in- und auswendig kennen, bevor du es ihm sagst."

„Was? Warum?"

„Ein Mann, der so reich ist? Ein Mann, der alles bekommt, was er will? Da weiß man nie, was er tut, wenn er das Baby will oder nicht will. Du musst bereit sein. Vorbereitet. Und du kannst dich nicht vorbereiten, wenn du ihn nicht kennst."

„Du meinst, ich soll mich ihm annähern?" Aurora hörte ein winziges Klingeln in ihren Ohren. Ihr Herz machte einen Sprung, von ihrer Nervosität und von etwas anderem, das sie nicht genau deuten konnte.

„Wenn du das Baby behältst, bist du es dir selbst schuldig, diesen Mann näher kennenzulernen. Wenn er jemand ist, der dir das Baby wegnehmen möchte, dann muss die legale Seite geregelt sein. Wenn er jemand ist, der dich überreden möchte, das Baby nicht zu bekommen, dann brauchst du einen Plan B. Wenn er jemand ist, der das Baby mit dir zusammen großziehen möchte, dann musst du ihn gut genug kennen, um zu wissen, ob du das möchtest. In der Schwangerschaft ist man leicht angreifbar. Du musst mit Informationen gerüstet sein. Und mit einem guten Plan."

In Auroras Kopf drehte sich alles. „Ich dachte, du würdest sagen, ich solle nach Hause kommen und mit dir zusammen ziehen. Oder du würdest mich überzeugen, dass es an der Zeit wäre, nach New Orleans zurückzukehren."

„Nein, mein Kind. Da sind lose Enden mit diesem Mann. Die musst du schließen. Und dann entscheiden wir, wo wir leben."

Aurora legte ihren Kopf zurück an die Couch. „Und was ist mit Gio?"

„Was soll mit ihm sein?"

Auf den abschätzigen Tonfall ihrer Mutter hin hob Aurora den Kopf. „Soll ich einfach weiter so tun, als liebte ich ihn nicht?"

Cedalie nahm die Teetasse vom Beistelltisch und drückte sie wieder in die Hand ihrer Tochter. „Die Zeit wird es zeigen, meine Tochter. Du fühlst deine Gefühle, und die Zeit bringt die Wahrheit ans Licht."

MIT DEM VATER DES BABYS IM BETT

* * *

Halbherzig schob Dante einen Löffel in seine Eisportion und versuchte, bei dem Geschmack nach Zuckerwatte in seinem Mund nicht aufzuheulen. Er war eher der Schokoladenstückchentyp. Doch für Michelle würde er alles tun. Sie saß neben ihm an der Frühstückstheke, ließe ihre besockten Füße baumeln und summte vor sich hin, während sie sich durch ihren Teil der Packung arbeitete.

„Dante, ich glaube, du solltest mit Yoga anfangen", sagte sie plötzlich aus heiterem Himmel.

Er blinzelte zu seiner kleinen Schwester, seine Augen weiteten sich sofort amüsiert und überrascht. „Wie bitte?"

„Japp." Sie nickte in dieser autoritären Weise, die sie drauf hatte. Ihr zerzaustes Haar fiel nach vorn in ihr Gesicht, und einen Moment lang waren ihre Augen genau wie Dantes blockiert. Sie wischte es beiseite. „Es ist erwiesen, dass das bei Stress hilft."

„Ich bin nicht gestresst.

„Pfff." Sie verdrehte die Augen. „Und wie kommt es dann, dass du immer, wenn die Sonne noch kaum ihren Arsch hochbekommen hat, laufen gehst? Das machst du nur, wenn du gestresst bist."

Er beugte sich zu ihr hinüber, strich ihr selbst die Haare aus den Augen und musste über ihre Wortwahl schmunzeln. „Ich würde sagen, du könntest einen Haarschnitt gebrauchen, aber eigentlich siehst du vieles schon zu gut, Kid."

„Also habe ich Recht?"

„Was den Stress und das Yoga angeht?"

„Mit dem Stress."

Dante sah seine Schwester an, die zierliche Statur in dem viel zu großen Hemd, ihr Gesicht so sehr wie das ihres Vaters. Es versetzte ihm immer einen Dolchstoß in die Herzgegend, wenn er sah, wie der Mann ihn aus Michelles Gesicht heraus anschaute. Als er sie bei sich aufgenommen hatte, hatte er sich geschworen, er werde nichts so tun, wie sein Vater es getan hatte. Und was würde ihr Vater in diesem Moment tun? Er würde lügen. Deswegen rieb Dante sich mit den Händen übers Gesicht und versuchte, wie er einer ein wenig zu intuitiv veranlagten Zehnjährigen die Wahrheit sagen sollte.

„Ja. Ich bin gestresst. Hab in letzter Zeit etwas Mist gebaut bei der Arbeit."

„Warum?" Wenig verstohlen tauchte sie ihren Löffel auch in seine Hälfte des Eises.

„Ich war abgelenkt."

„Wegen der Frau, der du Blumen geschickt hast?"

Dante nahm die Hände von seinen Augen und starrte Michelle vollkommen erstaunt an. „Woher weißt du davon?"

Sie zuckte die Schultern. „Der Blumenversand ruft eben zu Hause an, wenn sie dich am Handy nicht erreichen. Manchmal müssen sie einen Ersatz für das nehmen, was du ausgesucht hast. Ich sage ihnen dann immer, was sie machen sollen."

Dafür gab es keine Worte. „Stimmt das?"

Sie zuckte die Schultern. „Also, wer ist sie?"

Er öffnete den Mund und klappte ihn wieder zu. „Ihr Name ist Aurora."

„Die Frau, mit der du manchmal zusammen arbeitest?"

„Mal im Ernst. Woher weißt du all das?"

Michelle warf ihm einen vielsagenden Blick zu. „Dante, wir wohnen zusammen, ich höre zu, wenn du etwas sagst. Das ist nicht gerade kompliziert. Außerdem habe ich sie beim Büropicknick kennengelernt. Erinnerst du dich nicht?"

„Schätze, das habe ich vergessen." Er schmunzelte, schlug ihren Löffel mit seinem eigenen Löffel von seinem Eis weg und nahm noch einen Bissen. „Also, ja, letzten Endes arbeite ich mit ihr zusammen und..." Er sprach nicht weiter, wusste nicht, wie er weiterreden sollte. Wie sollte er Michelle das erklären? Das ging für eine Zehnjährige zu weit.

„Und du bist in sie verknallt", fügte Michelle ein, da er es nicht konnte.

„Nein", begann er, doch dann dachte er darüber nach. Er meinte nicht, dass Michelle ihn darüber sprechen hören musste, dass er geradezu besessen war von Aurora. Diese eine Nacht, an der er sie am Altar ihres Körpers verehren durfte, hatte seinen Appetit nur angeheizt. Japp, nicht die Art Konversation, die ein Typ mit seiner zehnjährigen Schwester führte. „Naja. Sicher. Ich empfinde schon etwas für sie."

„Aber sie nicht für dich?"

Dante schüttelte den Kopf. „Sieht nicht so aus. Aber ich durfte sie einmal küssen."

Eigentlich war das nicht ganz richtig. Ihre Absicht war es gewesen, sich *nicht* von ihm küssen zu lassen. Doch er würde nicht erklären, dass sie zugelassen hatte, dass er sie um den Verstand fickte. Viermal. Also blieb es bei dem Kuss.

„Und jetzt schickst du ihr Blumen."

„Japp." Aus den Augenwinkeln heraus sah er sie an. Anfang der Woche hatte sie einen kleinen Rückfall mit ihrem Von-Willebrand-Jürgens-Syndrom gehabt. Das hatte einen kurzen Krankenhausaufenthalt erforderlich gemacht. Doch jetzt sah sie schon viel besser aus. Sie hatte ihre Farbe wieder. Er warf einen Blick auf die Uhr. In wenigen Minuten war es Zeit für ihre Medizin.

„Hast du ihr gesagt, was du empfindest?", fragte Michelle und stibitzte einen letzten Bissen seines Eises.

„Das weiß sie."

„Nein." Wieder schüttelte Michelle den Kopf. „In der Schule haben sie gesagt, dass man unbedingt seine Gefühle erklären muss, sonst versteht der andere sie vielleicht nicht. Du könntest denken, sie weiß es, und vielleicht tut sie es gar nicht."

Mit gehobener Braue sah er sie an. „Ich habe ihr seit sechs Wochen Blumen geschickt. Ich glaube, sie ahnt etwas."

Michelle zuckte die Schulter und rutschte von ihrem Barhocker. „Blumen können vieles bedeuten. ‚Es tut mir leid', ‚Heirate mich', ‚Geh mit mir aus', ‚Viel Glück.' Wer weiß schon, was sie denkt, dass du meinst?"

Dante blinzelte sie an. Michelle könnte da Recht haben. „In Ordnung. Vielleicht hast du Recht." Er warf seinen Löffel in die Spüle und folgte ihr in ihr Zimmer. „Zeit für deine Medizin."

„Ja, ja", grummelte sie. Doch das hielt sie nicht davon ab, nach seiner Hand zu greifen. Genau wie sie es getan hatte, als sie vor vier Jahren gekommen war, um bei ihm einzuziehen.

Dante sah auf ihren Kopf hinab. Das Kind wurde immer größer, so viel war klar. Doch er war froh, dass sie für manche Dinge doch noch nicht zu groß war.

KAPITEL FÜNF

Es verging eine Woche, und obwohl Aurora versuchte, geduldig zu sein, und sich an den Rat ihrer Mutter zu halten, hatte die Zeit ihr bislang einen feuchten Kehricht gesagt. Außer, dass es nervte, schwanger zu sein. Sie war leicht gereizt, ihre Nippel taten plötzlich weh, und um dem Ganzen noch die Krone aufzusetzen, war sie verdammt geil.

Aurora konnte sich nicht erinnern, jemals in ihrem Leben so angetörnt gewesen zu sein. Und zwar immer. Sie konnte nicht aufhören, an ihre Nacht mit Dante zu denken. Der heißeste Sex ihres Lebens. Und das machte ihr wirklich zu schaffen, denn sie überlegte verzweifelt, wie sie mit Dante eine Freundschaft eingehen konnte.

Ihre Mutter hatte sie ermutigt, ihn erst besser kennen zu lernen, bevor sie es ihm sagte. Und Aurora sah definitiv ein, dass das klug wäre. Und trotzdem hatte sie keine Ahnung, wie sie es anstellen sollte.

Sie waren nie Freunde gewesen, nicht einmal, bevor sie miteinander geschlafen hatten. Und jeder Annäherungsversuch von Auroras Seite musste unweigerlich als Zeichen missverstanden werden, dass sie noch einmal mit ihm schlafen wollte.

Was sie vollkommen wollte. Das konnte sie nicht leugnen. Sie hatte ihre gemeinsame leidenschaftliche Nacht öfter in Gedanken durchgespielt als sie zählen konnte. Doch sie war sich sicher, dass es eine schlechte Idee gewesen wäre, noch einmal mit Dante zu schlafen. Er verwirrte ihr Hirn, obwohl sie doch einen klaren Kopf bekommen und entschlossen sein musste. Jetzt mehr denn je. Wie ihre Mutter ihr nahe gelegt hatte musste sie herausfinden, was für ein Mann er war.

Außerdem war es nicht gerade so als wäre ihre Liebe zu ihrem Boss über Nacht einfach verschwunden, nur weil Dante eine Nacht lang ihren Schmerz gemildert hatte. Okay, sie war am nächsten Morgen aufgewacht und war jetzt zweier Männer wegen verwirrt, nicht mehr nur des einen wegen, doch das war unerheblich. Sie konnte sie beide nicht haben. Weder als Liebhaber noch als Ehemann.

Doch, ob ihr das nun gefiel oder nicht, Dante würde vielleicht noch eine andere Rolle in ihrem Leben spielen. Die Rolle eines Vaters für ihr Kind, wenn ihm daran etwas läge.

Während sie eine Akte vorbereitete, um sie in Gios Büro zu bringen, grübelte sie, wie sie Dante besser kennenlernen konnte, ohne wieder in seinem Bett zu landen. Vielleicht fiel ihr ein Arbeitsprojekt ein, an dem sie mit ihm gemeinsam arbeiten konnte. Dann wäre sie in seiner Nähe, könnte ihn beobachten, ihn kennenlernen, würde aber nicht Gefahr laufen, missverstanden zu werden.

Die Idee gefiel ihr. Aurora strich ihre smaragdgrüne Bluse glatt und klopfte ihre anthrazitfarbene Hose ab. Sie strich ihr Haar nach hinten, bevor sie ihr Büro verließ. Sie versuchte zwar nicht mehr, attraktiv für Gio zu sein, doch es schadete ja wohl nicht, möglichst gut auszusehen.

Sie marschierte mit triumphierend in die Luft gehobener Akte in sein Büro. „Hab sie gefunden!"

„Gott sei Dank", sagte Gio, stieß sich von seinem Schreibtisch ab, kam herum und stellte sich neben sie. „Ich hatte wirklich keine Lust, das alles noch einmal neu zu erarbeiten."

„Entschuldige, aber meinst du wirklich, dass das deine Leistung war?"

Gio grinste. „Ach, mein Fehler. Ich hatte wirklich keine Lust, *dich* das alles noch einmal neu erarbeiten zu lassen."

Sie lachte. Das war nur eines der Dinge, die sie so an ihm liebte. Ihre Kompetenz schüchterte ihn niemals ein. Selbst als sie hier als seine Assistentin angefangen hatte, hatte er gleich ihr Talent erkannt. Er war in vielen Hinsichten ihr Mentor. Sie betrachtete sein Profil, während er die Akte überflog. Er sah so verdammt gut aus. Diese dunklen Haare, der nachmittägliche Bartschatten und seine milchschokoladigen Augen.

„Störe ich?"

Dantes Stimme erklang von der Tür aus. Sein Haar war vom Wind zerzaust, und er trug eine Botentasche schräg über der Brust.

Und er sah Aurora an, als schaute er geradewegs in ihr Herz.

* * *

Plötzlich ergab alles einen Sinn. Einen schmerzlich klaren Sinn.

Sie war in Gio verliebt.

Dante hatte davon geträumt, diesen Gesichtsausdruck an ihr zu sehen. Weich und süß und hoffnungsvoll. Er hatte gewollt, dass Aurora ihn so ansah, und stattdessen galt dieser Blick Giovanni Esposito.

Verdammt. Und dabei war der Tag bisher so gut gewesen. Michelles Worte hatten ihn davon überzeugt, dass er mit Aurora reinen Tisch machen sollte. Er wollte die Karten auf den Tisch legen. Und wenn sie diese Karten nicht annahm? Nun, dann musste er eben ein großer Junge sein und verdammt noch mal weiterziehen.

Doch jetzt das. Was sollte er jetzt verflucht daraus machen?

„Ach, Dante", sagte Gio, als er aufsah und eine Akte aus Auroras Hand nahm. „Gut, dass du da bist. Ich hätte da ein paar Dinge, die ich mit dir besprechen müsste."

„Dann lasse ich euch beide mal in Ruhe." Aurora schlich sich aus dem Raum und ließ nur einen Hauch ihres Duftes zurück. Er war dezent, leicht, doch er stieg Dante gleich zu Kopf, wie ein Schluck Whiskey.

Dante setzte sich und überflog die Akte, die Gio ihm hatte zeigen wollen. Er musterte ihn, maß Giovanni, wie ein Gladiator seinen Gegner in der Arena gemessen hätte.

Schon, Gio ging im Moment mit einer Frau namens Rose aus, aber hatte Dante vielleicht etwas verpasst? Hatten Gio und Aurora schon einmal miteinander geschlafen? Der Gedanke stockte in seinem Magen wie saure Milch. Er versuchte, die irrsinnige Wut hinunter zu schlucken, die seinen Hals hinaufstieg.

„Dante, hörst du mir überhaupt zu?" Gio sah ihn gerade an, als hätte er den Verstand verloren. Was hatte er gesagt?

Dante versuchte, sich auf das Geschäft zu konzentrieren, doch seine Gedanken wirbelten noch durcheinander. Er konnte an nichts anderes denken als daran, dass Aurora in einen Mann verliebt war, der sie nicht wollte. Und irgendwie war sie deshalb in seinem Bett gelandet.

Da setzte sein Gehirn kurz aus. Denn wer, der alle Sinne beisammen hatte, konnte Aurora LeMonde nicht wollen? Diese Frau war reine Sünde auf Beinen. Sex im Körper einer Aphrodite.

Ein leises Klopfen an der Tür unterbrach ihre Besprechung, und das keine Sekunde zu früh. Dante hatte zehn Sekunden davor gestanden, sich über den Tisch zu beugen und Gio das gute Aussehen aus seinem Gesicht zu prügeln. Einfach für das, was auch immer Aurora in ihm sah.

Die Männer drehten sich um und erblickten Rose, die schüchtern in der Tür stand.

Gio erhob sich so schnell, dass die Papiere, die sie

sich gerade angesehen hatten, zu Boden flogen. „Rose!"

Dante hob eine Braue und beobachtete, wie Gio nach den Blättern fingerte und dann um den Tisch herum zu Rose eilte. War er bei Aurora etwa auch so? Igitt.

„Dann lasse ich euch beide mal allein", sagte Dante. „War schön, dich zu sehen, Rose."

„Dich auch", erwiderte sie, doch sie hatte ganz klar nur Augen für Gio.

Scheinbar hatte jede Frau auf der Welt bloß Augen für Gio.

Dante verließ Gios Büro und schloss die Tür hinter sich. Er warf einen Blick auf Auroras geschlossene Bürotür. Das war's also. Sie war in einen anderen verliebt.

Doch dann machte sich ein anderer Gedanke in seinem Kopf breit. Er vermutete, dass sie schon in Gio verliebt gewesen war, als sie miteinander geschlafen hatten, also war es offenbar kein Problem für sie. Das sorgte dafür, dass sein Blut pulsierte und er die Fäuste ballte, wenn er daran dachte, dass sie sich nach Gio sehnte, doch auf eine Weise, die ihn erleichterte.

Denn jetzt hatte Dante endlich das fehlende Puzzleteil. Er hatte alle Informationen. Jetzt konnte er einen guten Schlachtplan aufstellen. Er war blind gewesen. Er überlegte, welche Möglichkeiten er hatte, und da er ja ein gewitzter Geschäftsmann war, fiel ihm gleich etwas ein.

Er klopfte einmal an Auroras Tür, bevor er in ihr Büro trat, die Tür hinter sich schloss und sich in den Stuhl vor ihrem Schreibtisch setzte. Sie saß hinter ihrem Tisch und sah in dieser enganliegenden Seidenbluse zum Anbeißen aus. Sie hob eine Braue in seine Richtung.

„Kann ich dir irgendwie helfen?" In ihrer Stimme schwang die übliche Dosis Verachtung ihm gegenüber mit, doch da war noch etwas anderes. Nervosität.

„Jetzt, wo du es ansprichst, ja", sagte er, warf ihr ein übertrieben laszives Grinsen zu, hoffte, damit ein Lächeln bei ihr hervorzurufen und es wirkte beinahe.

Doch sie verkniff sich das Lächeln und verdrehte die Augen. „Tatsächlich bin ich froh, dass du da bist", sagte sie und lehnte sich in ihrem Stuhl zurück. „Ich hatte mich gefragt, ob du mit mir an dem Sydney Erweiterungsprojekt arbeiten möchtest. Natürlich könnte ich das auch allein, aber da werden viele Arbeitsstunden eingesetzt werden müssen, und ich dachte–"

„Wie lange bist du schon in Gio verliebt?" Er stellte die Frage ganz beiläufig, seinen Körper zurückgelehnt, als wäre er ein Löwe, der eine Gazelle auf der anderen Seite der Prärie beäugt.

„Ich ... was?" Ihr Gesicht war weiß geworden, wie schon einmal, als sie vor einer Woche beinahe ohnmächtig geworden wäre.

„Ich hab mich das nur gefragt. Seit Wochen? Monaten? Jahren? Ist ja kein Wunder, dass du an dem Abend der Party mit mir geschlafen hast. War ja der erste Abend, an dem er Rose mitgebracht hat." Die Worte waren wie Kiesel in seinem Mund, und er spuckte sie aus.

Sie starrte ihn mit geweiteten Pupillen an, ihr Atem ging nun schnell. „Ich..."

„Schau, ach, egal." Er hob eine Hand, um sie zu

unterbrechen. „Es geht mich nichts an. Ich dachte nur, du bräuchtest vielleicht jemanden zum Reden. Muss schon hart sein, einen Mann zu lieben, der eine andere liebt."

Sie senkte ihren Blick, und einen Moment lang hätte Dante am liebsten Gift geschluckt. Er war solch ein Sackgesicht. Doch er hatte diesen Schlag landen müssen, damit er etwas vorschlagen konnte, das für sie beide gut war. Wechselseitig vorteilhaft.

Sie räusperte sich, hob ihren Blick wieder, begegnete seinem jedoch nicht direkt. „Meinst du wirklich, Callaghan?"

„Ja, in der Tat. Ich denke, ich kann helfen."

Sie lehnte sich in ihrem Stuhl zurück und verschränkte defensiv die Arme vor der Brust. „Irgendwie fällt es mir schwer das zu glauben."

Er musterte sie. „Es fällt dir schwer zu glauben, dass ich dir helfen will, Aurora? Hast du so eine schlechte Meinung von mir?"

Ihr Ausdruck wurde nur ein wenig weicher. „Nein, natürlich nicht."

Er nickte. „Denn was ich vorzuschlagen hätte, wäre für uns beide von Vorteil."

Sie hob eine Braue und bedeutete ihm dann, er möge fortfahren.

„Benutz mich."

Sie stieß ein überraschtes, verärgertes Lachen aus. „Wie bitte?"

„Du musst doch irgendwie über Gio hinwegkommen, oder? Und das sollte lieber schnell passieren, stimmt's?

Nun gut, hier bin ich. Ganz offensichtlich willig. Mach, was in Dreiteufelsnamen du gerne mit Gio tun würdest, aber tu es mit mir. Sieh nur verdammt noch mal zu, dass du es aus deinem Kopf kriegst."

Sie sah ihn an als hätte er gerade in einer fremden Sprache zu ihr gesprochen. Als wären die Worte durch Wackelpudding zu ihr gedrungen. „Tut mir leid." Sie stand auf, ihre Hände auf den Schreibtisch gelegt. „Ich habe wohl nicht richtig verstanden."

Er blieb sitzen. „Du hast sehr gut verstanden. Benutze meinen Körper ganz wie du den von Esposito benutzen möchtest und verarbeite einige dieser Gefühle. Du kannst sie nicht ewig unterdrücken, Aurora. Sie müssen irgendwohin. Lass sie an mir aus. Und dann geht es weiter."

Sie schloss ihre Augen und presste dann diese sinnlichen Lippen aufeinander. „Verlass auf der Stelle mein Büro, Dante."

Wohl wissend, wann es an der Zeit war sich zurückzuziehen, erhob er sich. „Das Angebot gilt, LeMonde."

* * *

Das war ungezogen. Beleidigend. Anmaßend. Und er war ein absolutes Arschloch, dass er das überhaupt vorgeschlagen hat.

Mit Wucht schloss Aurora ihre Aktentasche und schwang sich den Riemen über die Schulter. In ihrem ganzen Leben war sie nicht so aufgebracht gewesen. Sie nahm einen tiefen, zischenden Atemzug und versuchte ihn langsam wieder auszustoßen.

Diese Wut konnte nicht gut für das Baby sein. Mit dieser Wut und dem ständigen Lustbrummen in ihrem Bauch war dieses Kind unweigerlich auf dem besten Weg als eine äußerst leidenschaftliche Person geboren zu werden.

Ganz wie sein Daddy. Aurora blieb an ihrer Bürotür stehen, als die Erinnerungen an jene Nacht sie überfluteten. Er war äußerst leidenschaftlich. Sie hatte nie einen gründlicheren oder aufmerksameren Liebhaber gehabt. Er hatte gewusst was sie empfand, bevor sie selbst es tat. Und er hatte jedes Geschütz aufgefahren. Sie erbebte.

Ihre Gedanken wanderten von dem was war zu dem, was sein könnte. Ihre Augen sanken auf den Stuhl, auf dem er vorhin gesessen hatte. Wie er sie angesehen hatte, darüber gegossen wie ein König. Gott, er war einfach ein Arsch. Doch er war auch anziehend. Sein Haar war nun länger als in jener Nacht, und sie hätte am liebsten daran gezogen. Ihre Hände hineingeschoben, während er seinen Mund zwischen ihren Beinen vergrub.

Aurora schüttelte den Kopf. Das konnte sie unmöglich wollen. Er war der größte Idiot, dem sie je begegnet war. Er hatte doch allen Ernstes vorgeschlagen, sie könnte sein Sexspielzeug sein.

Nein. Halt. Eigentlich hatte er vorgeschlagen, er könnte *ihr* Sextoy sein. Das war auf seine Weise schon ganz süß.

Aurora schüttelte erneut den Kopf. Sie musste verrückt sein. Sie schob es auf die Schwangerschaftshormone. Ja. Sie presste die Beine in ihren Slacks bloß wegen der Schwangerschaftshormone zusammen. Nur wegen der Hormone hatte sie sich vorgestellt, dass sie um den Tisch gehen und sich rittlings auf ihn setzen würde.

Aurora griff nach dem Türknauf ihres Büros, doch sie ließ die Hand sinken. Sie musste erst einmal wieder zu sich kommen, bevor sie da hinaus ging. Sie lief Gefahr, etwas Verrücktes zu tun, wenn sie so da hinaus ging. Beispielsweise könnte sie Gio ihre Liebe gestehen. Oder einen vollkommen Fremden bespringen.

Aurora sah an ihrem Körper hinab. Der gleiche alte Körper, den sie schon immer hatte. Groß, kurvig, im Moment eine Seidenbluse und ihre Arbeitsslacks ausfüllend. Kein Mensch würde vermuten, dass in just diesem Moment geradezu ein Strom sexueller Lust durch sie hindurch pulsierte.

Nun ja, Dante könnte es vermutet haben. Doch das ignorierte sie im Moment.

Sie atmete tief ein. Dann ein weiteres Mal. Sie war eine erwachsene Frau an ihrer Dienststelle. Sie würde einfach in ihr Auto steigen, nach Hause fahren und alles umorganisieren, sobald sie da war.

Sie musste sich überlegen, was zum Teufel sie mit diesem beachtlichen Verlangen machen sollte, das in ihr pulsierte. Ganz offensichtlich musste sie irgendwie und mit irgendwem in sehr naher Zukunft Sex haben. Sie konnte nicht viel länger mit dem Gefühl umgehen, dass sie jeden Moment umkippte, wenn sie nicht bald einen Orgasmus bekam.

Aurora riss die Tür zu ihrem Büro auf und ging mit großen Schritten zu den Aufzügen. Nach Hause kommen. Das war das einzige Ziel. Sie hämmerte auf den Aufzugsknopf und erstarrte. Moment mal, was war das ...? Oh mein Gott. Das war ein Kichern, das aus Gios Büro drang. Das Kichern einer Frau.

Aurora drehte ihren Kopf, um in die andere Richtung zu sehen. Rose war wohl bei ihm. In Gios Büro in eben dieser Sekunde. Sie war bei ihm, berührte ihn, saß auf seinem Schoß, knabberte sich ihren Weg seinen Hals hinauf.

Oh Gott. Aurora wurde übel. Sie war so geil, dass selbst der Gedanke an Gio mit einer anderen Frau sie antörnte. Die Türen des Aufzugs öffneten sich keinen Moment zu früh. Sie musste unbedingt weg aus diesem Büro, weg von Gio und Rose.

Sie fuhr mit dem Aufzug hinab in die Garage, und ihr Körper zitterte. Vor Wut? Ja. Vor Geilheit? Ja. Vor Adrenalin und Schmerz? Ja. Sie hatte das Gefühl, sie könnte sich die Haut abreißen und herumtanzen. Zugleich hatte sie das Gefühl, einen Marathon laufen zu können, ins Bett zu fallen und eine Woche lang zu schlafen.

Bislang war sie von der Schwangerschaft noch nicht beeinträchtigt.

Sie wusste nur, dass sie etwas Action brauchte. Etwas,

an dem sie sich abreagieren konnte. Danach würde sie klarer denken können. Aurora zog ihr Handy hervor und scrollte zur Tinder App hinunter. Die hatte sie vor ein paar Wochen aus einer Laune heraus heruntergeladen. Doch sie hatte sie noch nicht benutzt. Ihr Finger schwebte über dem kleinen Quadrat, dann ließ sie das Handy auf ihren Schoß sinken und beugte sich vor, legte die Stirn auf das Lenkrad.

Gott war sie armselig. Brannte in der Tiefgarage ihres Büros auf einen One-Night-Stand, während Gio oben mit seiner Freundin schmuste oder was auch immer. Ach ja, nicht zu vergessen, dass sie schwanger und auf der Suche nach bedeutungslosem Sex war.

Sie konnte mit keinem Fremden Sex haben. Was, wenn sie irgendetwas Merkwürdiges oder Schreckliches machten und sich das am Ende auf das Baby auswirkte? Das würde Aurora sich nie verzeihen.

Sie hatte nur zwei Möglichkeiten: Zölibat oder ... Dante. Und das war irre. Vollkommen irre. Warum, um Himmels Willen sollte Aurora jemals zustimmen, mit dem Mann zu schlafen, vor dem sie gerade eine Schwangerschaft verbergen wollte.?

Obwohl sie im Moment ja noch nicht wirklich schwanger AUSSAH. Sie hätte noch etwas Zeit, bevor sie es ihm sagen musste.

Aurora kaute auf ihrer Lippe und nahm das Handy. Auf gewisse Weise würde das zwei Fliegen mit einer Klappe schlagen. Sie würde diese verdammte Lust mit jemandem befriedigen können, der wirklich unglaublich gut beim Sex war. Und sie würde Dante dabei unweigerlich besser kennenlernen.

Die eigentliche Frage war: Wollte sie das auch? Wollte sie noch einmal mit ihm schlafen? Auroras Gedanken wanderten zu ungefähr vier Uhr morgens in jener Nacht, die sie miteinander verbracht hatten. Sie hatte sich rittlings auf seinen Schoß gesetzt, als sie sich auf seinem Bett niedergelassen hatten, ihre Arme umeinander geschlungen, sein Schwanz ganz tief in ihr. Er hatte seine Stirn an ihre Schulter gedrückt, und ihr Kopf war vor Lust nach hinten gefallen. Etwas hatte ihre Aufmerksamkeit erregt, und sie hatte zur Seite geschaut. Ein Ganzkörperspiegel hing innen an der offenen Tür seines Schrankes. Sie konnte sich und ihn darin sehen.

Aurora war überrascht gewesen von dem, was sie da sah. Die Leidenschaft zwischen ihnen beiden war mehr als offensichtlich. Sie hatte es in jeder Linie ihres Gesichtes gesehen, wie ihre Finger sich in ihn gruben, der angespannte, zitternde Griff ihrer Muskeln. Doch noch mehr war sie über seine vollkommene Schönheit überrascht gewesen. Seine fließende, beinahe gewaltsame Anmut, wie er in sie hineinpumpte. Seine Stärke, überaus deutlich und zugleich grausam zurückhaltend. Er war ein heftiger, gnadenloser Liebhaber gewesen. Doch sie konnte in diesem Spiegel auch sehen, wie viel er vor ihr zurückhielt, vorsichtig ihr gegenüber war. Es war wahnsinnig berauschend gewesen, zu sehen wie er sich wand, wie er nahm und gab.

Auroras Finger bewegten sich über ihr Handy. Sie

tippte und sie hatte sich kaum gestattet, über die Konsequenzen nachzudenken.

Ihr Körper war anscheinend ziemlich herrisch geworden, seitdem Dante sie geschwängert hatte.

Gut. Hast gewonnen. Bin in einer halben Stunde da.

KAPITEL SECHS

Dante öffnete die Deckel von dem indischen Essen, das er gerade hatte liefern lassen, warf ein paar Gabeln auf den Frühstückstresen und riss ein paar Küchentücher als Servietten ab. So. Das musste reichen. Wenn ihr das nicht gefiel, dann konnte sie ruhig...

Ach, wem machte er eigentlich etwas vor? Wenn ihr das nicht gefiel, würde er das Porzellan seiner Großmutter herausholen.

Dante wischte sich mit einer Hand über das Gesicht und sah hinab auf seine Arbeitskleidung. Normalerweise hätte er sich längst umgezogen, doch er hatte ihre Nachricht erhalten, als er gerade nach Hause gekommen war und hatte dann die nächste halbe Stunde wie ein Irrer damit verbracht, für sie fertig zu sein. Gott sei Dank hatte seine Tante Arlene heute Abend Zeit, denn sonst hätte er Michelle wohl für die nächsten Stunden in ihr Zimmer sperren müssen.

War nur Spaß.

Er sah auf die Uhr. Es war beinahe 45 Minuten her, seit sie ihm geschrieben hatte. Hatte sie es sich anders überlegt? Er schaute sich seine Antwort an sie an, nur

Sekunden geschrieben, nachdem sie ihm getextet hatte.

Ein einzelnes Wort.

Gut.

Und dann um die fünfzig Emojis mit Partyhüten, fünfzig Emojis mit Feuerwerk und fünfzig Emojis mit Flammen.

War vielleicht nicht das Coolste, das er je getan hatte, doch er würde sein Bankkonto darauf verwetten, dass sie hatte lachen müssen und zugleich ihre Augen verdreht hatte. Und das war es wert gewesen.

Jeder Muskel in Dantes Körper verkrampfte sich, als er ein leises Klopfen an der Haustür hörte.

Mit großen Schritten ging er den Gang entlang, riss die Tür auf, und da stand sie, auf seiner Veranda. Sie stand da, die Hände in den Taschen ihrer Slacks, ihr blondes Haar fiel ihren Rücken hinab, und sie hatte Gesichtsausdruck, den er viele, viele Male an ihr gesehen hatte. Diesen Blick hatte sie bei Besprechungen drauf, wenn sie wusste, dass sie nur Sekunden davon entfernt war, zu bekommen was sie wollte. Wenn es seine Hose schon in Besprechungsräumen mit zehn Klienten neben ihm ausbeulte, hatte es jetzt die zehnfache Wirkung, da sie vor seiner Tür stand, und niemand sonst da war, außer ihnen beiden.

„Hi", sagte sie mit leiser, rauer Stimme.

Er trat gleich beiseite und ließ sie eintreten. Er ging ein paar Schritte in Richtung Küche. „Schön, dass du da bist. Ich war so frei, indisches Essen zu bestellen. Wenn du–"

„Dante."

Er drehte sich um, sah zurück über seine Schulter und erstarrte. Sie kickte ihre Schuhe beiseite und war dabei, ihre enge Seidenbluse aufzuknöpfen. Der Blick in ihren Augen ließ ihn seinen eigenen Namen vergessen.

„Wir essen nicht. Wir reden nicht." Sie ließ die Bluse von ihren Schultern gleiten und warf sie zu Boden. Sie trug einen durchsichtigen schwarzen BH, der sowohl da als auch nicht da war. Er konnte sehen, wie ihre Nippel sich zusammenzogen und gegen den Stoff drückten. Als nächstes war der Knopf an ihren Slacks dran. Dann streifte sie auch die ab. Sie stand da in zwei Stückchen femininer Reizwäsche, bei deren Anblick er am liebsten auf die Knie gegangen wäre.

„Hattest du das heute im Büro an?" Seine Stimme war leise und rau und hörte sich sogar in seinen eigenen Ohren zu intensiv an.

„Was?"

„Diese Dessous. Diesen BH. Hattest du das heute an, als du mir gegenüber in deinem Büro gesessen hast?"

Sie nickte.

Dante riss sich sein Arbeitshemd über den Kopf. Scheiß auf die Knöpfe. Er wollte sich gerade an das Unterhemd machen, als sie auf ihn zuging.

„Nein, lass. Unterhemden sind verdammt heiß." Dann schlug sie ihm die Hände weg, öffnete den Knopf seiner Hose und kam wieder hoch.

Sie starrten einander die Dauer eines Blinzelns, eines Atemzugs lang an, bevor sie nach vorne brach, ihren Mund auf den pulsierenden Punkt an seinem Hals legte und ihn zu Boden zog.

Dante dankte dem Herrn dafür, dass es Teppiche gab, als sie übereinander her rollten. Er senkte seinen Kopf und saugte kräftig durch den BH an ihr. Aurora schrie auf und verschränkte ihre Beine um seine Taille.

Er versuchte, ihre Arme über ihrem Kopf festzuhalten, doch sie kämpfte darum, die Kontrolle zu haben. Er klemmte ihre Lippe zwischen seine Zähne, näher kamen sie immer noch nicht an einen Kuss heran, und Aurora stöhnte, heftig. Sein Körper schmiegte sich gegen sie, und sie nutzte die Gelegenheit.

Sie nutzte ihr gesamtes Gewicht und das Überraschungsmoment, um sie beide umzudrehen, so dass sie auf ihm war. In ihren Augen war Feuer, als sie sich gerade genug erhob, um seine Hose zu öffnen, sie weit genug an seinen Beinen nach unten zu schieben und seinen Schwanz zu befreien.

„Himmel. Ich dachte, ich hätte ihn mir in meiner Erinnerung schöngeredet", sagte sie, während sie seinen Schwanz anstarrte.

Er grinste. „Nö."

Sie sah zu ihm auf. Erwiderte das Lächeln nicht. „Kondom. Sofort."

Er griff in seine Gesäßtasche und begann, es aufzureißen, doch sie riss es ihm aus der Hand und machte es selbst. Als sie das Kondom an seiner Länge hinabrollte, musste Dante die Zähne zusammenbeißen und seine Hände in den Teppich krallen. Es war einfach zu gut.

Und dann krallte sie ihre Hände in seine Schultern, drückte sich auf ihm hoch, entschlossen, ihn zu nehmen.

„Aurora, Liebling, lass mich–" Er griff mit einer Hand an ihre Scham, denn er wusste, so klein wie sie war, musste sie schon extrem willig sein, um ihn aufnehmen zu können. Er wollte ihr helfen, diesen Punkt zu erreichen. Er wollte, dass sie an seiner Hand, in seinem Mund kam. Er wollte sie hundertmal kommen lassen, bevor er sie nahm. Sie hatten die ganze Nacht.

Offensichtlich dachte sie anders, denn sie schlug seine Hand beiseite, schob ihr Höschen zur Seite und ließ sich mit einer fließenden Bewegung auf ihn hinabsinken, nahm ihn bis zum Ansatz komplett in sich auf.

„Fuck", stöhnte Dante, hob unwillkürlich seinen Kopf und ließ ihn dann auf den Boden zurückfallen. Großer Gott. Wie konnte sie ohne Vorspiel so bereit für ihn sein? Und doch war es so, keine dreißig Sekunden, nachdem sie das Haus betreten hatte, steckte er tief in ihr. Dante hatte nicht vor, sich diese Gelegenheit entgehen zu lassen.

Seine Hände fanden ihre Hüfte, und er griff eine Sekunde lang in sie hinein, bevor er sie zu ihren wunderbaren Brüsten hinauf wandern ließ. Er füllte seine Hände mit ihr, während Aurora begann, ihn zu reiten. Er konnte die Führung nicht übernehmen, nicht in ihren Rhythmus finden. Sie fing einfach an, ihn wie wild zu reiten und hörte nicht auf, ihn wie wild zu reiten. Ihre Stöße waren eine berauschende Mischung aus gewaltsam und vorsichtig, und Dante verlor beinahe seinen Verstand.

Sie hatte ihre Augen fest geschlossen, so fest wie ihre

Finger, die sich immer noch in seine Schultern gruben. Ihr Haar breitete sich überallhin aus, kitzelte seine Brust, berührte seinen Hals, was Dante das irre Gefühl gab, dass sie langsam von ihm Besitz nahm, wie er Besitz von ihr nahm.

Er stellte seine Füße auf und begann, ihren Stößen entgegen zu kommen, womit sie eine neue Ebene erreichten. Das Geräusch aufeinander klatschender Haut erfüllte den Hauseingang und Aurora fing an, schwer zu stöhnen. Er spürte, wie ihr Körper sich langsam verkrampfte, und beobachtete sie bewundernd. Gott, sie war so erregbar. Sie drückte noch mehr nach unten, rieb ihre Klitoris bei jedem Stoß an ihn. Dante durfte nicht hinsehen, wie sie ihn nahm, sonst wäre er zu früh explodiert.

Sie war kurz davor. So kurz davor, dass er es spüren konnte. Er wollte sie dort nehmen. Doch als er gerade seine Hand auf ihre Klitoris legen wollte, senkte sie ihre Brust an seine, so dass der Winkel versperrt war. Sie rieb sich auf jede Weise an ihn, jeder Zentimeter ihres Körpers schlug, kniff, besaß ihn.

Er sah bereits Sterne und wusste nicht, wieviel länger er diese schönste Qual seines Lebens noch aushalten konnte. Dann bäumte sie sich ein wenig auf, gerade genug, um ihren vollen, weichen Mund genau auf seinen zu drücken.

Und, Gott, er war noch nicht bereit. Er hatte ja keine Ahnung gehabt, dass ein Kuss so sein konnte. Sie verschlang ihn komplett. Jeder Zentimeter seines Körpers stand in Flammen, und ihr Mund auf dem seinen war ein kühler, blumiger Balsam. Ihre warme Zunge schob sich in seinen Mund, wagemutig, süß, suchend. Dante verlor seinen Verstand.

Er schlang seine Arme um ihren Rücken, zementierte sie auf sich, während er sie von unten hart fickte. Sein Mund öffnete sich, und seine Zunge traf die ihre, verschlang sie. Ihr Geschmack explodierte in ihm. Das Beste, was er je in seinem Leben geschmeckt hatte. Und das hieß schon was, schließlich hatte er ja bereits ihre Pussy probiert. Er zog ihre Zunge in seinen Mund, während sie laut und heftig stöhnte.

Wieder und wieder schlug ihr Körper auf seinen hinab. Er verschluckte ihr Stöhnen, nahm sie in sich auf, von wo sie nicht mehr entkommen könnten. Jeder Zentimeter ihres Körpers traf ihn, auf den Händen zu beiden Seiten seines Gesichts. Sie kam so heftig und so lang, dass Dante das Ende kaum erwarten konnte. Er kniff die Augen zu, seine Hände ballten sich auf ihrem Rücken zu Fäusten, und er ergoss sich in das Kondom hinein. Zum ersten Mal in seinem Leben verfluchte er diese Barriere zwischen sich und einer Frau.

* * *

Aurora öffnete ihre Augen und merkte erst allmählich, dass ihre Haare ihr Gesicht komplett bedeckten. Dante atmete heftig unter ihr, und dieser Atem verwandelte sich rasch in ein dunkles, polterndes Lachen.

„Heilige Scheiße. Ich glaube, du hast mich gerade umgebracht." Er griff hinten um sie nach unten, um das Kondom festzuhalten, während er sich aus ihr herauszog.

Aurora nutzte das letzte bisschen Kraft, das sie noch hatte, um sich aufzusetzen, immer noch rittlings auf ihm. Sie warf ihr Haar nach hinten. „Ich glaube, ich habe uns beide umgebracht." Sie legte eine Hand auf ihr rasendes Herz und musste unweigerlich mit ihm mitlachen.

„Hat sich da ein bisschen was in dir angestaut, meine Schöne?", fragte er, erhob sich auf seine Füße, verknotete das Kondom und warf es in den Mülleimer im Bad nebenan. Seine Hände in die Hüften gestemmt, drehte er sich zu ihr um und sah sie in seiner ganzen Pracht an.

Einen Moment lang bewunderte sie sein Aussehen, dann streckte sie sich ausgiebig. „Nur ein winziges bisschen", meinte sie.

Sie machte Anstalten aufzustehen, doch bevor es ihr gelang, hatte er sich hinunter gebeugt, sie hochgehoben und in die Küche getragen, wo er sie nackt auf die Arbeitsfläche aus Granit setzte. Die Kühle ließ sie zischen, und er lächelte. „Na, das ist mal ein schöner Anblick. Endlich hungrig?"

Sie schluckte schwer, dann nickte sie, froh, dass er nicht mit ihr über das reden wollte, was gerade geschehen war. Sie mussten nicht über die Gründe sprechen, warum sie eben so aggressiv rangegangen war. Er musste nur wissen, dass sie Sex gewollt und bekommen hatte.

Ganz einfach.

Doch als sie so in BH und Höschen dasaß, wusste sie,

dass sie sich selbst etwas vormachte. Sie wusste, dass von dem Moment an, als sie Dante kennengelernt hatte, nichts, was Dante anging, einfach war, und das galt jetzt umso mehr.

Mit deutlichem Widerwillen trat Dante langsam von ihr weg, ging auf die andere Seite der Küche zu dem Essen, das er dort vorbereitet hatte. „Ich habe Indisches zum Abendessen und dann Eis, wenn du einen Nachtisch magst. Mir ist eingefallen, dass du gerne Indisch isst, denn–" Er drehte sich um, um sie anzusehen und erstarrte.

„Was ist?", fragte sie, als er nicht weiter sprach.

„Hast du eigentlich eine Vorstellung wie verdammt schön du bist? In meiner Küche. Auf meinem Tresen. In diesen beiden winzigen Dessous, dein Haar ganz wild und glänzend, deine Augen strahlend und groß, und deine Lippen, so rot, geschwollen und voll."

Sie blinzelte, fühlte sich berauscht. „Und hast du eine Vorstellung, wie verdammt gut du aussiehst? In deiner Küche? Beinahe nackt. Dein Haar zerzaust. Deine blauen Augen strahlend und überwältigend. Deine Lippen ganz rot und dein Körper ... dein Körper..."

Seine Augen fixiert auf ihre Lippen durchquerte Dante die Küche wieder in die andere Richtung, wie ein Löwe, der eine Beute ins Visier genommen hatte.

„Du hast mich dich küssen lassen", sagte er, seine Stimme nicht mehr als ein Flüstern.

„Ach ja." Aurora hatte ihn an dem Abend der Party nicht küssen wollen, es war ihr zu persönlich vorgekommen. Doch heute Abend hätte selbst ein Tornado in diesem Haus sie nicht davon abhalten können, ihn zu küssen.

„Und du wirst mich dich wieder küssen lassen", sagte er beinahe gegen ihre Lippen, während er zwischen ihre Beine glitt.

„Okay", flüsterte sie, unfähig sich etwas vorzustellen, das sie mehr wollte. Okay, es gab schon einige Dinge, die sie mehr wollte, doch da sie sich ziemlich sicher war, dass sie alles bekommen würde, sehnte sie sich nach seinem Kuss. Hier und jetzt.

Und dann waren seine Lippen auf ihren. Direkt, fordernd, einnehmend. Dieser Kuss hatte nichts Vorsichtiges an sich, er presste ihren Mund gegen seinen, verschlang sie mit Haut und Haaren.

„Dante!" Überrascht löste sie sich von ihm, als seine Zunge über ihre Vorderzähne gefahren war.

„Lass mich", knurrte er. „Deine Vorderzähne treiben mich in den Wahnsinn. Sie sind so weiß gegen deine süßen rosa Lippen und nur ganz wenig schief."

„Hey!" Wieder löste sie sich, unsicher, ob sie sich nun beleidigt oder geschmeichelt fühlen sollte. Sie legte ihre Hand über ihren Mund. „Ich hasse meine schiefen Vorderzähne."

„Das musst du nicht", forderte er und nahm ihre Hand hinunter. „Die sind verdammt heiß."

Sie sah ihn an, als tickte er nicht ganz richtig. „Schiefe Zähne sind heiß?"

„Deine schon", beharrte er, beugte sich vor und saugte für eine Sekunde ihre Unterlippe in seinen Mund. „Solch kleine Unvollkommenheiten haben etwas. Ich weiß nicht. Es macht mich einfach verrückt. Es ist als wärst du diese vollkommen perfekte Göttin. Aphrodite. Kleopatra. Und dann gibt es da diese perfekte unvollkommene Stelle, die mich daran erinnert, dass du ein Mensch bist." Er fuhr mit einer Hand grob an ihrer Seite hinauf, schloss besitzergreifend seine Hand um ihre Brust. „Es erinnert mich daran, dass ich dich berühren kann." Er kam ihr noch etwas näher, presste ihre Hitze in seinen Bauch und umschlang ihre Zunge mit seiner nur für einen kurzen Moment. „Dich ficken kann."

„Hui!" Das Wort war atemlos, verzweifelt, während sie nach Luft schnappte und ihre Beine um seine Hüfte schlang. Sie hatten vor nicht einmal zehn Minuten gefickt, er konnte doch unmöglich wieder anfangen, oder? Der Mann war beinahe vierzig. Aber, ups, richtig, das, was sie da an ihrem Bauch spürte, war definitiv nicht sein Bein. Wow. Der Kerl hatte Stehvermögen.

Sie riss ihren Mund von seinem los und schnappte nach Luft, lehnte eine Sekunde lang ihre Stirn an seine Schulter. In ihr wallten Gefühle auf, die diesen Moment sehr verwirrend machten. Sie war erschöpft und doch aufgedreht, satt und hungrig, argwöhnisch und leichtfertig, alles zugleich. Sie wusste, dass das Vernünftigste wäre, jetzt einen Rückzieher zu machen, sich zu sammeln, einen Moment lang ihre Gedanken in der Zurückgezogenheit ihres eigenen Hauses erst einmal zu sortieren.

Doch all diese Gedanken verflogen, als Dante sich seinen Weg ihren Hals hinab küsste. Und über ihre Brüste.

Ihren Brüsten brachte er reichlich, ganz eigennützige Aufmerksamkeit entgegen, als er ihren BH öffnete, dann jede einzelne Brust mit seiner Zunge und seinen Zähnen verwöhnte und mit seinen Stoppeln dafür sorgte, dass ihre Nippel sich aufrichteten und nach ihm flehten.

Sie lehnte sich zurück auf ihre Hände auf dem Tresen, als er weiter ihren Bauch hinab Küsse verteilte, ihren Nabel kitzelte und dann endlich, endlich seinen Mund auf ihre Scham legte. Sie trug immer noch ihre Unterwäsche, deswegen spürte sie nicht jedes Detail, aber sein heißer, sündhafter Mund ließ sie sich auf dem Tresen verkrampfen und aufbäumen.

In jener Nacht, die sie miteinander verbracht hatten, hatte er sie von seinen Fingern geschmeckt, von ihren Fingern, doch er war nicht direkt auf sie hinunter gegangen. Und schon allein die Vorstellung, er stünde kurz davor, genau das jetzt nachzuholen, ließ Auroras Atem nur noch stoßweise kommen.

Er kniete vor ihr nieder und zog ihr das Höschen aus, dann nahm er sich eine weitere Sekunde, um sich auch seines Unterhemdes zu entledigen. Er schmiss die nutzlose Kleidung auf den Boden hinter sich. Aus irgendeinem Grund fand sie den Anblick, wie ihre sexy schwarzen Dessous vermischt und durcheinandergeworfen mit seinem praktischen Unterhemd dalagen, furchtbar erotisch. Aurora spreizte unwillkürlich ihre Beine weiter für ihn, auch wenn das im Moment nicht erforderlich gewesen wäre.

„Braves Mädchen", knurrte er und sah zwischen ihren Beinen auf. Er sah ihr weiterhin in die Augen, als er sich vorbeugte und seinen Mund wieder auf sie legte.

Auroras Körper war komplett unter Strom. Es hätte sie nicht gewundert, wenn blaues Licht aus ihren Fingerspitzen geschossen wäre, oben aus ihrem Kopf. So etwas hatte sie noch nie gespürt. Dieser Mann war ein Naturtalent, das war klar, aber sie selbst hatte auch noch nie solch eine Leidenschaft empfunden.

Seine Hände lagen auf ihren Schenkeln, hielten sie für ihn gespreizt. Er küsste sie als wäre sie die Liebe seines Lebens, als hätte ein Krieg sie seit Jahrzehnten getrennt. Er küsste ihre Pussy, als erstickte er, und sie sei seine Luft.

Dann tauchte seine Zunge in sie hinein, und das Liebkosen war vorüber. Jetzt fickte er schlicht und ergreifend ihre Pussy mit seinem Mund. Wieder und wieder tauchte er in sie hinein, berührte geschickt jede Stelle an ihr. Als er seinen Mund nach oben schob und an ihrer Klitoris saugte, züngelte, saugte und stöhnte, fiel Aurora über die Klippe auf die andere Seite der Lust. Ihr Körper bebte, zitterte, wurde Wachs in seinen Händen. Er machte weiter, während sie ihren Höhepunkt erlebte, dann stand er auf und bettete ihren Kopf an seiner Schulter, als ihre Kräfte versagten.

Sie konnte gerade das Geräusch erahnen, wie eine Kondompackung aufgerissen wurde. Er fuhr mit seinen Fingern durch ihr Haar und lehnte ihren Kopf zurück. Was sie in seinem Gesicht entdeckte, überraschte sie. Ein furchtbares Verlangen nach ihr zeichnete sich in jeder Linie seines Gesichts ab. Er war nicht mehr der höfliche Dante, den sie aus den Besprechungsräumen kannte, oder

der attraktive, immer für einen Flirt zu habende Dante, der sich bei Veranstaltungen gerne an ihre Seite gesellte. Das hier war der ausgewachsene Pirat Dante, der Soldat Dante, Sex-Dante. Er stand unter Strom, war erregt und in Ekstase.

Die Hand in ihrem Haar schloss sich, so dass es ihr beinahe wehtat, bevor er sie zu ihrem Kinn sinken ließ. Er hielt ihr Gesicht, während sein Schwanz sich an ihrer Öffnung in Position brachte und nur den Bruchteil eines Zentimeters eindrang.

„Lässt du mich noch einmal, Baby?", fragte er und allein bei seinen Worten verkrampfte sich ihre Pussy, und ihr Herz begann zu rasen.

„Ja. Gott, ja."

Er drang komplett in sie ein, und beide stöhnten. Seine Stöße waren kurz und fest und bewusst, als grübe er in ihr nach einem besonderen Geheimnis. Und Himmel, das fand er. Bei dem Winkel drückte er gegen etwas, das Aurora nie zuvor wahrgenommen hatte. Es fühlte sich an wie ein Orgasmus, der tief aus ihrem Innern kam, doch sie hatte nicht einmal gewusst, dass das möglich war. Sie spannte ihre Beine um seine Hüfte an und ließ es zu, dass er sie dort nahm. Dass er ihr alles zeigte.

Sie hielt sich fest und explodierte in einem Kaleidoskop von Sternen, als sie in seinem Mund schrie. Sie spürte, wie auch er sich verkrampfte und nachgab, und sie konnte nichts weiter tun, als ihn noch fester zu halten.

KAPITEL SIEBEN

„Essen", knurrte Aurora gegen seinen Hals, gegen den sie ihr Gesicht gelehnt hatte. Die Nachwehen waren verschwunden, und alles, was blieb, war vollkommene Erschöpfung. Ein absolutes Bedürfnis nach Essen, wie sie es nie zuvor an sich gekannt hatte. „Jetzt."

Dante schmunzelte und brachte sie beide auseinander, erschauderte, als er ihn aus ihr herauszog. Sofort vermisste sie die Hitze seiner Haut an ihrer, doch irgend etwas hielt sie davon ab, ihn wieder an sich zu ziehen.

Er reichte ihr seine Hand, damit sie vom Tresen hüpfen konnte.

„Das Essen wird wohl noch einmal aufgewärmt werden müssen. Du kannst dich im Bad frisch machen, wenn du magst, und ich mache das Essen fertig. Weißt du noch, wo es ist?"

Er deutete mit seinem Kinn zur Treppe und dem Raum, an den Aurora sich nur allzu gut erinnerte.

Aurora nickte und bibberte. Sie hatte gar nicht gemerkt, dass die Luft hier drin so kühl war, bis sie jetzt hier so stand, vollkommen nackt und von einer dünnen Schicht Schweiß bedeckt. „Woher wusstest du, dass ich jetzt ein Bad gebrauchen könnte?"

Er zuckte die Schultern. „Du kannst dich ja kaum auf den Beinen halten. Entspann dich oben ein wenig, ich sage dir Bescheid, wenn das Abendessen fertig ist."

Aurora runzelte die Stirn, drehte sich dennoch um und ging die Treppe hinauf. Das hier lief überhaupt nicht so, wie sie gedacht hatte. Sie hatte wirklich gedacht, sie käme hierher, würde ihn vögeln und dann abhauen. Aber er hatte auch noch etwas zu essen bestellt? Was zum Teufel hatte er bloß vor? Auf keinen Fall würde sie ohne Essen von hier verschwinden. Er hatte Recht, sie war wie tot. Ein Bad wäre jetzt wirklich ganz schön.

Sie ging achtlos an seinem Schlafzimmer vorbei und ignorierte die Erinnerungen, die es mit sich brachte, und ging stattdessen direkt in das angrenzende Badezimmer. Sie seufzte. Eine freistehende Wanne mit Füßen. Perfekt.

Sie ließ Wasser einlaufen, konnte jedoch keinen Badeschaum finden. Sie verdrehte die Augen. Aber der Kondomvorrat war aufgefüllt. Und wie gut hatten die ihnen genützt.

Normalerweise bevorzugte sie ein kochendheißes Bad. Doch ihre Frauenärztin hatte sie im ersten Trimester davor gewarnt, deswegen gab sie sich mit einem lauwarmen zufrieden. Und dennoch konnte sie sich nicht beschweren, als sie ihr Haar in einen losen Knoten gesteckt hatte und sich in das warme Wasser gleiten ließ. Himmlisch.

Sie bediente sich an der Seife, die am Rand lag, und schwelgte in deren männlichem Duft.

Als sie alles gesäubert hatte, schlossen sich ihre Augen, und sie schwebte irgendwo zwischen Gedanken, Träumen und Erinnerungen, jeder Muskel ihres Körpers entspannte sich langsam.

„Liebling."

Bei seiner Stimme riss sie die Augen auf, doch sie verspannte sich nicht wieder. Er stand in der Badezimmertür, barfuß und ohne Hemd, seine Hose hing tief auf seiner Hüfte. Er verschränkte die Arme vor der Brust und sah sie mit gequältem Gesichtsausdruck an.

„Willst du mich hineinlocken?" Mit dem Kopf deutete er auf ihre Beine, deren eines hochgezogen war, ihr Fuß lag auf dem Wannenrand. Für Aurora war das eine ganz natürliche Haltung, doch ihr wurde klar, dass das auch aufreizend wirkte. Sie öffnete sich ihm damit.

Der Gedanke traf sie wie ein Blitz. Sie stellte sich vor wie er zu ihr in die Wanne stieg, mit Hose und allem, wie das Wasser auf allen Seiten überlaufen würde. Ihre Vagina verkrampfte sich um nichts, wollte wieder gefüllt werden. Doch eine andere Art Hunger gewann diesmal die Überhand.

„Essen", krächzte sie erneut.

Dante warf seinen Kopf zurück und lachte. „Ist in Ordnung, meine Hübsche. Es ist alles fertig unten. Ich hab dir deine Kleider gebracht." Er nickte in Richtung eines Haufens gefalteter Kleidung, die er auf den Waschtisch gelegt hatte. „Aber wenn du etwas Bequemeres möchtest, das findest du im Schrank."

Und dann war er auch schon weg. Hatte sie sich selbst

überlassen. Von der Minute an, in der sie ihn in der Tür gesehen hatte, war Aurora sicher gewesen, dass er bleiben und ihr zusehen würde wie sie aus der Wanne stieg. Doch nein, er ließ ihr den Freiraum. Und hatte ihre Kleidung gefaltet.

Über diese neue Information musste sie ihre Nase kräuseln. Merkwürdig. Das passte irgendwie nicht zu dem Playboybild, das sie von ihm im Kopf hatte. Naja, sie war ja teilweise deshalb hier, weil sie etwas über ihn erfahren wollte, also war es wichtig, dass sie unvoreingenommen an die Sache heranging.

Sie trocknete sich ab, und obwohl sie ganz stark versucht war, sich seine Sachen anzusehen und etwas auszuwählen, das sie tragen könnte, schlüpfte sie in ihre eigene Kleidung. Schließlich musste sie auch eine gewisse Distanz wahren.

Sie betrachtete sich kurz im Spiegel und war überrascht von dem, was sie da sah. Abgesehen von ihrem Business-Outfit hätte sie auch als Studentin durchgehen können, die nach dem Unterricht zu Hause abhängt. Ihr Haar war am Hinterkopf hochgetürmt, ihr Make-up vom Bad verwischt. Ihre Haut war gerötet und leicht rosa. Und ihre Augen waren ... unscharf? Entspannt? Glücklich?

Seltsam. Was ihr eigenes Spiegelbild ihr da verriet machte sie misstrauisch, und Aurora ging nach unten. Sie war sich sicher, dass sie jetzt ein ganzes Buffet alleine verdrücken konnte. Ein All-you-can-eat-Anbieter würde heute Verluste einstecken.

Als sie die Stufen hinunterhüpfte und sich auf den

Barstuhl am Frühstückstresen hockte, hatte sie wieder eine ganz klare Sicht. Dante – gelobt sei er – hatte ihren Teller bereits mit Essen gehäuft und stellte ihr gerade ein Glas Eiswasser dazu.

„Ich hab auch Bier da. Wein? Einen Schluck Whiskey, damit du wieder Farbe in die Wangen bekommst?" Er musterte sie mit zur Seite geneigtem Kopf. „Obwohl, vergiss es. Das hat das Bad schon erledigt."

Einen Moment lang begegnete sie seinem Blick, und etwas funkte zwischen ihnen, bevor sie sich entschlossen über ihr Essen hermachte. Sie wedelte mit der Hand, um zu zeigen, dass das Wasser reichte.

Er beugte sich über den Tresen und beobachtete mit einem leicht überraschten Blick wie sie aß. „Wenn du dein Haar so hochgesteckt hast und kein Make-up trägst, könntest du glatt als 18 durchgehen."

Endlich blickte sie zu ihm auf, schluckte hinunter, was sie im Mund hatte und nahm einen großen Schluck Wasser. „Soll ich dir meinen Ausweis zeigen?"

Er lachte. „Ich glaube dir einfach so."

* * *

Dante rutschte auf den Stuhl ihr gegenüber und begann ebenfalls zu essen. Er wurde nicht schlau aus ihr. Sie schien entspannt zu sein, befriedigt und ganz offensichtlich hungrig. Doch er wusste verdammt noch mal nicht, was sie außerdem fühlte.

Er war sich nicht sicher, warum das überhaupt eine

Rolle spielte. Unabhängig davon, was sie empfand, hatten sie etwas Wunderschönes miteinander erlebt. Er dachte an ihren Gesichtsausdruck, als sie durch die Tür gekommen war. Wie sie geschaut hatte, als sie ihn in sich aufgenommen hatte. Oh ja. Er war jetzt definitiv im siebten Himmel. Es war albern, aber er hatte das Gefühl, sein Barhocker sei ein Heliumballon, der in die Stratosphäre flog.

Nachdem der erste Heißhunger ein wenig gestillt war, atmete Aurora tief ein und begann etwas sittsamer zu essen. Dabei sah sie sich in seinem Zuhause um.

Er fragte sich, ob das, was sie sah, sie überraschte.

„Weißt du was? Dein Haus ist hübscher als ich es mir vorgestellt habe. Es ist wirklich ein Zuhause."

Er hob eine Braue und biss in eine Samosa. „Wie hattest du es dir denn vorgestellt?"

„Weiß nicht. Viel Chrom und Glas. Eine Eigentumswohnung hoch über der Stadt, von wo aus du auf alle hinabblicken kannst. Einen Raum für deine Sexspielzeuge."

Dante warf erneut seinen Kopf zurück und lachte. Lachte herzhaft. „Mann, damit hast du meine alte Wohnung haargenau getroffen. Außer, was die Sexspielzeuge angeht. Aber, ja, die habe ich verkauft und bin hierher gezogen, als ich das Sorgerecht für meine Schwester bekommen habe. Sie brauchte etwas Wärmeres. Heimeligeres."

* * *

Aurora senkte ihren Blick von ihm auf ihr Essen, obwohl sie es kaum wahrnahm. Wieder hatte er sie überrascht. Als hätte das Haus das nicht schon genug getan.

Es war heimelig. Bunte Gläser mit Kräutern und Gewürzen auf der Arbeitsfläche, ein hässliches, selbstgemachtes Etwas am Fenster über der Spüle, Sets, die nicht zusammen passten auf dem großen Esstisch hinter ihr. Und Bilder an den Wänden. Und zwar viele. Künstlerische und Familienbilder. Was in aller Welt?

Und was zum Teufel meinte er mit ,Sorgerecht'? Er kümmerte sich um seine kleine Schwester? Dante Callaghan wohnte in einem Haus in einem Vorort und zog ein Kind groß? Warum um Himmels Willen hatte sie das nicht gewusst? Sie kannte den Mann nun schon vier verdammte Jahre lang.

Verwirrt kniff er die Augen zusammen, als er ihre Reaktion beobachtete. „Das wusstest du nicht? Das von meiner Schwester?"

Aurora räusperte sich und nahm einen hilfreichen Schluck Eiswasser. „Ich wusste, dass ihr beide euch nahe steht. Ich habe sie vor einigen Jahren bei einem Geschäftspicknick kennengelernt, weißt du noch?"

„Das weiß ich noch." Seine Augen waren dunkel und undurchdringlich.

„Aber ich wusste nicht, dass du das Sorgerecht für sie hast. Ich dachte, du hast sie mitgebracht, um..."

Aurora unterbrach sich, denn ihre hässliche Vermutung widerte sie an, und sie war entsetzt, dass sie es beinahe laut ausgesprochen hätte.

Doch Dante lächelte nur leicht und lud sich noch mehr Channa Masala aus der Box auf seinen Teller. „Du dachtest, dass ich sie mitgebracht habe war so eine Art Anmachtaktik für die Frauen beim Picknick? Eine Möglichkeit, die Ladies zu erweichen, damit ich einen kleinen Vorgeschmack bekommen konnte?"

Aurora zuckte die Achseln, ihre Wangen glühten vor Scham. „Schätze schon."

Dante nahm es mit Humor, schmunzelte und seufzte. „Ja, muss schon sagen – ich hatte gar nicht erwartet, dass einige Frauen es heiß finden, dass ich alleinerziehend bin."

Aurora lachte, schob ihr Essen auf dem Teller hin und her. Sie schwankte noch. Zwischen ihrer Entdeckung, dass Dante seine Schwester großzog und der Tatsache, dass sie ihn kaum kannte.

„Entschuldige. Ich will gar nicht schlecht von dir denken."

Er zuckte die Schultern. Sollte sie seine Gefühle verletzt haben, dann verbarg er es zumindest gut. „Ich denke, mein Ruf eilt mir oft voraus. Ob er nun verdient ist oder nicht."

Was meinte er damit? Dass er doch kein Draufgänger war? In Auroras Kopf drehte sich alles. Das war eine Menge an Informationen auf einmal. Sie hatte Hunderte von Fragen, doch aus irgendeinem Grund hielt sie den Mund. Sie hatte ihn schon genug beleidigt und war jetzt zu nervös, um überhaupt noch etwas zu sagen.

Dante häufte noch mehr Essen auf ihren leeren Teller

und sah sie an. „Ist in Ordnung, Aurora. Frag ruhig. Du möchtest mehr über mich und Michelle wissen?"

Sie sah auf. Es war ihr unhöflich vorgekommen, weiter nachzuhaken, doch er bot es ihr ja selbst an, und weitere Informationen waren der Hauptgrund gewesen, weshalb sie überhaupt hier war. „Eure Eltern sind..."

„Beide am Leben. Meine Mutter ist flatterhaft, man kann sich nicht auf sie verlassen. Zuckersüß und gerade irgendwo in Thailand. Sie ist nicht Michelles Mutter. Wir sind nur über unseren Dad verschwistert. Und der..." Er unterbrach sich, sein Gesichtsausdruck wurde finster. "...ist unfähig ein Vater zu sein. Als Michelles Mutter starb, als meine Schwester fünf Jahre alt war, war mir klar, dass es jetzt meine Aufgabe war, dafür zu sorgen, dass sie ein gutes Leben bekam. Es dauerte beinahe ein Jahr, doch als sie sechs war, bekam ich das Sorgerecht für sie zugesprochen."

„Und wie alt ist sie jetzt?", fragte Aurora und sah sich weiter nach Hinweisen um, dass hier ein kleines Mädchen lebte. Sie sah ein lila Kleidungsstück in der Wohnzimmerecke über einen Stuhl geworfen.

„Am dreißigsten wird sie zehn, und glaub mir, sie ist schlauer als ich."

Aurora nahm das kleine Lächeln in seinem Gesicht in sich auf, während er so über seine Schwester sprach, und einen Moment lang hatte sie das Gefühl, sie blicke direkt in die Sonne. Sie meinte, es gäbe zwei Dante Callaghans. Der eine, der ihr jahrelang nachgestellt hatte, und der andere, der liebenswert in sein Essen lächelte, wenn er über die kleine Schwester sprach, die er großzog. Ihr Kopf schmerzte plötzlich hinter ihrem linken Auge.

„Warum bringst du sie dann nie mit? Du hast sie nun schon seit vier Jahren, und ich habe sie erst einmal, bei dem Picknick vor zwei Jahren gesehen."

„Sie hasst alles, was mit meiner Arbeit zu tun hat. Ab und zu nehme ich sie mit in mein Büro, wo sie sich dann eine Stunde lang mehr oder weniger allein beschäftigt. Und danach wünschte ich, ich wäre nie geboren." Wieder grinste er.

Aurora hatte das Gefühl, ihr Magen habe sich zu einer Faust geballt. Einer riesigen, geballten Faust.

„Aber das Picknick sollte ja draußen stattfinden, und es sollten auch noch andere Kinder kommen, deswegen wollte sie hin. Und", einen Moment lang strich er sich mit einer Hand über seine Stoppeln, diesen Gesichtsausdruck hatte sie noch nie an ihm gesehen. „... ich war, wie soll ich sagen, wie ein nervöser frischgebackener Vater. Ich war so aufgeregt, als sie bei mir einzog. Wir kannten uns kaum, und ihre Mom war ja gerade gestorben. Ich wollte nur, dass sie es schön hatte und glücklich war. Deswegen haben wir viel Zeit allein miteinander verbracht. Und ich schätze, das hat sich dann irgendwie so eingefahren."

Aurora speicherte die Information für später ab. Sie meinte, kaum atmen zu können, ganz zu schweigen davon, zu verstehen, was er gerade sagte. Sie dachte an das kleine Mädchen beim Geschäftspicknick zurück. Strubbelige Haare, ein Little League Softball-T-Shirt. Sie war süß gewesen. Sie hatte Aurora gebeten, mit ihr zur Toilette zu gehen, weil Dante da nicht hinein durfte. Da fiel ihr noch etwas anderes ein. „Sie hat sich beim Picknick verletzt. Sich das Knie aufgestoßen oder so?"

Dantes Augen verfinsterten sich erneut. „Wir mussten schon bald ins Krankenhaus."

„Ins Krankenhaus, wegen eines aufgeschlagenen Knies?"

Dante schob seinen leeren Teller von sich und griff nach seinem Wasser. „Sie hat eine Blutkrankheit, das sogenannte Von-Willebrand-Syndrom. Im Grunde wie die Bluterkrankheit. Immer, wenn sie sich stößt, läuft sie Gefahr, innerlich zu verbluten."

„Oh nein! Mein Gott, Dante. Das tut mir so leid."

„Bei ausreichender medizinischer Versorgung kann man das in den Griff bekommen, aber wir müssen solche Dinge wirklich ernst nehmen."

„Oh nein", wiederholte sie. Aurora legte ihr Kinn auf ihre Hand und kniff die Augen zusammen, um den Schmerz zu unterdrücken, der in ihrem Kopf immer stärker wurde. Das war zu viel. Beinahe zu viel. Definitiv zu viel.

„Geht es dir gut?" Er griff über den Frühstückstresen und nahm mit besorgtem Gesichtsausdruck ihren Ellbogen in die Hand.

„Ja." Sie wedelte mit einer Hand und schob so wie er ihren Teller von sich. „Ich schätze, ich habe nur gerade Probleme, Dante Callaghan, den Mann reicher Damen, und Dante Callaghan, den hingebungsvollen Bruder miteinander in Einklang zu bringen."

Dante lehnte sich mit ernstem Blick in seinem Stuhl zurück. „Es gibt nur einen Dante Callaghan, Aurora."

„Sicher, sicher." Sie stand auf und fing an, die Teller abzuräumen. „Ich denke, ich bin nur überrascht, wie wenig wir uns kennen."

„Naja, das hast du dir selbst zuzuschreiben", meinte er und stellte sich hinter sie, während sie alles in die Spülmaschine räumte. Er legte seine Nase in ihre Halsbeuge. „Du hast mich doch jahrelang auf Armlänge von dir gehalten. Hmmm. Du riechst nach meiner Seife."

Aurora drehte sich in seinen Armen um, blinzelte ihn an und versuchte, ihr Gehirn dazu zu bringen, sich an die neue Wirklichkeit zu gewöhnen. „Dante Callaghan, der Familienmensch."

Er schnaubte und legte seine Arme fester um ihre Taille. „Familienmensch geht vielleicht ein bisschen zu weit. Michelle und ich haben es mit der Zeit hinbekommen, aber ich bin nicht wirklich ein ‚Kindermensch'." Er schauderte. „Es war ganz schön hart, sie großzuziehen, und dabei ist sie das beste Kind. Ich habe kein Interesse daran, das noch einmal zu tun."

Gut.

Gut.

Damit hatte sie ihre Antwort.

Aurora schluckte. Okay. Das war mal eine klare Aussage. Er hatte das nicht gesagt, um sie zu verletzen. Sie durfte sich jetzt nicht dem Schmerz und der Angst hingeben, die in ihrem Bauch aufkamen.

Für ihn war das einfach eine Tatsache. Er wollte keine

Kinder. Sie hatte ihm ja nicht näherkommen wollen, weil er der beste Daddy der Welt für das Kind in ihrem Bauch sein wollte. Nein. Sie wollte ihm näher kommen, weil sie wissen wollte, wer zum Teufel er eigentlich war. Und sie hatte eine scheiß Unmenge an Informationen auf einen Schlag bekommen.

Die ganze Erschöpfung, die das Essen und das Bad etwas gemildert hatten, kam auf einen Schlag zurück. Der Schmerz hinter ihrem Auge verzehnfachte sich, und Aurora wollte nur noch unter ihre Bettdecke kriechen und eine Woche lang schlafen. Seine Arme um ihre Taille fühlten sich nun beinahe wie eine Falle an.

Sie befreite sich aus seiner Umarmung und strich mit einer Hand ihre Bluse glatt. „Ich werde jetzt gehen."

Innerlich zuckte sie zusammen, weil sie das mit einem so unhöflichen Unterton gesagt hatte, doch sie konnte wirklich nicht anders. Sie musste verdammt noch mal hier raus.

„Oh." Er räusperte sich. „Klar."

„Danke für das Abendessen", sagte sie über ihre Schulter, als sie den Flur hinunter zu ihren Schuhen ging.

„Gern geschehen." In seiner Stimme war etwas, das sonst nicht da war, doch Aurora war gerade wohl etwas zu hellhörig. Er folgte ihr zur Tür und öffnete sie ihr, griff im Vorbeigehen jedoch nach ihrem Ellbogen.

Erwartete er einen Kuss?

„Wie stehen die Chancen für eine Wiederholung, Aurora?"

Sie zuckte die Schultern, außer Stande, diese Frage zu

beantworten. „Ich melde mich." Und dann, bevor er sie küssen konnte, bevor sie ihn küssen konnte, was sie ernsthaft wollte, lief sie aus der Tür und zwang sich, nicht zurückzusehen.

* * *

Dante sah ihr nach. Er sah zu wie sie sich auf den Fahrersitz setzte und leise die Einfahrt hinunter fuhr. Er sah zu, wie ihre Rücklichter verschwanden. Er hielt den Türknauf als wäre es die eine Sache, die ihn noch am Boden hielt. Er konnte nicht glauben, dass das gerade geschehen war. Er drehte sich um und schaute hinter sich in den Eingangsbereich. Nun, den hatten sie eindeutig eingeweiht.

Dieser Heliumballon, der unter ihm gewachsen war, platzte plötzlich mit einer finsteren Endgültigkeit, die seinen Magen sinken ließ. Plötzlich fiel ihm wieder ein, warum sie diesen Eingangsbereich so eingeweiht hatten.

Sie war für das gekommen, was er vorgeschlagen hatte. Sie war gekommen, um ihn zu benutzen. Ihre Gefühle für Gio auszutreiben.

Hatte sie an Gio gedacht, während sie mit ihm zusammen gewesen war? War sie abgehauen, weil sie festgestellt hatte, dass Dante ein armseliger Ersatz für den Mann war, den sie wirklich wollte?

Dante runzelte die Stirn und schloss die Haustür hinter sich. Er konnte ihr keinen Vorwurf daraus machen, dass sie genau getan hatte, was er vorgeschlagen hatte. Doch als er in die Küche zurückging, um die Essensreste einzupacken, konnte er den Krampf in seiner Magengegend nicht ignorieren.

Sicher, sie hatte ihn gefickt, geküsst. Doch wahrscheinlich hatte sie dabei an Gio gedacht.

Und das machte ihn auf eine Art und Weise wütend und traurig, die er nicht verstehen konnte.

Sein Plan war nach hinten losgegangen, und das hatte er allein sich selbst vorzuwerfen.

KAPITEL ACHT

Aurora betrachtete die einzelne rote Tulpe in der schlichten Vase im Becherhalter ihres Autos mit gerunzelter Stirn.

Sie hatte keine Ahnung, was in sie gefahren war, dass sie diese spezielle Blume mit nach Hause nahm. Dante hatte ihr nach der ersten Nacht, in der sie vor all den Wochen mit ihm geschlafen hatte, einen ganzen Blumenladen geschickt. Jeden Tag einen Arm voller Blumen. Und dann, heute Morgen, war sie zur Arbeit gekommen, und da war sie. Eine einzelne, frische kleine Tulpe in einer schlichten Vase.

Da war ihr verflixtes Herz ins Stolpern geraten.

Sie hatte ein paar Tage gebraucht, um sich über ihre Gefühle klar zu werden, und es war ihr noch immer nicht gelungen. Sie wusste nicht, ob es das jemals würde.

Sie fuhr in die Einfahrt des kleinen Bungalows ihrer Mutter und nahm aus einer Laune heraus die Tulpe mit.

„Bonjou, Manman", grüßte Aurora ihre Mutter auf Kreolisch. *Hallo, Mama.*

„Bonjou, piti. My lamou." *Hallo, Tochter. Meine Liebe.* Cedalie unterbrach ihr Solitärspiel, um ihre Tochter auf die Wange zu küssen. „Ich sehe dir an, dass die Blume nicht für mich ist."

„Was? Oh." Aurora sah auf die Tulpe hinab, die sie fest in ihrer Hand hielt, und war wirklich verwirrt, warum sie sie mit hineingenommen hatte. Nicht, dass ihr im Auto etwas passiert wäre. „Nein, die hat mir jemand geschenkt. Aber ich lasse sie dir da, Mama."

Cedalie schnalzte mit der Zunge. „Nein, mein Schatz. Es bringt Unglück, wenn man ein solch persönliches Geschenk weggibt. Das weißt du."

„Klar", sagte Aurora, die neben ihrer Mutter an dem kleinen Küchentisch saß, und spielte ebenso abwesend mit den beiden Rosenquarzkristallen, die neben dem Kartenstapel lagen. Auroras Finger verkrampften sich über den Kristallen, als sie merkwürdige Vibrationen aus ihnen spürte, ganz leicht aber merklich.

Cedalie klopfte Aurora auf die Finger. „Berühr sie nicht. Die sind noch nicht gereinigt."

Cedalie sprach von der Energie der Kristalle, die gereinigt werden musste, indem ihre Mutter Salbei verbrannte. Aurora zog ihre Hände weg. Sie war nicht so talentiert wie ihre Mutter, doch Aurora war nicht unempfänglich für ihr Wissen.

Cedalie lehnte sich zurück und mischte die Karten in ihren geübten Händen. Dabei starrte sie Aurora an. Wahrscheinlich studierte sie ihre Aura, was sie immer gerne tat.

„Fülle den Tee in einen Becher", meinte Cedalie und deutete mit dem Kopf zur Arbeitsfläche, wo sie Tee in einer Kanne ziehen ließ. „Wir nehmen ihn mit auf unseren Spaziergang."

„Mir ist nicht nach Spazierengehen, Mama. Ich bin müde."

„Du brauchst einen Spaziergang, vertrau deiner Mutter."

Aurora diskutierte nicht weiter. Sie füllte den erdig duftenden Tee in ein Glas und wartete an der Tür, während ihre Mutter sich die Tennisschuhe anzog. Cedalie hakte sich bei Aurora unter, und sie schlenderten durch Cedalies Nachbarschaft.

Die Nachbarschaft war voller Familien, die versuchten, irgendwie über die Runden zu kommen. Die Häuser waren oft schäbig, aber sauber. In Eigenbesitz, nicht gemietet. Die Nachbarn saßen mit einem Getränk oder einer Zigarette auf der Veranda, manche zupften an Musikinstrumenten herum.

Cedalie winkte im Vorbeigehen ein paar Leuten zu. Aurora empfand eine unweigerliche Zuneigung für ihre Mutter. Ihre blonden Haaren mit den silbernen Strähnen, der kleine grüne Kristall an einer Kette um ihren Hals, der schlichte blaue Kapuzenpullover mit dem bunten Schal. Gott. Wie sollte sie das je durchstehen, wenn nicht für Cedalie.

„Ich bin verwirrt, Mama."

„Das sehe ich, Bebe."

„An meiner Aura?"

Cedalie nickte.

„Er will keine Kinder." Aurora beobachtete, wie die

116

Sonne in der Ferne sank, und fühlte sich beinahe wärmer, jetzt, da sie ihre Wahrheit ausgesprochen hatte. Die Wahrheit, die sie seit jenem Abend mit Dante vor ein paar Tagen beinahe erstickt hätte.

„Niemand weiß, was er will, Aurora. Wie ich bereits sagte. Die Zeit wird es zeigen."

Aurora sagte nichts. Nippte nur an dem Tee aus dem Glas, verzog das Gesicht bei dem Geschmack und nickte.

„Mach einfach weiter so, Tochter. Du machst das Richtige für dein Kind, wenn du versuchst, das Blut kennenzulernen, das in deinem Kind fließen wird. Du lernst den Vater kennen, das wird dir nur zugute kommen. Das ist der Unterschied zwischen dem Betreten eines Raums mit offenen oder geschlossenen Augen."

Wieder nickte Aurora. „Du meinst also, ich soll damit weitermachen?"

„Das Baby ist ruhig. Du machst es richtig. Du machst es richtig."

Zwanzig Minuten später saß Aurora in ihrem Auto und dachte über das, was ihre Mutter gesagt hatte, nach. Und dann tat sie endlich das, was sie schon die ganze Zeit, seit sie Dantes Haus verlassen hatte, hatte tun wollen. Sie schrieb ihm.

Chance, dass wir das wiederholen = 100%. Morgen Abend?

* * *

Am Abend, nachdem Aurora ihm geschrieben hatte,

erschien sie nach der Arbeit bei ihm zu Hause. Dieses Mal schafften sie es in sein Schlafzimmer, aber nur so gerade. Danach folgten einige weitere „morgen" auf die gleiche Art und Weise. Sie fuhr zu ihm, sie fickten einander um den Verstand, dann gab er ihr zu essen. Es amüsierte ihn immer wieder, wie ausgehungert sie nach dem Sex war.

Bald waren zwei Wochen vergangen, und Dante hatte den klaren Eindruck, dass er und Aurora LeMonde dateten. Er war sich jedoch nicht sicher, ob sie dem zustimmen würde.

Er blickte aus dem Fenster seines Büros, zwanzig Stockwerke über dem Zentrum von Los Angeles, und klopfte mit einem Bleistift auf seinen Schreibtisch.

Er konnte sich an keine Zeit erinnern, in der er so zufrieden und zugleich so frustriert gewesen war. Er hatte sie. Er hatte sie mehrmals die Woche. Diesen Körper, diese Lippen, diese Stimme, dieses Haar. Das gehörte ihm. Er musste es sich nur nehmen.

Und gleichzeitig hatte er sie nicht.

Sie liebte Gio. Und wenn sie schon nicht beim Sex an Gio dachte, dann klopfte sie zumindest an Dantes Tür, um ein wenig Energie los zu werden, wenn sie den ganzen Tag an Gios Seite gearbeitet hatte.

Der Bleistift zerbrach in seinen Fingern.

Er wusste, dass er ein Ego hatte. Welcher Mann hatte das nicht? Doch es war mehr. Er wollte Aurora nicht bloß, weil sie einem anderen Mann gehörte, und das nagte an ihm. Er wollte sie, weil er sie wollte. Und, ja, weil sie ihn wollte. Schlicht und einfach.

„Was ist los mit dir?", fragte Michelle auf der anderen Seite seines Schreibtisches, und ihr Kopf erhob sich von den Seiten eines Percy Jackson Romans. Ihr Nachmittagsunterricht war ausgefallen, deswegen hatte Dante sie abholen und mit zur Arbeit nehmen müssen, während er noch ein paar Dinge fertig bekommen musste.

Mal eine Stunde totzuschlagen machte ihr nichts, doch er wusste, dass sie sich allmählich der gefährlichen Zone näherten. Der Abendzeit, zu der sie hungrig war, müde und gelangweilt.

„Nichts." Er warf die beiden Hälften des zerbrochenen Bleistifts in den Müll und kam hinter seinem Schreibtisch hervor. „Wollen wir gehen, Kleine? Bist du soweit?"

Sie nickte mit ihrem strubbeligen braunen Haar. „Endlich. Ich wollte mir schon meinen eigenen Arm abkauen."

„Vor Hunger oder Langeweile?" Er nahm Michelles schwarzweiß gestreiften Rucksack und warf ihn sich über die Schulter, beugte sich hinab und half ihr aufstehen.

„Hunger, ist doch klar. Ich hab seit heute Mittag nichts gegessen."

„Und warum hast du dann nichts gesagt, Kurze?" Er drehte sich zu ihr um und öffnete seine Bürotür. „Ich hätte dir etwas aus dem Automaten geholt. Bin doch kein Monster."

„Oh."

Dante wirbelte herum zu der geöffneten Bürotür. Aurora stand dort. Ihre Tasche hing an ihrer Schulter, und sie hatte eine Akte in der Hand. Sie trug ein korallenrosa

Kleid, das an der Taille eng geschnitten war und am Hals ein ausgeschnittenes Muster hatte, das verführerische Blicke auf ihre goldene Haut darunter gewährte. Ihr Haar war zur Hälfte in einen Knoten zurückgesteckt, der Rest fiel über ihre Schultern.

Dante schloss seinen Mund, damit er sich nicht selbst vollsabberte. „Aurora."

„Tut mir leid", sagte sie und trat einen halben Schritt zurück. Ihre Augen wanderten von dem Rucksack auf seinem Rücken zu Michelles strubbeligem Haar und dem zu großen T-Shirt, das vorne einen Marmeladenfleck hatte. „Ich wollte nicht stören. Ich wollte bloß den Peterson Vertrag vorbeibringen. Ich habe von unten hier noch Licht gesehen und dachte..."

Fing sie tatsächlich an zu faseln? Wurde sie etwa rot? Der Peterson Vertrag, von wegen. Dante hätte jedes Geld darauf gewettet, dass sie zum Ficken gekommen war. Naja. Er hätte sich nicht beschwert.

Aber leider, hungriges Kind, morgen Schule, sein Leben. „Du musst dich nicht entschuldigen. Wir wollten gerade gehen. Du erinnerst dich doch an meine Schwester, Michelle?" Er zog Michelle vor sich und drückte leicht auf ihre Schultern, um sie daran zu erinnern, was jetzt zu tun war.

„Hi", sagte Michelle und streckte ihr die Hand entgegen. „Du bist Aurora, stimmt's? Du bist vor ein paar Jahren, bei diesem Picknick-Dings mit mir zur Toilette gegangen."

Aurora beugte sich hinab, um dem Mädchen die Hand

zu schütteln, und ihre Haare fielen ihr über die Schultern. „Gutes Gedächtnis."

„Dante wollte mir gerade was Chinesisches besorgen. Magst du mitkommen?"

Dante warf Michelle von oben einen Blick zu, als Michelle ihren Kopf in den Nacken legte und ihn angrinste. „Wollte ich das?", fragte er ironisch.

„Na klar." Sie zuckte die Schultern. „Ist ja wohl das Mindeste, nachdem du mich den ganzen Nachmittag in diesem Käfig hast hungern lassen."

„Stimmt. Callaghan Inc. ist ein wahres Alcatraz", sagte er und schob sie sachte vor und schaltete das Licht in seinem Büro aus. Dann gingen alle drei Richtung Aufzug.

Aurora warf den beiden immer noch Blicke zu, wahrscheinlich fiel es ihr schwer, ihren Augen zu trauen.

„Was meinst du, meine Hübsche? Lust, mit uns essen zu gehen?"

„Ähm. Sicher", sagte sie und legte ihre Hand so auf den Bauch, dass Dante annehmen musste, dass sie richtig hungrig war.

„Können wir es lieber mitnehmen, Coco?", fragte Michelle und nahm ganz selbstverständlich seine Hand, als sie aus dem Aufzug und in die Tiefgarage kamen.

„Coco?", wiederholte Aurora vollkommen ungläubig. In ihren Augen wechselten sich Humor und Überraschung ab.

„So hat sie mich immer genannt, als sie noch kleiner war", murmelte Dante und zerzauste Michelle das Haar. Seinetwegen hätte Aurora LeMonde das ganz lange nicht erfahren müssen, dass seine kleine Schwester ihn manchmal Coco nannte. „Warum willst du es denn lieber mitnehmen, Michelle?"

Sie öffnete die Tür zum Rücksitz und kletterte hinein. „Erstens, weil wir dann zu Hause essen können. Das ist besser, weil die Klimaanlage in dem Restaurant immer eisig kalt ist. Und zweitens bekommt man die guten Glückskekse nur, wenn man das Essen mitnimmt. Wenn man da isst, bekommt man nur die langweiligen."

„Da hat sie recht", sagte Dante und lächelte Aurora an, die immer noch ein wenig verstört wirkte. „Zum Mitnehmen ist in allen Punkten besser."

„Ach so, okay." Aurora fuhr sich mit der Hand übers Haar. „Na, dann fahr ich wohl besser nach Hause."

„Nein! Komm, iss bei uns mit, Aurora! Dante bringt nie Freunde mit nach Hause. Bitte!"

* * *

Aurora zögerte, aber wie hätte sie dem kleinen Mädchen mit dem strubbeligen Haar, den großen, blauen Augen und dem breiten, hoffnungsvollen Lächeln diesen Wunsch ausschlagen können? Und wie konnte sie nein zu diesem Mann sagen, dessen Schultern das Jackett dehnten als wären sie genau dafür gemacht? Der Mann, der immer noch den Rucksack seiner kleinen Schwester über der Schulter trug. Der Mann, dessen breites, hoffnungsvolles Lächeln genauso aussah wie das seiner kleinen Schwester neben ihm.

„Okay", hörte sie sich sagen. „Ich fahre euch hinterher. Bestellst du mir–"

„Orangenhuhn, eine Eierrolle, eine Frühlingsrolle und kalte Sesamnudeln? Klar. Weiß ich noch vom letzten Mal", sagte Dante zwinkernd.

„Okay", sagte sie erneut mit dieser leisen Stimme. Ihre Gedanken rasten. Was zum Teufel hatte das alles zu bedeuten?

Aurora ging zu ihrem Auto, wild entschlossen, nicht zurückzublicken, was sie natürlich doch tat. Sie tat es gerade in dem Moment, als Dante Michelles Rucksack auf den Rücksitz warf und etwas in leiser, fester Stimme zu ihr sagte. Michelle hob unschuldig ihre Hände und erwiderte etwas, worauf Dante schmunzeln und den Kopf schütteln musste.

Aurora rutschte auf den Fahrersitz ihres Wagens. Sie stellte fest, dass es etwas ganz anderes war, zu wissen, dass er sich um ein Kind kümmerte, und es mit eigenen Augen zu sehen. In den letzten beiden Wochen hatte sie sich so langsam an die Vorstellung eines neuen Dante gewöhnt. Von dem, der im Grunde ein Kind hatte. Sie war oft genug dort gewesen, hatte Michelles Sachen herumliegen gesehen, gehört, wie er sie hier und da erwähnt hatte.

Aurora hatte gedacht, sie habe alles im Griff. Doch offensichtlich nicht. Sie zusammen zu sehen, wie sie ganz klar harmonierten, sich wohl bei dem anderen fühlten, hatte sie wirklich aus dem Takt gebracht.

Dante bringt nie Freunde mit nach Hause.

Michelles Worte hallten in Auroras Kopf wider, während sie den beiden durch das Zentrum von Los Angeles zu dem chinesischen Restaurant und dann zurück zu Dantes Haus folgte. Hieß das, er brachte nie Frauen mit? Oder zumindest so, dass Michelle sie nie traf?

Warum zum Teufel lud er sie dann zum Essen ein? Er hätte sie als Kollegin vorstellen können, den verdammten Vertrag nehmen und ihr sagen können ‚Wir sehen uns am Montag'. Er musste sie nicht zu seiner Familienzeit einladen.

Aurora musste ihre Hände zwingen, sich nicht ganz so am Lenkrad zu verkrampfen. Sie nahm einen tiefen, reinigenden Atemzug, öffnete das Fenster, um etwas frische Luft hereinzulassen und fuhr in die Einfahrt.

Sie hatte am Morgen den nächsten Termin bei ihrer Ärztin gehabt, und die hatte sie vor den negativen Einflüssen von Stress gewarnt. Sie bestand darauf, dass Aurora sich ein paar Auszeiten gönnen sollte.

Aurora konnte sich also entweder ärgern und jede Sekunde dessen ruinieren, was eh den Bach runtergehen musste. Oder sie konnte sich entspannen, etwas Orangenhuhn essen und Zeit mit einem scheinbar sehr netten Kind verbringen.

Sie ging davon aus, dass sie sich so oder so daran gewöhnen musste, Zeit mit einem Kind zu verbringen. Aurora räusperte sich. Richtig, sie musste sich daran gewöhnen, aber nicht unbedingt in Dantes Nähe. Schließlich hatte Dante schon zugegeben, dass er keine Kinder wollte, und sie wollte nicht, dass er sich verpflichtet fühlte, sich um sie zu kümmern.

Aurora seufzte tief und stieg aus. Sie gab sich Mühe, nicht die Tür zuzuknallen. Sie war ein paar Minuten nach ihnen angekommen, klopfte an die Tür, und Michelle öffnete ihr. Auf dem Gesicht des kleinen Mädchens war ein breites Grinsen zu sehen und ein um so größeres Buch in ihrer Hand.

„Magst du dir mein neues Buch ansehen, während Coco den Tisch deckt?", fragte Michelle und hielt den großen Band hoch. Dabei trat sie beiseite, damit Aurora hereinkommen konnte.

„Klar", sagte Aurora, trat ein und zog ihre Schuhe aus. „Wovon handelt es?"

„Ist nicht wirklich eine Geschichte, eher eine Enzyklopädie würde ich sagen", meinte Michelle. „Dante hat es mir zum Geburtstag geschenkt, findet es aber zu langweilig, um es mit mir zu lesen."

Aurora lachte. „Tatsächlich?"

„Ja", sagte Michelle und kletterte auf das große Plüschsofa im Wohnzimmer. Sie schob einige Kissen beiseite, um Aurora Platz zu machen. „Aber er ist auch davon überzeugt, dass Harry Potter langweilig ist."

„Wie bitte?" Aurora blieb abrupt stehen und legte eine Hand an ihr Herz. „Das soll wohl ein Scherz sein. Er mag Harry Potter nicht? Ich hatte gar nicht gemerkt, dass der Mann verrückt ist."

Michelle lachte und schlug das Buch auf. „Total!"

Als Dante Aurora und Michelle fand war er nicht vorbereitet darauf, wie sehr ihn der Anblick seiner beiden liebsten Frauen zusammen berühren würde. Aurora hatte bequem ihre Beine untergeschlagen, das korallenrosa Kleid spannte sich über ihrer Hüfte und ihren Brüsten, während sie sich über Michelles Schulter beugte, um besser in das Buch schauen zu können.

„Da ist es!", rief Aurora und deutete auf die Seite. „Wusste ich doch, dass es ein Zungenbrecher ist. *Peskipiksi Pesternomi.*"

„Pepsi pipsi Pepperoni." Michelle versuchte, es zu wiederholen, und beide brachen in Lachen aus.

„Hört sich an wie eine Pizzazutat."

Die Mädels wirbelten ihre Köpfe herum, um ihn anzusehen, und es freute Dante, zu sehen, wie Aurora ihn von Kopf bis Fuß musterte. Er war ziemlich sicher, dass ihr Blick länger an dem Trockentuch über seiner Schulter hängen geblieben war, doch nicht hundertprozentig.

„Deine Schwester hat mir erzählt, dass du kein Harry Potter Fan bist." Aurora sah ihn mit erhobener Braue an.

„Ach, Gott." Dante lehnte sich an den Türrahmen. „Nicht du auch noch. Ich bin von Nerds umgeben."

„Nerdy ist das neue Cool", sagte Michelle, stand vom Sofa auf und schlurfte in Richtung Küche.

Er nahm das Trockentuch von seiner Schulter und verdrehte es ganz eng, um es dann einen Zentimeter von Michelles Hinterteil durch die Luft knallen zu lassen. Michelle kicherte nur und verschwand in der Küche.

Dante prüfte Auroras Ausdruck. „Du weißt schon, dass ich sie damit nie geschlagen hätte, richtig?"

„Natürlich, wegen Von-Willebrand."

„Du hast dir den Namen gemerkt!"

„Gemerkt? Ich habe stundenlang danach gegoogelt, als ich nach Hause gekommen bin."

Dass ihr so viel daran lag, dass sie Michelles Krankheit gegoogelt hatte, bedeutete ihm alles. In dem Moment hätte er sie am liebsten in seine Arme gezogen und sie geküsst, doch er ließ sie an sich vorbei in die Küche gehen. Sie sah nicht, wie er sie ansah, als sie vorbeiging. Dieses Mal war er nicht auf das Wiegen ihrer Hüften fokussiert, sondern auf ihre Ausstrahlung, wie sie sich durch sein Haus bewegte, hin zu seiner kleinen Schwester, die mit baumelnden Beinen auf dem Barhocker in der Küche wartete. Sie drehte sich nicht um, deswegen sah sie es nicht.

Doch es war da. Und es war echt. Und er konnte es spüren.

* * *

Nach dem Abendessen wollte Michelle noch einen Film sehen, und Aurora fand sich in der merkwürdigen Situation, ohne den geringsten Vorbehalt ja zu dieser Einladung zu sagen. Das Abendessen hatte ihr Spaß gemacht, sie hatten einander geneckt und viel gelacht, und es hatte so viel Essen gegeben, dass sie alle geächzt und sich den Bauch gehalten und um Gnade gebettelt hatten.

Jetzt saß Aurora neben Michelle auf dem Boden und wühlte sich durch die endlose DVD-Sammlung, die Dante in einer Kiste unter dem Flatscreen versteckt hatte.

„Nein, wir wollen gnädig sein", flüsterte Aurora Michelle zu, als das kleine Mädchen seine Harry Potter Sammlung hervorzog. „Wie wäre es hiermit?"

Sie hielt ihr *Alles steht Kopf* hin.

„Klar!", sagte Michelle und griff danach. Dabei rutschte ihr eine Kette aus dem Ausschnitt ihres weiten T-Shirts.

„Die ist aber hübsch", sagte Aurora, fasste nach der Kette und wich vorsichtig dem klaren Kristall aus, der daran hing.

„Die hat Tante Arlene mir letztes Jahr geschenkt. Sie sagt, es ist ein Zauberstein."

„Durchsichtiger Quarz ist nicht wirklich magisch."

Michelles Augen trübten sich, doch Aurora fuhr fort. „Aber er hat viel Macht."

Sofort strahlten Michelles Augen wieder. „Wirklich?"

„Aber ja. Der Kristall hat heilende Wirkung. Deiner im Moment aber nicht."

„Warum nicht?"

„Naja." Aurora stand auf und hielt Michelle ihre Hand hin, um dem kleinen Mädchen zu helfen. „Kristalle haben Energiefelder. Und du auch. Und Kristalle können wie so eine Art Energieseife benutzt werden, um dein Energiefeld zu reinigen."

„Cool!" Michelles Augen wurden ganz groß, ihr Blick haftete an Aurora. Als Aurora zu ihm hinübersah, merkte sie, dass auch Dantes Blick auf ihr haftete. Sie schluckte schwer, zögerte selbstverständlich, diesen Teil ihrer selbst preiszugeben, den sie sonst immer in ihrem Herzen verwahrte, doch sie hatte Michelles Interesse schon zu sehr gereizt. Außerdem sollte Michelle die Heilungskraft des Kristalls nutzen können, deshalb...

„Wenn man mit einem einzigen Kristall zu viel reinigen will, oder wenn du ihn zu lange trägst, ohne ihn zu reinigen, dann wird er sozusagen selbst schmutzig", erklärte sie.

„Wie wenn man mit einem Staubtuch zu viele Regale putzt, dann wird auch das Tuch ganz schmutzig."

„Genau." Mit einer abwesenden Geste schob Aurora dem Mädchen das strubbelige Haar aus dem Gesicht. „Dein Kristall ist im Moment mit allem möglichem Grieß und Ruß verschmutzt. Wir müssen ihn reinigen, wenn du ihn weiterhin tragen möchtest."

„Wie?"

„Naja, meine Mutter benutzt dazu Salbeirauch, aber ich schätze, den habt ihr nicht da." Aurora hob eine Braue in Richtung Dante und er hob eine in ihre. „Nun, im Notfall kann man auch ein paar andere Dinge tun. Klares, frisches, fließendes Wasser oder Erde, in der etwas Neues wächst. Wie ein Garten."

„Wir haben keinen."

„Okay, der letzte Ausweg ist dann das Mondlicht."

„Wirklich?" Michelle vibrierte geradezu auf ihren Füßen.

„Klar. Du brauchst einen Flecken Mondlicht und legst es die Nacht über dahinein. Am Morgen kann man ihn dann wieder sicher tragen."

Wie der Blitz sprang Michelle auf, öffnete den

Verschluss ihrer Kette und schaltete die Lichter aus, damit sie die beste Stelle mit Mondlicht finden konnte.

„Woher weißt du das alles?", fragte Dante vorsichtig, bevor er Aurora auf die Couch neben sich zog.

Sie zuckte die Schultern. „Meine Mutter ist eine Kreolin aus Louisiana. Sie ist im Bayou geboren und hat den Großteil ihres Lebens in New Orleans zugebracht. Sie glaubt an andere Dinge und Weisheiten als ihr Nordstaatler es tut. Aber dort ist das gar nichts Ungewöhnliches."

„Wenn ich kein Wort davon glaube, wird sie dann eine Strähne meines Haars nehmen, sie an eine Puppe nähen und die dann mit einer Nadel durchstechen?"

Aurora sah ihn mit gerunzelter Stirn an. „Sie macht kein Voodoo. Oder Hoodoo."

„Was zum Teufel ist denn Hoodoo?"

Aurora warf die Hände in die Luft. „Verflixt, googel es doch einfach. Ich will ja nur sagen, dass meine Mutter nicht verrückt ist. Und ich auch nicht."

Dante bewegte sich einen Moment lang nicht. Naja, größtenteils bewegte er sich nicht. Seine Hand zog immer noch Muster auf der seidigen Haut ihres Oberschenkels. „Du glaubst es also auch. Das war nicht nur Michelle zuliebe."

Aurora seufzte. Manchmal vermisste sie New Orleans so sehr, dass sie kaum atmen konnte. So etwas hätte sie bei einem Date dort niemals erklären müssen. „Ist leicht, an etwas zu glauben, das für einen selbst ganz real ist."

Er löste sich von ihr. „Was meinst du mit ‚real'?"

Aurora fuhr sich mit der Hand über ihr Gesicht. „Normalerweise spreche ich nicht mit Leuten darüber, von denen ich möchte, dass sie mich als kompetente Geschäftsfrau wahrnehmen."

„Aurora, ich denke schon seit der Nacht, in der ich dich gegen das Lenkrad meines Wagens gefickt habe, nicht mehr bloß als kompetente Geschäftsfrau von dir."

„Shhh."

„Wenn du mich fragst, ob ich aufhöre, dich als kompetente Geschäftsfrau zu betrachten, weil du an irgend so einen mystischen Juju glaubst, dann, nein. Ich werde nicht aufhören, dich für kompetent zu halten. Wenn du mich fragst, bist du der Motor der Firma."

Gedankenverloren sah sie ihn mit zusammengekniffenen Augen an. Hielt er sie wirklich für so wesentlich für Gios Firma?

„Also gut", sagte Aurora. „Wenn du es unbedingt wissen möchtest, ich wollte nur sagen, dass ich weiß, dass solche Energie real ist, weil ich sie fühlen kann, ich nehme sie wahr. Auren sind wahr, weil ich sie sehen kann, sie spüren. Du nennst es ‚Glauben', ich nenne es ‚Realität'."

Dante kniff seine Augen in dem Moment zusammen, als Michelles nackte Füße zurück in den Raum patschten. „Hab's gemacht. Im Waschraum war ein ganz großer Fleck. Und woher weiß ich dann am Morgen, ob er auch wirklich sauber ist?"

„Am Morgen weichst du ihn für mindestens ein paar Stunden in Salzwasser ein. Dann bist du auf der sicheren Seite."

Michelle nickte. Und dann, mit der Arglosigkeit eines Kindes, kletterte sie auf die Couch zwischen Dante und Aurora.

„Hab's mitgebracht", sagte sie zu Dante und hielt eine Art Nasenspray hoch. „Zeit für meine Medizin", erklärte sie Aurora.

Aurora hatte darüber gelesen. Kinder konnten die Medizin bei Von-Willebrandt zum Teil in Form von Nasenspray nehmen. Dadurch musste man sie nicht jeden Tag spritzen, und das war bei einer Blutgerinnungskrankheit sehr wichtig.

Dante half ihr dabei, das Nasenspray zu verwenden, stellte es dann beiseite und nahm Michelle an seine Seite. Er legte seinen Arm auf die Sofarückenlehne und spielte mit Auroras Haarspitzen.

Der Film flimmerte vor sich hin. Als sie den bunten Film sah, sie die Wärme der Schulter spürte, die das kleine Mädchen an sie drückte, fühlte, wie Dante mit ihrem Haar spielte, fühlte Aurora genau das, was ihre Ärztin ihr empfohlen hatte. Sie fühlte sich vollkommen entspannt.

Und glücklich.

So glücklich wie seit langer, langer Zeit nicht mehr.

KAPITEL NEUN

Aurora erwachte und war zugleich vollkommen verwirrt und vollkommen klar. Sie wusste genau, auf wessen Schulter ihre Wange lag. Sie wusste, ohne die Augen zu öffnen, dass das Dantes Haar unter ihrer Hand war, seine Hand lag fest auf ihrem Hintern. Doch was sie nicht wusste, war, wie um alles in der Welt sie in diese Lage gekommen war.

Sie war nie über Nacht geblieben. Selbst in ihrer ersten gemeinsamen Nacht hatte sie gewartet, bis er eingeschlafen war und hatte sich dann hinausgeschlichen. Danach hatte er dafür gesorgt, dass sie sich nicht einfach so davonstehlen konnte, und trotzdem hatte sie es immer geschafft, ihm einen Gutenachtkuss zu geben und zu gehen, bevor die Sonne auch nur im Begriff war aufzugehen. Und jetzt lag sie hier, die Sonne küsste ihre geschlossenen Augenlider, die Decke war verdammt nah ans Kinn hochgezogen.

Sie löste sich von ihm und setzte sich auf, schob ihr Haar aus dem Gesicht. Sie trug ein großes, weiches T-Shirt und eine Trainingshose, ihr korallenrosa Kleid hing an einem Kleiderbügel an der Rückseite der Schranktür.

„Du bist beim Film eingeschlafen", sagte Dante mit leiser Stimme, noch ganz belegt vom Schlafen. „Ich wollte dich nicht wecken."

Aurora drehte sich herum, und was immer es war, das sie hatte sagen wollen, es versiegte in ihrem Hals. Dante lag da mit einer Hand unter seinem Kopf, mit nacktem Oberkörper, sein Haar vom Schlaf zerzaust. Seine Augen waren schwer, und seine Stoppeln waren dunkler als sie sie je gesehen hatte.

„Wow!" Sie konnte sich nicht zurückhalten und berührte sein Kinn, das so rau war wie Sandpapier. „Mann, du siehst richtig gut aus."

Dantes Augen leuchteten vor so viel Überraschung und Freude auf, dass Aurora da erst bewusst wurde, wie selten sie ihm ein Kompliment machte.

„Das kann doch jetzt nicht solch eine Überraschung für dich sein, Dante. Du weißt doch, dass du attraktiv bist."

Er zog sie näher an sich, schmiegte sein Gesicht an ihren Hals und in ihr Haar. „Schon. Ich weiß schon, was ich selbst von mir denke. Aber ich wusste nicht, was du denkst."

Sie verdrehte die Augen. „Also bitte, du meinst, ich hätte dich die ganze Zeit um den Verstand gefickt, wenn ich mich nicht zu dir hingezogen fühlte?" Sie drehte sich zu ihm um, fuhr mit einem Finger über seine dichte Braue, hinauf und an dem gewellten Haar an seiner Stirn entlang. „Ich will dein Ego ja nicht unnötig aufblähen, aber du bist wirklich, wirklich schön."

Zu Auroras schierer Freude zeigte sich etwas Farbe auf Dantes Wangen. Er wendete seinen Blick ab. „Ach was."

„Du genierst dich!" Sie konnte das Grinsen nicht unterdrücken, das sich wie eine Flamme auf ihrem Gesicht ausbreitete. „Ich kann es gar nicht glauben, dass ich tatsächlich einen Weg gefunden habe, Dante Callaghan in Verlegenheit zu bringen."

„Bin ich nicht. Und ich bin das nicht."

„Schön oder verlegen? Denn von hier sieht es ziemlich nach beidem aus."

Dante schürzte die Lippen und öffnete sie, um etwas zu sagen, doch seine Schlafzimmertür wurde aufgerissen.

„Coco, können wir heute Morgen Scram-damn-ble machen? Ich habe totalen Hunger und ... Oh! Aurora! Du bist ja hier geblieben!"

Auroras setzte komplett aus, als eine strubbelige Michelle in Dantes Schlafzimmer marschiert kam. Mist. Doppelmist. Dreifach Mist. Daran hatten sie nicht gedacht. Aurora war es überhaupt nicht in den Sinn gekommen, dass sie ja Michelle am Morgen begegnen würde. Und ganz sicher war es ihr nicht in den Sinn gekommen, dass Dante würde erklären müssen, warum Aurora in seinem Bett geschlafen hatte.

„Ich freue mich so, dass du noch da bist!" Ohne zu zögern sprang Michelle zu ihnen auf das Bett. „Dante lässt nie Mädchen hier schlafen. Können wir nach meinem Kristall sehen? Bleibst du zum Frühstück? Dante macht uns Scram-damn-ble."

Aurora drehte sich zu Dante um. „Scram-damn-ble?", fragte sie vorsichtig.

Er rieb sich mit einer Hand über das Gesicht und sah so aus als müsste er sich ein Lächeln verkneifen. „Einfach Rührei. Nur dass ich es so verdammt gut mache, dass man es Scram-damn-ble nennen muss."

Aurora schaute von Dantes gelassenem, lächelndem Gesicht zu Michelles hoffnungsvollem Grinsen, und sie spürte, dass etwas aus ihrer Brust entwich. Es war beinahe wie das Gefühl, einen Drachen im Wind steigen zu lassen. Sie war nur zu müde, ihn festzuhalten. Und sie konnte nicht mehr kämpfen. Sie ließ ihn fliegen und war nicht einmal traurig darüber, dass er davonflog.

Das hatte sie nicht geplant. Gott. Ganz sicher hatte sie das nicht geplant. Doch so lange sie hier war würde sie es genießen.

* * *

Dante beobachtete vorsichtig Auroras Gesicht. Er wusste, dass sie einen Schrecken bekommen hatte, als Michelle hereingeplatzt war. Und um ehrlich zu sein, war auch er überrascht gewesen. Es war nichts Ungewöhnliches, dass Michelle durchs Haus polterte, doch er hatte gedacht, er hätte noch eine Stunde oder so, bis sie aufwachte. Während er vorhin wach gelegen hatte, Aurora auf seiner Brust schlafend, war er seine Optionen durchgegangen, unter anderem auf der Suche nach einer guten Möglichkeit, Michelle beizubringen, dass Aurora hier übernachtet hatte.

In einer anderen Welt hätte er gerne mit ihr gesprochen, bevor so etwas passierte. Doch dann waren beide beim Film eingeschlafen, und er hatte sie nicht aufwecken wollen. Es war eine ziemliche Überraschung, dass Aurora hier übernachtet hatte, und Dante war erleichtert, dass Michelle es so gut aufnahm. Sie schien es kein bisschen merkwürdig zu finden.

Er konnte die Dinge jetzt nur noch so nehmen wie sie kamen und Aurora dabei helfen, dasselbe zu tun. Sie sah nur so verdammt niedlich aus, so anders als in ihrem sonst so makellosen Business-Outfit. Ihr Haar war vollkommen durcheinander, und die Ärmel seines T-Shirts reichten ihr bis über die Ellbogen. Sie sah zwischen ihm und Michelle hin und her, als könnte sie nicht fassen, was hier gerade vor sich ging.

Leicht besorgt, dass Aurora gleich durchdrehte, reichte Dante über das Bett und packte Michelle am Knöchel. Sie lachte und schlug um sich, als er sie auf seinen Schoß zog. „Hey, du neugieriger kleiner Naseweis. Geh schon mal, hol alle Sachen, die wir für Scram-damn-ble brauchen aus dem Kühlschrank, und Aurora und ich sind sofort unten."

„Okay!" Michelle schoss wie ein Blitz in die Höhe.

„Ach, und drück doch bitte bei der Kaffeemaschine auf den Knopf!"

„Alles klar!", rief sie über ihre Schulter.

„Ach! Und nachher weihe ich dich mal in die Grundlagen des Anklopfens ein. Keine Sorge, bist ja ein schlaues Kind. Du hast das ruckzuck raus."

Michelle streckte ihm die Zunge raus und flitzte aus dem Zimmer. Sie hörten sie den Flur entlang und die Treppe hinunter rennen.

„Tut mir so leid." Aurora drehte sich mit Bedauern in den Augen zu ihm um.

„Was denn?" Dante strich ihr mit einer Hand über das Haar.

„Dass ich hier bin und Michelle mich sehen konnte. Und dass ich nicht wusste, wie ich ihr das erklären sollte. Ich hoffe, sie ist jetzt nicht traumatisiert."

Dante hob ironisch eine Braue. „Ach, die kann schon was aushalten. Ich bin mir sicher, dass sie jetzt keine Therapie braucht, nur weil sie dich mit verschmiertem Make-up gesehen hat."

„Oh nein!" Aurora hob gleich ihre Hand zu ihrem Augen-Make-up und war in der gleichen Sekunde aus dem Bett.

Dante schmunzelte vor sich hin, als er hörte, wie sie sich wie wild über dem Waschbecken schrubbte. Und dann blieb ihm der Atem weg, als sie wieder herauskam, rosa und frisch vom Waschen im Gesicht, sein T-Shirt war ihr über eine Schulter gerutscht.

„Du weißt genau, dass ich das nicht meinte. Wird sie traumatisiert sein, weil sie weiß, dass wir im gleichen Bett geschlafen haben?"

„Nein", sagte er voller Überzeugung. Dante rutschte widerwillig aus dem Bett und schob sich an ihr vorbei ins Badezimmer, gab etwas Zahnpasta auf seine Zahnbürste und suchte nach einer neuen für sie. Er reichte sie ihr und steckte sich seine in den Mund, sprach aber dennoch weiter. „Sie weiß über Vögel und Bienen Bescheid. Okay, im Idealfall hätte ich erst mit ihr darüber gesprochen, dass du mal hier übernachtest, sie um Erlaubnis gefragt, aber wie dir doch sicher auch aufgefallen ist, die Idee schien ihr keine allzu großen Probleme zu bereiten."

Aurora spuckte die Zahnpasta in das Waschbecken und kniff ihre Augen zusammen. „Du hättest sie um Erlaubnis gefragt dafür, dass ich hier übernachte?"

Er zuckte die Schultern, spritzte sich Wasser ins Gesicht und dachte darüber nach, sich schnell zu rasieren. „Klar. Es ist genauso ihr Haus wie meins. Sie muss mich ja auch fragen, wenn hier jemand übernachten soll. Ist doch nur sinnvoll, dass das für beide Seiten gilt. Wenn sie natürlich nein gesagt hätte, dann hätten wir ein ernsthaftes Gespräch über die Gründe dafür führen müssen. Aber ich denke nicht, dass sie nein gesagt hätte. Sie mag dich ganz offensichtlich."

Als er sich gegen eine Rasur entschieden hatte, drehte er sich vom Spiegel weg und sah Aurora endlich in die Augen.

„Du bist ein guter Dad", sagte sie.

Er spürte wie Freude und Zorn in ihm stritten. Freude über das Lob und Zorn wegen der Wortwahl.

„Ich bin ein guter Bruder", korrigierte er.

Sie neigte ihren Kopf in seine Richtung, dann ging sie ins Zimmer zurück und nahm sich ihr Kleid vom Bügel. Er setzte sich aufs Bett und sah zu, wie sie aus seinen

Klamotten stieg und in ihr Kleid. So graziös. So umwerfend. Grundgütiger, er könnte dieser Frau bei ihrer Steuererklärung zusehen, und es würde ihn dennoch erregen.

„Du fühlst dich nicht wie ihr Vater?"

Dante stand auf, wischte das T-Shirt, das sie getragen hatte, vom Boden und zog es sich über den Kopf. Der Duft des Shirts richtete bei ihm gleich wieder etwas an, diese Kombination aus ihm und ihr. „Nein. Ich bin ihr Bruder. Sie hat einen Vater. Es ist nur ihr Pech, dass der ein Stück Scheiße ist."

Er wollte sie wirklich nicht abweisen oder zurückweisen, aber er wollte genauso wenig weiter darüber sprechen. Er wusste, dass sie noch schwankte, ob sie ihn mögen sollte oder nicht, und ganz besonders wollte er seine Daddy-Probleme nicht in diesen Raum zerren.

Er stellte sich hinter sie und schloss den Reißverschluss ihres Kleides. Dann drehte er sie um, und als er sah, dass sie noch etwas zu dieser Daddy-Sache hinzufügen wollte, fuhr er mit seinen Fingern durch die Spitzenöffnungen am Halsausschnitt des Kleides.

„Weißt du, so wie dieses Kleid geschnitten ist, sieht die Haut darunter wie eine Kette aus." Er senkte seinen Kopf und küsste an den eleganten Ausschnitten des Kleides entlang. „Eine warme, kleine, goldene Kette, die einem das Wasser im Mund zusammenlaufen lässt."

Aurora zog den Atem ein. Dante war vollkommen überrascht, als ihre weichen Hände plötzlich sein Gesicht beiderseits packten. Sie riss ihn zu sich und begann, ihn wie wild zu küssen. Weich und fest zugleich. Ihre Lippen waren so voll, dass kein Kuss jemals zu fest sein konnte, doch sie steckte alle Kraft hinein, die sie aufbringen konnte.

Für Dante war das berauschend.

Und höllisch verwirrend.

„Ich waaaaarte!" Michelle polterte die Stufen hinauf, und Dante und Aurora lösten sich lachend aus dem Kuss.

Er sah sie aus dem Raum gehen. Er wollte so sehr ihre Hand ergreifen, sie sollte ihm sagen, was sie veranlasst hatte, ihn so zu küssen, doch er tat es nicht. Der Moment verstrich, und ihm blieb nur, ihr die Stufen nach unten zu folgen.

* * *

Wie sich herausstellte, war Scram-damn-ble verdammt lecker. Doch da sie an diesem Morgen schon darauf beharrt hatte, dass er gut aussah und ein guter Dad war, behielt Aurora ihre Meinung zu seinen Kochkünsten für sich. Sie wollte nicht gleich alle Karten auf einmal ausspielen. Sie war ja immer noch überrascht, dass sie diese Karten überhaupt hatte. Ihre Gefühle waren aus dem Nichts gekommen. Hatten sie geblendet.

Sie saßen essend zu dritt um den Frühstückstisch, und Michelle hielt ihren frisch gereinigten Kristall in die Höhe, ließ ihn wie ein Pendel an der Kette vor und zurück schwingen.

„Aurora?"

141

„Hmmm?"

„Können Kristalle Von-Willebrandt heilen?"

Aurora schluckte hinunter, was sie im Mund hatte, und überlegte eine kurze Sekunde. Sie spürte Dantes Anspannung auf der anderen Seite des Tisches. Sie musste ihn nicht ansehen, um zu wissen, welche Antwort er sich von ihr erhoffte.

„Nein, das können sie nicht, Michelle", sagte Aurora ruhig aber fest, sie wollte das kleine Mädchen nicht verletzen, aber ihr auch keine falschen Hoffnungen machen. „Erinnerst du dich, dass ich dir sagte, dass sie keine Zauberkraft besitzen? Sie sind gut für dich, wie es gut für dich ist, nachts durchzuschlafen, oder genügend Wasser zu trinken. Sie können dich trösten, dafür sorgen, dass du dich besser fühlst, aber sie können keine Wunder bewirken."

Michelle senkte ihren Blick, nickte jedoch. Das war die Antwort, die sie erwartet hatte.

„Außerdem", warf Dante ein. „Du weißt, dass Von-Willebrandt genetisch bedingt ist, Michelle. Da gibt es keine Heilung."

„Ich weiß ja. Ich weiß." Sie stützte ihren Kopf auf ihr Kinn und nahm einen großen Bissen von ihrem Rührei. „Ich schätze, ich bin es nur manchmal leid. Ich wünschte, wir könnten mehr tun, um es los zu werden."

„Ja, genau so geht es mir, weil ich die ganze Zeit so verdammt gut aussehe", sagte Dante, und Michelle schnaubte und unterdrückte ein Lächeln. Was natürlich der gewünschte Effekt war. „Manchmal ist das einfach eine

Bürde. Jeder Typ wäre gerne wie du, jedes Mädchen möchte in deiner Nähe sein. Es ist einfach wie, jetzt reicht's!"

Aurora und Michelle verdrehten die Augen zueinander und lachten. Doch als Aurora mit ihrem Frühstück fertig war, nahm ein Gedanke in ihrem Kopf Gestalt an. Einer, den sie Michelle nicht mitteilen wollte, bevor sie nicht erst mit Dante darüber gesprochen hatte.

KAPITEL ZEHN

„Du hörst dich an wie eine verliebte Frau", sagte eine Stimme hinter Aurora, als sie sich in der Damentoilette am Montagmorgen bei der Arbeit die Hände wusch.

Aurora drehte sich um und sah sich Rose gegenüberstehen. Sie schluckte. „Bitte?"

„Ach", Rose wedelte mit einer Hand durch die Luft. „Geht mich ja nichts an, ich bin nur neugierig. Ist nur so, dass jede Frau, die vor sich hin summt und einen solchen Gesichtsausdruck hat, wenn sie sich bei der Arbeit die Hände wäscht, verliebt sein muss."

Aurora sah zu dem Spiegel auf und erkannte den Ausdruck in ihrem Gesicht. Nun ja. Scheiße. Da war er. In jeder Linie ihres Gesichts zu lesen.

Aurora räusperte sich. „Davon weiß ich nichts." Sie unterbrach sich. War entschlossen, die Wahrheit zu sagen. „Aber ich hatte definitiv ein schönes Wochenende."

Rose grinste sie an. Ihr bernsteinfarbenes Haar schien die Luft um sie zu erhellen. „Ich hatte auch so eins."

Aurora erwartete, dass ihr der Magen wieder in die Hose rutschte bei der Nachricht, dass Gio und Rose ein gutes und wahrscheinlich sexerfülltes Wochenende miteinander gehabt hatten, doch das geschah nicht. Um genau zu sein konnte Aurora sich in diesem Moment nicht vorstellen, dass überhaupt irgendetwas ihr den Magen verdrehen könnte. Sie hatte das Gefühl zu schweben.

„Also, wer ist der Typ?", fragte Rose und wusch sich nun auch die Hände.

Aurora schluckte schwer, als sofort Dantes Gesicht vor ihren Augen auftauchte. Sie hielt sich mit einer Hand am Waschbecken fest, weil ihr ein wenig schwindelig war. Sie stand hier in der Damentoilette, keinen Meter von Gios Freundin entfernt und war nicht nur nicht eifersüchtig, sondern bemerkte gerade, voller Faszination, dass sie in den letzten Wochen kaum an Gio gedacht hatte. Zumindest nicht als mehr als ein Freund oder Geschäftskollege. Rose hatte gefragt, ob sie verliebt sei, hatte gefragt, wer der Typ sei, und beide Male waren Auroras Gedanken gleich zu Dante gewandert.

Sie hielt ihre Hand unter das kalte Wasser und verteilte heimlich etwas davon auf ihrem Nacken. Wann zum Teufel war das passiert? Aurora wusste, dass ihre Gefühle für Dante erblühten. Das konnte sie nicht leugnen. Doch seit wann hatte Dante Gio komplett vom Radar gecheckt?

„Aurora?"

Aurora schüttelte den Kopf und konzentrierte sich wieder auf Rose. „Bitte?"

„Nein, ist schon okay, du sahst nur etwas schwach aus, das ist alles. Ich habe dich etwas gefragt und schienst es gar nicht zu hören."

Rose nahm Aurora mit einem festeren Griff als sie erwartet hatte am Arm und setzte sie vorsichtig auf die Bank an der Wand. „Du siehst ein wenig mitgenommen aus. Fühlst du dich gut? Ich bin Krankenschwester."

Aurora strich sich das Haar nach hinten glatt. „Mir geht's gut. Mir ist nur ein wenig schwindelig von der Schwangerschaft, sonst nichts."

„Du bist schwanger?" Die süße Freude auf Rose' Gesicht war unübersehbar.

„Oh. Mist." Aurora legte eine Hand auf ihren Mund. „Das wollte ich eigentlich nicht aussprechen. Ich bin schwanger, aber ich habe es noch niemandem erzählt. Auch nicht dem Vater."

Rose machte eine Reißverschlussbewegung über ihre Lippen. „Ich werde nichts sagen. Das verspreche ich. Kann ich dir etwas bringen? Selters? Saft? Einen Keks?"

Aurora rieb sich mit einer Hand über den Bauch. „Anscheinend hören sich für das Baby alle drei gut an."

Die beiden Frauen lachten. Genau, wie sie an jenem Abend bei der Wohltätigkeitsveranstaltung erwartet hatte, mochte Aurora Rose eigentlich. Was zum Teufel geschah hier gerade? Ihr Leben veränderte sich schneller als sie registrieren konnte.

„Ich habe deine Frage vorhin gehört", sagte Aurora. „Wer der Typ ist. Es ist nur, ich war ein wenig überrascht, denn die Antwort war nicht die, die ich erwartet hatte."

Rose neigte ihren Kopf zu einer Seite und lehnte sich an das Waschbecken. „Noch einmal: es geht mich nichts an, aber eigentlich liebst du zwei Männer?"

Aurora schüttelte den Kopf. „Nein. Nein, nicht mehr, wie es scheint. Aber offenbar *bin* ich verliebt. Ich habe es nur bis jetzt nicht gemerkt." Wieder legte sie ihre Hand auf den Bauch. „Ach Gott. Was soll ich bloß tun?"

„Ich weiß, wir kennen uns nicht besonders gut, Aurora", hob Rose an und biss sich auf die Unterlippe. „Aber darf ich dir einen kleinen Rat geben?"

„Klar!"

„Wusstest du, dass Gio und ich uns schon in der Highschool kannten?"

„So?" Aurora zog die Brauen zusammen. Sie hatte keine Ahnung gehabt.

„Ja. Und direkt nach dem Abschluss zerbrach es. Und, du weißt schon, das war's halt. Aber fünfzehn Jahre später stellt sich heraus, dass es das nicht halt war, verstehst du, was ich meine?"

„Äh. Nein. Nicht wirklich."

Rose grinste. „Entschuldige, ich weiß, das ergibt nicht allzuviel Sinn. Sieh mal. Ich schätze, ich will einfach sagen, wenn du es weißt, dann weißt du es. Und du kannst nur versuchen, dir nicht selbst im Weg zu stehen. Es kommt immer wieder vor, dass Menschen einander nicht mehr lieben. Aber wenn es eine Sache gibt, die ich weiß, dann dass man sich nicht dazu bringen kann, jemanden nicht mehr zu lieben. Egal wie sehr man es versucht. Es ist nutzlos. Also, wenn du es schon empfindest, dann kannst du es genausogut auch zeigen."

* * *

Dante lehnte sich in seinem Schreibtischstuhl zurück und fuhr sich mit der Hand über die Stoppeln. Eine Sekunde lang hielt er den Telefonhörer ein Stück von seinem Ohr entfernt, um mal einen Moment lang Gios Stimme nicht hören zu müssen. Es war ja alles sinnvoll, was er sagte, doch verdammt, in letzter Zeit kitzelte Dante immer diesen Liebesscheiß hervor.

Es war für ihn in der Vergangenheit nie ein Problem gewesen, mit Dante zusammen zu arbeiten, auch wenn sie beide sehr verschiedene Menschen waren und sehr verschiedene Ansichten darüber hatten, wie die Dinge zu laufen hatten. Doch im Moment spürte Dante, wie seine Sicherung immer mehr kurz davor stand, bei diesem Kerl bald durchzubrennen.

Aurora stand zwischen ihnen. Und soweit Dante sagen konnte wusste Gio nicht einmal, dass Aurora zwischen ihnen stand. Der Typ wusste nicht einmal, dass Aurora sich nach ihm verzehrte. Und Dante war sich ziemlich sicher, dass sie das tat. Sie erwähnte ihn nie, schaute unbehaglich drein, wenn er erwähnt wurde, und sie war immer öfter zu Dante gekommen. Zum hundertsten Mal verfluchte Dante sich dafür, dass er diesen Vorschlag gemacht hatte – sie könne ihn benutzen, um über Gio hinweg zu kommen.

Er hatte gedacht, es wäre besser, Aurora irgendwie zu haben, koste es was es wolle, als sie gar nicht zu haben. Doch in letzter Zeit trieb ihn das Wissen, dass sie in

Wirklichkeit Gio wollte, in den Wahnsinn. Wenn er und Aurora zusammen waren, machte ihm das nichts. Wenn sie vor ihm stand, ihn berührte oder küsste, dann dachte Dante nicht zweimal darüber nach. Er konnte nur daran denken, wie perfekt sie doch war, wie sehr er sie wollte. Doch später dachte er immer noch einmal darüber nach. Und ihm fiel dann ein, dass sie wahrscheinlich die ganze Zeit, die sie zusammen gewesen waren, an Gio gedacht hatte. Und es fühlte sich immer so an wie Gift, dass sich in seinem Körper verteilte.

Es war beinahe als wäre er keinen Moment allein mit ihr. Es waren immer drei Leute im Raum: Aurora, Dante und der Geist von Giovanni Esposito.

Er hasste es, verdammt noch mal. Doch er hatte nur die Wahl, sich zurechtzufinden oder die Sache mit ihr zu beenden.

Und das würde nicht geschehen. Nicht, wenn er schon die Tage, die sie ihn zwischen ihren Anrufen immer warten ließ, kaum ertragen konnte. Zwischen Sex-Sessions. Er rief sie nie an, wollte sie nicht unter Druck setzen. Außerdem war das so nicht abgemacht.

Er dachte zurück an ihr gemeinsames Wochenende. Er war froh, dass Michelle so verflixt aufdringlich gewesen war. Denn aus dem Grund war Aurora auch Samstagnacht noch geblieben. Und am Sonntag waren alle drei ins Kino gegangen und hatten noch mehr Essen bestellt.

Doch jetzt war Montag, und obwohl er beim Einschlafen Aurora in den Armen gehalten hatte, war er vollkommen allein aufgewacht. Kein Anruf. Keine

Nachricht. Kein Dankeschön für das Wochenende. Nichts. Genau wie nach der ersten Nacht, in der sie Sex gehabt hatten.

Das hatte ihn angepisst. Und es führte dazu, dass er sich mit Michelle wegen jeder Kleinigkeit stritt und er sie schließlich in genau so übler Laune zur Schule brachte wie die, die er selbst hatte.

Jetzt war der Montag schon halb um, und seine Stimmung hatte sich nur verschlechtert. Aurora hatte immer noch nicht angerufen oder geschrieben, und wenn es nach Dante ging war all das die Schuld des Mannes, den er gerade hier an der Strippe hatte.

„Ich schätze, wir sollten die technischen Daten für das Peterson Projekt in einer Woche haben. Doch das hängt davon ab, was auf deiner Seite geschieht", sagte Gio. „Stehst du kurz vor Vertragsunterzeichnung?"

„Natürlich. Sehe ich aus wie ein Anfänger?", blaffte Dante und konnte nicht umhin, dass es ihm Spaß machte, sich Gio gegenüber wie ein Arschloch aufzuführen.

Gio seufzte. „Meine Güte, du bist vielleicht empfindlich in letzter Zeit. Nein. Du bist kein Anfänger, Dante. Aber in letzter Zeit warst du nicht ganz bei der Sache, und für mich ist es nicht gerade lustig, mich da blicken zu lassen. Ganz im Ernst, bei dir und Aurora, das ist, als müsste man auf Zehenspitzen gehen, um in keine Mausefalle zu treten."

Da wurde Dante hellhörig. „Was war das? Aurora ist in letzter Zeit schlecht gelaunt?"

Eine Minute lang sagte Gio nichts. „Nicht wirklich

schlecht gelaunt, aber sie ist kühler als sonst, denke ich. Also, du kennst sie doch. Sie ist hyper-professionell. Und doch war sie immer warmherzig mir gegenüber. Jetzt aber irgendwie nicht mehr. Ich habe wohl irgendwas getan, das sie angepisst hat."

Das war Musik in Dantes Ohren. Sie war Gio gegenüber nicht mehr so warmherzig wie sonst? Was zum Teufel sollte er daraus schließen? Er meinte, es könnte zweierlei bedeuten: Erstens war sie vielleicht angepisst, dass Gio eine andere gefunden hatte, und sie wollte sich davor schützen, noch einmal verletzt zu werden. Oder, zweitens, ihre zarten Gefühle richteten sich gerade woanders hin oder zu jemand anderem.

Bei dem Gedanken daran verschlug es Dante den Atem. Plötzlich viel besser gelaunt als den ganzen restlichen Tag war er viel weniger zornig auf Gio und weniger darauf aus, das Gespräch zu beenden.

„Hast du schon etwas von Raphael DePella gehört?", fragte Dante und meinte damit einen Klienten, den Gio und er schon seit Monaten an Land zu ziehen versuchten.

„Ja, tatsächlich. Warte, ich leite die Mail, die er mir aus Griechenland geschickt hat, weiter."

„Griechenland? Ist er immer noch in seinem Scheißurlaub?"

„Ja, und ich bin mir nicht sicher, ob er in nächster Zeit in Stimmung ist, über Geschäftliches zu reden. Und das ist wirklich schade, denn..."

Gios Stimme verblasste, als Dantes Bürotür sich öffnete und Aurora vor ihm stand. Eine Hand hatte sie am

Türknauf, und mit der anderen Hand zog sie ihre Botentasche von der Schulter und warf sie auf den Boden. Sie trug eine lavendelfarbene Seidenbluse und einen cremefarbenen Bleistiftrock. Ihr blondes Haar hing in einem langen, dicken Zopf über einer ihrer Schultern. Und sie hatte diesen Blick, den Dante mittlerweile kannte und liebte.

Sie war gekommen, um sich ein wenig kraulen zu lassen.

Den Hörer noch am Ohr, beobachtete Dante, wie sie die Tür hinter sich schloss und verriegelte. Er sah, wie sie entschlossen durch sein Büro kam, mit wiegenden Hüften und Feuer im Blick.

Dante konnte noch Gios Stimme in seinem Ohr hören, doch für sein Leben konnte er kein Wort von dem verstehen, was der Mann sagte. Er machte einen unverbindlichen Laut hinten in seiner Kehle und hoffte, es klänge so als würde er noch zuhören.

Und dann stand Aurora da, vor ihm, perfekt, unberührbar, umwerfend wie eh und je. Dante lief das Wasser im Mund zusammen. Er klopfte sich auf den Schoß, forderte sie auf, sich darauf zu setzen, doch sie schüttelte den Kopf.

Sie beugte sich hinab, ergriff mit einer Hand Dantes Knie und drehte den Stuhl, sodass er sie ansah. Als sie so zwischen seinen Beinen stand, brannten sich Auroras Augen in seine. Sie hielt den Augenkontakt, während sie langsam vor ihm niedersank, sich hinkniete.

Sofort wurde Dantes Mund ganz trocken. Er nahm

den Hörer vom Ohr. „Liebling", murmelte er, doch sie schüttelte den Kopf, drückte ihm den Hörer wieder ans Ohr und ließ ihren Blick auf seinen Gürtel fallen.

Sie wollte, dass er weiter telefonierte?

Aurora machte kurzen Prozess mit seinem Gürtel und dem Reißverschluss seiner Hose. Innerhalb von Sekunden hatte sie seinen Schwanz, groß und heiß in der Hand. Sie war noch nie vor ihm in die Knie gegangen, doch jetzt sah sie ihn an, als wollte sie ihn komplett verschlingen.

„Klar, ja, das hört sich sinnvoll an", sagte Dante mit angespannter Stimme in den Hörer.

Aurora beugte sich vor und verlor keine Zeit mehr. Sie hielt ihn mit einer Hand fest und verschlang ihn.

Dante spreizte seine Beine und stellte seine Füße fest auf. Er gab sich Mühe, ihr seinen Schwanz nicht in den Rachen zu stoßen. Doch sie machte es ihm nicht leicht. Er war nicht darauf vorbereitet gewesen, wie ihre vollen Lippen aussehen würden, wenn sie sich um ihn legten. Er war nicht vorbereitet gewesen auf den verführerischen Einblick, den ihre Bluse ihm gewährte. Er war nicht vorbereitet gewesen auf die grausamen kleinen Kreise, die sie mit ihrer Zunge machte.

Sie würde ihn in den Wahnsinn treiben. Und, scheiße, sie ließ ihn kommen. Aber er war nicht annähernd bereit dazu.

* * *

Gott, er schmeckte gut, dachte Aurora. Sauber und warm

und salzig. Sie konnte sich nicht vorstellen, jemals genug von diesem Geschmack zu bekommen. Sie wirbelte mit ihrer Zunge über seine Spitze und nahm ihn dann wieder tief in sich auf.

Dantes Hüfte drückte sich, scheinbar von selbst, nach oben, und unabsichtlich spannte er sich in ihrem Mund an. Aurora unterdrückte ein katziges Lächeln. Es wäre nicht gut, in einem solchen Moment selbstzufrieden zu sein, doch sie merkte, dass sie ihn Stück für Stück auseinander nahm.

„Fuck", entfuhr es Dante. „Ach. Nein. Vergiss es."

Er war immer noch am Hörer, und der Gedanke daran machte Aurora so heiß, dass ihr Höschen schon vollkommen durchfeuchtet war. Seine freie Hand fuhr ihr durchs Haar, und Aurora war von dem Druck, den er hinten auf ihren Kopf ausübte, genauso erregt wie von der zarten Art, wie seine Finger ihre Kopfhaut streichelten. Sie saugte mehrere, wundervolle Minuten an ihm, wobei er immer angestrengter wurde. Bis sich an einem Punkt plötzlich sein Griff in ihr Haar verkrampfte und er versuchte, sie von sich fort zu ziehen. Daraufhin saugte sie nur noch fester an ihm, schob ihn sich weiter in den Rachen.

* * *

Dante grunzte und fing an zu schielen, als die Gefühle durch seinen Körper prallten. Wieder sprach Gio ihm ins Ohr, und der Klang der Stimme dieses Hurensohns brachte

Dante in Rage. Er sah hinab, oben auf Auroras wunderschönen Kopf.

Spielte sie hier gerade eine erotische Szene nach, die sie sich mit Gio erträumt hatte? War das auf ihrer Liste von Dingen, die sie vor ihrem Tod gemacht haben wollte? Versuchte sie immer noch, Gio aus ihrem Kopf zu bekommen? Er hätte das ignorieren können, wenn nicht ausgerechnet Gio ihm in genau dieser Sekunde scheiße noch mal ins Ohr gequatscht hätte.

Das ließ ihm das Blut durch den Körper wallen, und etwas tief in Dante brach. Welche Zügel ihn bislang auch zurückgehalten hatten, sie rissen nun. Er zog Aurora von sich fort und stand auf, zog auch sie auf ihre Füße.

Verdammte Scheiße.

Dante hätte beinahe das Telefon in seiner Hand zerdrückt. Mit seiner freien Hand drehte er Aurora herum, so dass sie sich über seinen Schreibtisch beugte. Er nahm den Saum ihres Rocks und schob ihn über ihre Hüfte. Die weiße Spitze ihres Tangas leuchtete auf ihrer goldenen Haut, und Dante schob ihn beiseite.

„Ja", stöhnte sie leise, die Hitze ihres Atems ließ die glänzende Oberfläche seines Schreibtischs beschlagen, als sie ihre Wange darauf legte.

Er dachte nicht mehr. Es gab keine Gedanken mehr. Nur noch Instinkt. Nur noch Verlangen.

Gios Stimme summte immer noch im Hintergrund, doch Dante bäumte sich auf und drückte sich mit voller Länge in Aurora hinein, dehnte sie bis zum Äußersten. So wie sie ihre Hände in den Schreibtischrand verkrallte, wusste er, dass es für sie hart an der Grenze zwischen Schmerz und Lust war, wie sie gedehnt wurde.

Dante hielt nun still, ließ sie sich erst einmal daran gewöhnen, dann griff er nach vorn, legte seine Hand auf ihren Mund, ließ ihr Stöhnen nicht heraus. Vielleicht war er bereit sie zu ficken, während Gio am Telefon war. Aber todsicher war er nicht bereit, Gio ihre Lust hören zu lassen. Teufel, nein. Das war für Dante und nur für Dante.

Er zog sich zurück und rammte dann zurück in ihre Feuchtigkeit. Auroras Rücken bog sich durch, ihre Beine zitterten, und er spürte, wie sich ihr Mund an seiner Hand öffnete.

Und einfach so war Gio ihm plötzlich scheißegal. Er hatte seine Hände voll mit Aurora, und er konnte nur noch seine Leidenschaft mit ihr teilen. Er konnte sie nur so lieben, wie sie es zuließ.

„Verdammt, ich kann grad nicht mit dir sprechen, Gio", schnauzte er ins Telefon und beendete den Anruf mit einem Knopfdruck, dann warf er das Gerät beiseite. Eine Sekunde lang erstarrte er. Scheiße, er hätte Gios Namen nicht nennen dürfen. Er hatte ihn verraten. Was, wenn er den Augenblick für sie damit ruiniert hatte? Oder noch schlimmer, was, wenn sie nun an Gio dachte?

Er stieß nach vorn, beinahe brutal, und Aurora riss ihren Mund von seiner Hand. Sie drehte sich um und sah ihm direkt in die Augen.

Beim Sex war sie normalerweise wie benebelt, ihre Augen waren dann trübe und nicht fokussiert, doch jetzt sah sie direkt in ihn hinein. Das schickte einen hellen, heißen Schauer durch Dante hindurch. Sie konnte an keinen anderen denken, wenn sie ihm so in die Augen sah. Sie konnte nur an ihn denken. Daran, was er gerade mit ihr anstellte. An die Lust, die er ihr gab. An niemanden sonst. Nur ihn. Er pumpte in sie mit der Wildheit und Geschwindigkeit eines Tieres. Er war in ihrer Hitze verloren, in ihrem engen Kneifen. In diesem Moment hätte er glücklich sterben können.

Er spürte, wie sie um ihn eng wurde, beobachtete, wie ihr Gesicht sich anspannte und sich vor Lust wieder entspannte, als ihre Fingerspitzen den Tischrand ergriffen.

Er schob eine Hand auf ihre Vorderseite und bearbeitete ihre Klitoris durch ihren Orgasmus, dehnte ihn so weit aus wie er konnte. Er hätte schwören können, dass sie zweimal kam.

Doch dann provozierte ihr Orgasmus auch seinen. Er nahm sie, beanspruchte sie. Er wickelte seine Hand in ihren Pferdeschwanz, und ihr Kopf löste sich vom Schreibtisch, als er ihn zurückzog. Sie war für ihn gebeugt, nahm alles von ihm an, und er gab ihr alles. Jede Unze flüssiger Lust wurde aus ihm gewrungen, als er sie hindurchritt.

Und dann konnte er nur noch auf ihrem Rücken zusammenbrechen, ihren Hals und ihre Ohrmuschel küssen.

„Baby", flüsterte er ihr zu, schob einen Arm um sie, um sie so eng er nur konnte zu umarmen. „Mein Gott, Baby. Liebling. Du wunderbares Mädchen. Du perfekte, üppige Göttin. Gott, du hast mich umgebracht. Mich zerrissen." Er flüsterte weiter in ihr Ohr, bis sie kicherte.

„Ich schätze, es hat dir gefallen, was?"

„Ich habe schon das weiße Licht gesehen. Wäre beinahe durch dieses himmlische Tor gegangen, Liebling." Dante griff zwischen sie beide, um das Kondom festzuhalten, das er immer trug, um dann in einem Moment, der sein Herz stillstehen ließ, festzustellen, dass da kein Kondom war.

Er zog ihn dennoch heraus, nahm ihre Hand und führte sie in das benachbarte Bad. Er schloss die Tür hinter sich, machte ein paar Papiertücher feucht und ging vor ihr auf die Knie, machte sie vorsichtig sauber.

„Liebling", hob er an. Er war sich unsicher, wie er weiterreden sollte. Am besten aufs Ganze gehen. Die verdammte Wahrheit sagen. „Ich hab vergessen, ein Kondom überzuziehen."

„Scheiße", murmelte sie reflexartig. Dann strich sie seine gerunzelte Stirn glatt. „Wir haben es beide vergessen."

Das nahm ihm einen Teil seines Schuldgefühls, doch nicht die Panik, die nun in ihm tobte. „Ich bin sauber, hatte mich testen lassen, bevor wir das erste Mal miteinander geschlafen haben, und seitdem war ich nur mit dir zusammen."

Jetzt war es an Aurora, die Stirn zu runzeln, als hätte sie beinahe nicht geglaubt, dass dieser Mann nicht in ganz Los Angeles rumgehurt hatte. „Ich auch. Ich bin sauber."

Dante schob ihre Unterwäsche wieder an Ort und Stelle und zog ihren Rock hinunter, glättete seine Falten.

Er erhob sich und nahm ihre Hände. Er trug sein Herz auf der Zunge. „Kann ich dich jetzt geschwängert haben?"

Auroras Gesicht wurde gleich flach, und ein vorsichtiger Ausdruck huschte darüber. Sie räusperte sich. „Nein."

Auf gewisse Weise wurde eine Empfängnis ja verhütet. Dante atmete tief aus. „Gott sei Dank. Das wäre schlecht gewesen." Er ließ seine Hände an ihre Schultern hinabwandern und beugte sich zu ihren Lippen hinunter, bemerkte dabei nicht den Blitz tödlichen Schmerzes, der sie bei seinen Worten durchfuhr. „Du hast mich so heiß gemacht, dass ich nicht mehr klar denken konnte. Das ist mir noch nie passiert."

Erneut räusperte sie sich und hob eine Braue, während sie sich daran machte, sich die Hände im Waschbecken zu waschen. „Du hast noch nie einen geblasen bekommen?"

Er lachte. „Nein, ich meine, ich habe noch nie zuvor ohne."

„Wirklich?" Sie sah ihn vollkommen ungläubig an.

Verärgert griff er um sie herum, um sich auch die Hände zu waschen. „So langsam ist das mit der schlechten Meinung, die du von mir hast, ein alter Hut, Aurora. Ich bin kein verdammter Hugh Hefner. Schön, ich hatte viele Dates. Wer denn nicht? Aber ich lüge nicht. Und ich sage dir, dass ich nie eine Frau ohne Kondom gefickt habe."

Aurora trat einen Schritt von ihm weg, trocknete sich die Hände an einem Handtuch ab und warf es in den Müll. „Okay."

Sie wollte gerade die Tür des Bads öffnen, als er seine

Hand darauf knallte, um sie nicht gehen zu lassen. „Mehr hast du dazu nicht zu sagen?"

Mit einer Bewegung, die so gar nicht zu dem polierten, damenhaften Äußeren passen wollte, schlug Aurora ihm die Hand von der Tür.

Sie wirbelte herum, hielt ihm einen Finger direkt ins Gesicht. „Du regst dich anscheinend über jeden kleinen Scheiß auf, Callaghan. Aber vertrau mir, mit mir willst du dich nicht anlegen."

Und dann ging sie mit großen Schritten aus dem Bad, und er hatte einen wunderbaren Blick auf jeden Zentimeter ihres graziösen, amazonenhaften Selbst. Er schaffte es kaum, sich vor sie zu drängen, bevor sie das Büro verließ. „Es tut mir leid. Ich verhalte mich gerade wie ein totales Arschloch, und es tut mir leid. Aber du verhältst dich auch ein kleines bisschen wie ein Arschloch."

Sie trat zur Seite, stellte eine Hüfte aus und verschränkte ihre Arme vor der Brust, eine Braue erhoben.

„Und", fuhr Dante fort, „während ich mir alle Mühe gebe, wütend auf dich zu sein, weil du so ein Arsch bist und immer nur schlecht von mir denkst, bist du so wütend auf mich, dass man endlich deinen New Orleans Akzent hört, und ich muss feststellen, dass ich das total niedlich finde."

Auroras Hände fielen von ihrer Brust an ihren Seiten hinab. „Ach. Naja, ich habe versucht, ihn in der Business School abzulegen, aber manchmal schleicht er sich wieder ein."

Er wusste, dass die zornige Hitze zwischen ihnen

beiden nun nur noch leise köchelte, deswegen ging Dante auf Nummer sicher, trat vor und strich mit einer Hand über ihr goldenes Haar.

„Ich weiß nicht, warum du ihn verlieren wolltest. Er ist schön. Damit hörst du dich wie ein knackiges Früchtchen aus Georgia an."

Darauf warf Aurora ihren Kopf in den Nacken und lachte. „Vertrau mir – das bin ich überhaupt nicht. Und kein Mädchen aus New Orleans möchte so genannt werden. Wir sind eine ganz eigene Kategorie, Baby."

Und Dante meinte: „Verdammt, das bist du absolut."

KAPITEL ELF

„Mittagessen", sagte Dante eine Minute später, nahm ihre Hand und zog sie aus dem Büro.

Aurora warf noch einen Blick auf seinen Schreibtisch, der nun ganz durcheinander und unordentlich aussah dort, wo sie gerade noch darüber gebeugt gewesen war. Sie konnte es noch gar nicht glauben, dass sie vorhin in sein Büro gestürmt war und ihn einfach verschlungen hatte. Und dann noch, während Gio am anderen Ende der Leitung war! Das machte sie stolz und entsetzt zugleich.

„Es ist vier Uhr nachmittags, Dante."

„Dann einen Happy Hour Drink. Ich möchte nur nicht, dass du schon gehst. Geh mit mir aus, Aurora. Wir müssen es auch nicht ein Date nennen."

Ihr Bauch verkrampfte sich, wie so oft in letzter Zeit. Sie war nicht sicher, ob das das Baby war, das in ihr wuchs, oder die Vorstellung, dass sie mit Dante zu einem richtigen Date ging.

„Kaffee", sagte sie endlich.

Zehn Minuten später ließen sie sich in einem kleinen Café, ein paar Blocks von Dantes Büro entfernt, nieder.

„Lust auf ein Spiel?", fragte er.

„Ähm, ich dachte, wir hätten schon", sagte sie lächelnd.

Er lachte. „Das stimmt. Und das ist auch mein Lieblingsspiel. Aber zur Abwechslung lass uns mal ein anderes Spiel spielen. Eins, das ich sonst ständig mit Michelle gespielt habe."

„Was für eins?"

„Das haben wir gemacht, als sie unbedingt ein Detektiv sein wollte. Ich rief diesen Typen an, den ich vom College her kannte und der am Ende Privatdetektiv geworden war, und er hat mir gesagt, dass das Beste, was man tun konnte, um das Detektivsein zu üben, war, jede Person, mit der du zusammen bist, und jeden Ort, an den du gehst, genau zu beobachten. Deshalb spielten sie und ich das Beobachtungsspiel, wohin auch immer wir gingen. Bestimmt ein ganzes Jahr lang. Am Ende war es uns beinahe zur zweiten Natur geworden. Doch dann begann ihre Harry Potter-Phase, und alles war vergessen."

„Und du hast keinen Hexer angerufen, den du vom College her kanntest, damit er ihr ein paar Tipps gibt, wie sie die Magie für sich nutzen kann?", fragte sie trocken. Doch innerlich bebte sie, sie war fassungslos, wie süß er in seinem Inneren war. Er hatte einen Privatdetektiv angerufen, damit der ihm Karrieretipps für seine kleine Schwester gab, die gerne Detektiv werden wollte. Es tat beinahe weh, so süß war das.

Dante zuckte die Schultern. „Also, willst du jetzt spielen?"

„Das Beobachtungsspiel?" Aurora sah sich um, nahm

die Spitzendeckchen wahr und die Gäste im Rentenalter. „Klar."

„Aber nicht in Bezug auf diesen Ort, sondern in Bezug auf den jeweils anderen."

„Ach so. Du möchtest, dass ich dir sage, was ich an dir beobachte?"

„Und umgekehrt. Ich bin mir ziemlich sicher zu wissen, was du über mich denkst, aber lass es uns versuchen."

„In Ordnung." Mit einer nervösen Geste strich sie ihr Haar glatt zurück. „Du zuerst."

„Es gibt zwei Aurora LeMondes."

„Bitte?"

Er lehnte sich in seinem Stuhl zurück, seine großen Hände ausgebreitet auf dem feinen Tischtuch, sein Kaffee kühlte vor ihm ab. In dem Moment waren seine Augen so blau, Aurora hätte schwören können, dass sie bei ihrem Anblick durstig wurde. „Da ist diese Frau, die ich seit Jahren kenne. Die Version von dir, die für die Esposito Group arbeitet. Poliert, ruhig, verpasst nie eine Deadline. Tödlich schön, natürlich, aber das schützt du durch einen Glaskasten. Wie die Rose in die Schöne und das Biest. Ich wusste nicht warum, doch ich wusste, dass diese polierte Version nicht das ganze Bild zeigt. Und ich dachte mir: Warum verbirgt sie etwas? Doch jetzt verstehe ich es."

Aurora nippte an ihrem Tee, versuchte, ihre Hand an der Tasse dazu zu bringen, nicht zu zittern. Bislang lag er sonderbar richtig. Sie traute ihrer Stimme nicht, deswegen sagte sie gar nichts.

„Das ist, weil du dein anderes Ich verborgen halten willst. Ich habe einen Blick darauf erhaschen können, wenn ich mit dir habe flirten wollen und dich das geärgert hat. Ich habe die Würze ein wenig schmecken dürfen. Das Temperament. Die Hitze. Aber ich war nicht vorbereitet. Ich hatte keine Vorstellung davon, wie es sein würde, bis du endlich die Tore geöffnet und es herausgelassen hast. Der Abend, an dem du mich batest, dich nach Hause zu bringen. Das werde ich nie vergessen. Ein Teil von mir muss sich immer noch davon erholen. Es war, als hätte ich meine Zunge auf eine Batterie gepresst. Dein anderes Ich, diese andere Version, ist so leidenschaftlich, so voller Feuer, so frei und wild, dass du sie in einen Käfig sperren musst. Sonst käme keiner mehr zum Arbeiten."

Sie nahm einen weiteren kleinen Schluck von ihrem Tee. „Ich weiß nicht, ob das stimmt. Aber ... in meinem ersten Jahr am College gab es nicht nur einen sondern gleich zwei verheiratete Professoren, die mit mir ins Bett wollten."

Dantes Brauen zogen sich sofort zusammen. Ihr entging auch nicht, wie er seine Hand auf dem Tisch ballte.

Sie tat es mit einem Achselzucken ab. „Mein Körper, meine Art, alles war gegen mich. Egal, wie schlau ich war oder welche Noten ich für die Ideen bekam, die ich hatte, es ging alles den Berg hinab, sobald man mich als Schlampe bezeichnete. Ich stellte fest, dass man in der Geschäftswelt nur weiterkommen konnte, wenn man eine Eiskönigin wurde. Unberührbar, wie du es nanntest."

„Abgesehen von deinen schiefen Zähnen", scherzte er, und sie lächelte, was seine Absicht gewesen war.

„Richtig. Ich wusste doch, ich hätte mir die Spange machen lassen sollen." Sie seufzte und sah eine Sekunde lang aus dem Fenster. „Mein Ehrgeiz, im Geschäftsleben zu reüssieren, dient nicht nur meiner persönlichen Zufriedenheit. Es ist kein Spiel. Für mich und meine Mutter hängt unser Überleben an diesem Job."

Er hätte sie beinahe unterbrochen, doch sie öffnete erneut ihren Mund. Ihre Augen waren trüb, als sie auf ihre eigenen Finger sah, die mit einem Ring Kondenswasser spielte, den ihre Teetasse hervorgebracht hatte. „Weißt du, ich denke, als ich bei Esposito anfing, wurde es sogar noch schlimmer. Die kalte, polierte Version meiner selbst wurde stärker, kristalliner. Gio erkannte mein Talent sofort, doch ein Teil in mir hatte die Sorge, dass ich ausrutschen und er den anderen Teil von mir entdecken würde. Den Teil, der die ersten acht Jahre seines Lebens in Notunterkünften verbrachte, während meine Mutter an den Ecken die Zukunft für fünf Dollar voraussagte. Den Teil, der meinen Vater nie gekannt hat und insgeheim keine Ahnung hatte, wie man mit einem Mann sprach. Den Teil, der hier und da mal seinen Verstand verlor und einen Mann finden musste, bei dem ich mich austoben konnte. Ich hatte solche Angst, dass Gio diesen Teil von mir sehen könnte, dass ich ihn einschloss, man sollte ihn nie wiedersehen oder von ihm hören."

* * *

Dante war fasziniert. Nahm jede kleine Information von ihr auf, als wäre es kühlstes, reinstes Wasser. Er hatte gar nicht bemerkt, wie sehr ihn danach dürstete, sie kennenzulernen. Es war nicht leicht, ihre Geschichte zu hören, doch er wollte mehr wissen. Er wollte alles.

„Nun", sagte er und schob seine Hand über den Tisch zu ihrer, ein leichtes Lächeln in seinem Gesicht. „Vielleicht nicht ‚nie'. Wie man hört, kommt sie für ein paar Nächte die Woche zu mir nach Hause."

Aurora lächelte in ihren Tee hinab. „Das stimmt."

Er hielt eine Sekunde inne und entschied sich dann, das zu tun, was seine Intuition ihm sagte. „Wenn du von Notunterkünften sprichst, meinst du Obdachlosenasyle?"

Aurora warf ihm ein trauriges, schwaches Lächeln zu und nickte. „Ja, meine Mom ist in vielerlei Hinsicht ein Freigeist, und sie hatte nicht geplant, mit mir schwanger zu werden. Sie war jung."

Aurora wandte sich ab, um aus dem Fenster zu sehen, die Fußgänger zu beobachten, die vorbeiliefen, während sie ihre Geschichte erzählte. Das Nachmittagslicht strich schräg über ihr Gesicht und erhellte ihre haselnussbraunen Augen von der Seite, so dass sie aussahen wie eine Glasflasche. Dante hatte das plötzliche Verlangen, mit ihr an den Strand zu fahren. Irgendwohin in die Tropen, wo sie in der Sonne baden konnte. Den vollen, tiefen Atemzug nehmen konnte, den sie nie wirklich nehmen zu können schien.

„Ich schätze, sie hat mal hier, mal da geschlafen.

Wenn man zwanzig ist, ist das nicht so schlimm. Doch dann war sie zu zweit, und viele Sofas waren nun für sie besetzt. Sie hatte noch ein paar Freunde, die zu ihr hielten. Doch oft waren wir in solchen Unterkünften." Plötzlich strich sie ihr Oberteil glatt, als musste sie sich daran erinnern, dass sie jetzt hier war, eine erfolgreiche Frau, nicht das verletzliche Kind, das sie einmal gewesen war. „Es war gar nicht so schlecht für mich. Als Kind verstehst du ja nicht so recht, was da vor sich geht. Und sie war immer bei mir, also war ich immer in Sicherheit. Sie war eine gute Beschützerin. Aber für sie muss es schrecklich gewesen sein."

„Gott." Dante versuchte sich vorzustellen, wie das für ihn mit Michelle gewesen wäre. „Ich wette, sie hat fast nie geschlafen. Ich weiß, dass ich das nicht getan hätte, wenn Michelle und ich in einer solchen Lage gewesen wären."

Aurora sah ihn eine Minute lang an, ihre Augen wie unergründliche Röntgenstrahlen.

„Was hat sich verändert?", fragte Dante. „Wie seid ihr wieder auf die Füße gekommen?"

„Meine Mutter fing dann an, Kurse zu belegen, die in einem der Gemeinschaftshäuser angeboten wurden, wo wir manchmal zum Abendessen hingingen. Sie lernte genug, um eine ziemlich gute Sekretärin abzugeben. Das machte sie dann eine Weile lang in einem Büro für Buchführung. Es reichte, um ein kleines Apartment für uns zu bekommen und eine Krankenversicherung. Einer der Buchhalter wurde dann etwas zudringlich, und sie wechselte in die Praxis eines Therapeuten. Doch bald schon sprachen die Patienten mehr mit meiner Mutter über ihre Probleme als mit dem Therapeuten."

„Wegen der Hexensache?"

Aurora lächelte. „Weil meine Mutter viele Dinge sieht, die andere nicht sehen können. Deswegen kann man sehr gut mit ihr sprechen."

„Lass mich raten, der Therapeut hat sie rausgeschmissen, weil er neidisch war?"

„Genau das Gegenteil. Der Therapeut war schwer beeindruckt. Hat sie als Sekretärin entlassen und seinen großen Garderobenraum in ein Büro für sie umbauen lassen."

„Ihr Büro, wofür?"

„Wahrsagerei, Rat, Auralesen. Das hört sich alles etwas sehr mystisch an, und manche Patienten hielten es für Humbug. Doch es gibt viele Leute in New Orleans, die okkulte Hilfe in ihrem Leben brauchen. Und meine Mutter ist nicht nur genau die Richtige, wenn es um so etwas geht, sondern sie hatte außerdem auch nicht vor, ihren Kunden den letzten Dollar aus der Tasche zu ziehen. Sie wollte ihr Talent einfach nur dazu nutzen, den Menschen zu helfen."

Er lehnte sich vor, sehr froh, dass sie so offen ihm gegenüber war. Er wollte immer noch mehr von ihr. „Hast du auch einige dieser Talente?"

„Nicht annähernd so stark. Aber vielleicht mehr als du."

Er nickte langsam und lehnte sich zurück. „Kannst du die Zukunft voraussagen?"

Aurora schnaubte. „Natürlich nicht."

„Kannst du, naja, meine Aura sehen?"

Aurora hob eine Braue. „Dante, ich kann deine Aura auf fünfzig Schritt Entfernung sehen."

„Du machst Scherze."

Sie zuckte die Schultern.

„Du machst keine Scherze?"

Wieder zuckte sie mit der Schulter.

„Nun komm schon. Erzähl's mir! Welche Farbe hat meine Aura?"

„So rot wie der Tag lang ist."

„Wirklich?" Dante hielt eine Hand hoch vor sein Gesicht, als müsste er nur genau genug hinsehen und würde es dann auch erblicken.

Aurora biss sich auf die Lippe. „Menschen mit einer roten Aura sind sehr körperlich. Im sexuellen Sinn. Im Hier und Jetzt verwurzelt. Sie glauben an das, was sie schmecken, fühlen und sehen. Sie sind stur. Sie denken, sie wissen genau, wie es in der Welt läuft. Sie sind leidenschaftlich und praktisch. Erfolgreich."

Unwillkürlich musste Dante sich räuspern. „Nun, ich finde, das hört sich nicht verkehrt an."

„Das Auralesen zählt aber nicht als mein Part des Beobachtungsspiels."

„Okay. Dann bist du jetzt dran." Dante zuckte scheinbar beiläufig die Schultern, doch sein Herz schlug eindeutig schneller.

Jetzt war es an Aurora, sich in ihrem Stuhl zurückzulehnen. Dante bewegte sich kein bisschen auf seinem Sitz. „Du bist der geborene Beschützer. Aber der

Gedanke behagt dir nicht, weil du dich selbst als einen Überlebenskünstler siehst, sogar einen egoistischen. Das bist du aber nicht. Sogar weit davon entfernt. Du beschützt die Menschen, an denen dir etwas liegt. Versorgst sie sogar. Darin bist du gut. Es fliegt dir einfach so zu. Aber genauso fliegt es dir zu, ein Arsch zu sein. Oberste Liga."

Dante lachte. „Du schmeichelst mir."

Aurora legte ihren Kopf auf die Seite. „Du magst Gio nicht. Ihr beide wart nie beste Freunde, aber jetzt kannst du es kaum mehr ertragen, im selben Raum mit ihm zu sein."

„Kannst du mir das vorwerfen? Schließlich gehört ihm dein Herz."

* * *

Bei Dantes direkten Worten zuckte Aurora auf ihrem Sitz zusammen. Doch warum war sie so überrascht? Natürlich musste er das denken. Sie hatte Dantes Vorschlag, ihn zu gebrauchen, um ihr Gio aus dem Kopf zu ficken, gar nicht ernst genommen. Sie hatte gar nicht gedacht, dass das ginge. Sie hatte einfach nur Appetit auf Dante selbst gehabt. Doch als sie nun in Dantes tiefblaue Augen sah und sich an die Intensität erinnerte, mit der er sie auf seinem Schreibtisch gefickt hatte, als er Gio am Apparat hatte, wurde ihr klar, dass Dante immer noch dachte, dass das der Grund war, weswegen sie in den letzten Wochen mit ihm zusammen gewesen war.

Sie hatte nicht vor, Dante absichtlich in die Irre zu

führen. Doch sie dachte an den wirklichen Grund, weswegen sie etwas mit ihm angefangen hatte, außer ihrem Verlangen natürlich, dass sie schwanger mit einem Kind war, das er nicht wollte. Aurora war sich deshalb nicht sicher, ob sie ihn schon von seinem falschen Verdacht erlösen sollte. Sie war ganz sicher noch nicht bereit, ihm zu sagen, dass sie sich gerade in ihn verliebte.

„Das war deine eigene Idee, Dante." Sie sprach ganz sanft.

Da wandte er den Blick ab.

Manchmal verstand sie ihn einfach nicht. Ihm lag etwas an ihr, dessen war sie sich sicher. Doch sie hatte immer noch absolut keine Vorstellung, wie er darauf reagieren würde, dass sie sein Kind austrug. Nein, sie wusste, dass er sie zu nichts zwingen würde, was sie nicht wollte. Und trotzdem er gesagt hatte, dass er keine Kinder wollte, war sie sich auch sicher, dass er sie finanziell unterstützen würde. Doch sie war sich nicht sicher, ob er dann noch mit ihr zusammen sein wollte. Was, wenn er die Sache dann beenden wollte? Was, wenn er einfach nur danke, aber nein, danke sagte und ihr weiterhin viel Glück wünschte? Sie war sich nicht sicher, ob ihr zerbrechliches, hormonelles Herz das verkraften könnte. Sie hatte sich an seine Hingezogenheit zu ihr gewöhnt. Sie verließ sich darauf. Brauchte sie.

Sie wusste nicht, was sie tun sollte!

Doch wenn sie Dante vielleicht ihrer Mutter vorstellen würde, dann könnte die ihr möglicherweise helfen sich zu entscheiden.

„Dante, möchtest du meine Mutter kennenlernen?"

Die Worte waren ausgesprochen, bevor sie sie zurückhalten konnte.

„Wirklich?"

Aurora räusperte sich. „Ist keine große Sache. Sie ist ganz locker."

„Schon. Ich dachte nur, du wolltest, dass diese Sache zwischen uns ein wenig ... geheimer bleibt."

Richtig, das hatte sie. Am Anfang. Doch jetzt war sie ganz durcheinander, total verwirrt, hatte keine Vorstellung, wo oben und wo unten war. Sie musste jetzt schwerere Geschütze auffahren. „Ich habe doch auch Michelle kennengelernt." Sie zuckte die Schultern. „Du solltest meine Mutter kennenlernen. Es sei denn, du willst nicht."

„Nein, ich möchte das. Also, wenn ich behauptete, dass es mich nicht nervös macht, eine praktizierende Hexe kennenzulernen, wäre das gelogen ..."

Aurora verdrehte die Augen. „Ich erkläre dir das jetzt nicht noch einmal. Meine Mutter ist keine Hexe."

„Das sagst du bloß, weil du sonst zugeben müsstest, dass du auch eine bist."

Aurora biss sich auf die Lippe, um sich ein Lächeln zu verkneifen. „Wäre ich eine Hexe hätte ich vor langer Zeit schon einen Verschwindezauber bei dir eingesetzt."

„Ach, als du mich nicht mochtest. Darüber mache ich mir heute nicht mehr so viele Sorgen."

Doch er machte sich Sorgen, dachte sie. Sie sah es in seinen Augen, seine unterschwellige Unbehaglichkeit, wegen ihrer Gefühle für Gio. Ach, Dante, dachte sie, wenn er wüsste. Ich liebe dich. Ich liebe unser Kind.

Ich möchte doch nur, dass auch du uns beide liebst.

KAPITEL ZWÖLF

Eine Woche nach dem Kaffeetrinken mit Dante fuhr Aurora in die Einfahrt ihrer Mutter. Dante saß eingequetscht auf dem Beifahrersitz ihres Honda Civic.

Bei dem Anblick seiner Beine, die er vor sich gefaltet hatte, musste sie grinsen. Durch ihn sah ihr Wagen aus wie ein Clownsauto. Doch selbst in dieser lächerlichen Haltung sah er noch zum Umfallen gut aus. Er trug eine dunkle Jeans und einen dunkelblauen Pullover, in der gleichen Farbe wie seine Augen. Er war in der Woche auch beim Friseur gewesen, und seine Haare waren jetzt so kurz wie an dem Abend, als sie das erste Mal miteinander geschlafen hatten. Aurora musste unweigerlich zittern, als sie sich daran erinnerte, wie es sich an ihrer Hand angefühlt hatte, als sie sich daran festkrallen wollte. Das maskuline Kratzen seiner kurzen Haare an ihrer Handfläche.

„Was ist?", fragte er und schnallte sich los. „Hab ich was im Gesicht?"

„Nein", sagte sie und hob ihre Hand, um die Stoppel an seinem Kinn zu streicheln. „Du siehst nur genauso aus wie in unserer ersten gemeinsamen Nacht, wenn du das

Haar so kurz trägst."

„Ach ja." Er strich mit einer Hand über sein Haar und lächelte, als er sich an jene Nacht erinnerte.

„Du sahst in diesem Anzug und den kurzen Haaren so ernst aus. Lauter Schatten und scharfe Kanten. Habe ich dir schon mal gesagt, dass du manchmal sämtliche Luft aus einem Raum in dir aufsaugst?"

Er neigte seinen Kopf zur Seite, versuchte, ihre Stimmung zu lesen. „Ist das gut?"

„Es ist einfach typisch *du*. Manchmal bist du einfach zu viel Mann für einen Raum. Das lenkt einen ab."

Mit diesen Worten schlüpfte sie aus dem Wagen und hörte wie er ihr folgte. Sie hatte schon halb den gepflasterten Weg zu ihrer Mutter zurückgelegt, als Dante sie am Arm packte und herumwirbelte.

„Du magst mich", sagte er, mit einem neckischen Glitzern in den Augen.

„Bitte?" Sie hob eine Braue.

„Die ganze Zeit war ich unsicher gewesen. Natürlich fühlst du dich zu mir hingezogen." Ein arroganter Blick huschte über seine Miene. „Aber das gerade eben? Was gerade passiert ist. Du hast dein Blatt offengelegt. Du magst mich."

„Naja, klar. Ich hoffe doch, dass ich einen Mann, mit dem ich schon seit anderthalb Monaten ins Bett gehe, irgendwie leiden kann."

„Nein", sagte er und machte auf ihre ausweichenden Worte hin eine abfällige Bewegung. Er zog sie an sich, strich ihr weich fallendes Haar über ihre Schulter und nahm ihr Kinn in die Hand. Sie wäre Wackelpudding in seinen Händen gewesen, wäre da nicht dieses arrogante Funkeln in seinen Augen gewesen, bei dem sich ihr Rückgrat verhärtete. „Das ist mehr als ein zufällige Gut-Leiden-Können. Das ist Mögen-mögen."

„Sind wir im dritten Schuljahr?"

„Stör ich?"

Als sie aufsahen, entdeckten sie Auroras Mutter, die sich an den Türrahmen des Eingangsbereichs lehnte.

„Natürlich nicht. Sie müssen Cedalie sein. Ich bin Dante Callaghan", sagte Dante, ließ Aurora leichthin los und ging mit ausgestreckter Hand auf Cedalie zu.

* * *

Dante war von dem Aussehen der älteren Frau ein wenig überrascht. Sie war sehr attraktiv, sah kaum älter als fünfunddreißig aus, nur dass ein paar hauchdünne silberne Strähnen in ihrem Haar zu sehen waren. Sie trug ein Herrenhemd, das abgenutzt war und in einer alten Jeans steckte. Einer ihrer nackten Füße lag auf ihrem Knie, und Dante konnte eine Menge silberner Zehenringe sehen. Drei Kristalle verschiedener Färbung hingen an ihrem Hals.

Er hielt ihr seine Hand hin, dann hielt er inne. „Bringt es Unglück, einer Hexe die Hand zu geben?", fragte er nur halb im Scherz.

Cedalie warf ihren Kopf in den Nacken und lachte.

„Ja", sagte sie, dann ging sie auf Dante zu und nahm ihn stattdessen in den Arm. Dann löste sie sich von ihm und drückte ihm einen Kuss direkt auf den Mund. Einen dicken Kuss mit geöffneten Augen.

„Bonjou, Manman", sagte Aurora und umarmte ihre Mutter. „Pa li fe pe."

Mach ihm keine Angst.

Cedalie grinste und öffnete ihnen die Tür. „Byinvini."

Willkommen.

„Du sprichst Französisch, Aurora?", fragte Dante überrascht, während er den beiden Frauen in den Bungalow hinein folgte. Er war so überrascht von dieser winzigen neuen Information über sie, dass er die Kristalle kaum bemerkte, die von Drähten baumelten, die Windspiele, die Grasbündel und die Kräuter, die auf dem Küchentisch herumlagen, das halb gelegte Deck Tarotkarten.

„Das ist Louisiana Kreolisch, Bebe", sagte Cedalie und tätschelte sein Gesicht. Dann zog sie einen Stuhl vom Küchentisch. „Ich dachte, du hättest vielleicht deine Kleine mitgebracht."

Dante wandte seine Aufmerksamkeit wieder Cedalie zu und nahm sich endlich eine Minute, sich ihre Wohnung anzusehen. Er öffnete den Mund, um zu antworten, doch Cedalie sprach bereits.

„Nein, du musst dir nichts von einem vollen Zeitplan ausdenken. Die Wahrheit ist gut verständlich."

„Die Wahrheit?", fragte Dante ein wenig verwirrt.

„Klar, Bebe. Du möchtest erst sehen, mit wem du es hier zu tun hast, bevor du deine Kleine herbringst. Du nimmst sie ja nicht einfach irgendwo mit hin. Darin bist du ein richtiger Papabär. Doch bis zum Ende eures Besuchs wirst du sehen, dass sie und ich uns ziemlich gut verstehen würden."

„Ach. Ich ..." Dantes Augen warfen einen Seitenblick auf Aurora, er erwartete von ihr eine Einschätzung der Lage.

„Ich vermute nicht nur, dass wir uns gut verstehen würden. Ich weiß es. Du hast sie vielleicht zu Hause gelassen, aber überall, wohin du gehst, nimmst du einen Teil von ihr mit. Ich kann ihre Energie spüren, von da, wo du sie verwahrst." Cedalie hob mit der Geste eines lebenslangen Rauchers ihre Hand an den Mund, ließ sie jedoch fallen und suchte in einer Tasche nach einem Zahnstocher. Sie ignorierte demonstrativ den verärgerten Blick, den ihre Tochter ihr zuwarf. „Sie ist neugierig, aber realistisch. Fantasievoll, aber bodenständig. Sie kümmert sich so sehr um dich wie du um sie. Sie wünschte, sie könnte mehr Sport treiben, aber du lässt sie nicht." Cedalie legte ihren Kopf auf die Seite und musterte Dante. „Warum lässt du sie nicht?"

„Du musst darauf nicht antworten", sagte Aurora, stellte ein Glas Eistee vor ihn und setzte sich zu den beiden an den Tisch. „Mama, hör auf anzugeben."

„Nein, ist schon in Ordnung." Dante räusperte sich, schlug seine Beine wieder übereinander und sah Cedalie so an wie er jemanden auf der anderen Seite eines Konferenztisches hätte ansehen können. „Du – ich darf doch du sagen? – siehst so viel, aber du siehst nicht, weswegen sie keinen Sport treiben darf?"

Cedalie saugte ihre Lippe in den Mund, um ein Lächeln zu unterdrücken, genau wie Aurora es oft tat. Die vertraute Geste erweichte gleich das pieksende Gefühl, das Dante vielleicht verspürt haben konnte, weil er so genau und plötzlich von Cedalie gelesen worden war. Beide sahen einander über den Tisch hinweg ähnlich selbstbewusst an.

„Ich kann eine Menge sehen, auch wenn meine Tochter das für ‚unhöflich' hält und es ‚total die Unterhaltung ruiniert, wenn ich die Leute nicht selbst über sich reden lasse." Cedalie machte mit den Fingern Anführungszeichen in die Luft, so übertrieben, dass Dante schmunzeln musste.

Dante verflocht beiläufig seine Finger mit Auroras. „Meine Schwester hat eine Blutgerinnungsstörung, deswegen ist Sport, insbesondere welcher, der mit Körperkontakt einhergeht, für sie nicht möglich. Aber wenn du mir sagst, dass sie sich eigentlich danach sehnt, dann werde ich mir wohl etwas einfallen lassen müssen, das sie machen kann, ohne sich einem zu hohen Risiko auszusetzen."

Cedalie nickte mit einem nun leicht verlegenen Ausdruck im Gesicht. „Vielleicht wollte ich wirklich nur ein wenig angeben. Ich wollte dir nicht vorschreiben, wie du dein Kind zu erziehen hast."

„Meine Schwester", korrigierte Dante sie automatisch. Cedalies Augen sprangen zu Auroras, und Aurora wandte sofort den Blick ab.

„Wollen wir spazierengehen?", schlug Aurora vor.

Ein paar Stunden später stieß Dante einen langen, übertriebenen Atem aus, als er auf dem Beifahrersitz in Auroras Wagen saß und sie aus Cedalies Einfahrt fuhr. Er ließ sich dramatisch gegen Auroras Schulter fallen, und sie schob ihn ein wenig beiseite, was ihr bei ihrem Lächeln nicht gelang. „Ich fahre! Und so schlimm war es doch gar nicht. Nach den ersten zwanzig Minuten oder so ist sie doch gar nicht mehr so oft mit dem okkulten Krempel gekommen."

„Ja, und der Rest war nur ein Spaziergang im Park. Die Stelle, als sie von mir verlangt hat, ich solle einen großen Stein auf meinem Kopf balancieren, um mein Chakra in Balance zu bringen, hat mir besonders gefallen."

„Das war ein kleiner Kristall, und dein Chakra musste wirklich gereinigt werden. Glaub mir."

„Und das war nichtmal das Verrückteste", beharrte Dante. „Deine Mom ist *heiß*. Ich dachte, mir fallen die Augen aus dem Kopf, als ich sie das erste Mal sah. Die Frau könnte deine ältere Schwester sein."

„Naja, sie war ja auch erst zwanzig, als sie mich bekam. Sie ist nicht viel älter als du."

„Oh Gott. Hör auf. Ich bin doch wohl näher an deinem Alter als an ihrem."

„Mmhmm."

„Das muss ich mir nicht bieten lassen. Lass mich einfach an der Bushaltestelle raus! Ich finde schon nach Hause."

„Auf keinen Fall, ich könnte ja nicht mehr in den Spiegel sehen, wenn ich einen älteren Mitbürger so behandelt hätte."

Aurora quietschte und lachte, als er sie zu einem Kuss zu sich zog. Gott sei Dank hatte eine rote Ampel sie zu einem sicheren Halt gebracht.

* * *

Eine halbe Stunde später war Aurora auf ihrem Nachhauseweg. Sie war so stark in Versuchung gewesen, bei Dante zu bleiben, und er wollte das Gleiche, doch sie brauchte etwas Zeit für sich. Die Begegnung zischen Dante und Cedalie war einfach zu intensiv gewesen. Und um ehrlich zu sein musste Aurora auch das verdauen, was ihre Mutter ihr zugeflüstert hatte, als sie sie beiseite zog.

„Du musst es ihm sagen, mein Kind. Du musst."

„Ich bin noch nicht so weit, Manman. Du selbst hast mir gesagt, ich solle warten, um so lange wie möglich Informationen zu sammeln."

„Das war vorher. Das war bevor ich gesehen habe, wie er für seine Schwester empfindet. Er möchte keine Kinder, meine Liebe. Das sehe ich ganz klar. Er lügt nicht. Er belügt dich nicht, und er belügt sich nicht.

Die Worte hatten Aurora durchstoßen wie ein Blütenblatt.

„Aber wenn du wartest, und je länger du wartest, um so mehr setzt du deine Beziehung zu ihm aufs Spiel. Und ich sehe, was dir die mittlerweile bedeutet."

„Was meinst du mit ‚aufs Spiel setzen', Mama? Meinst du, er wird wütend sein, weil ich es ihm so lange

verschwiegen habe?"

Cedalie war einen Moment still gewesen. Sie schien im Geist mit sich selbst zu sprechen. Aurora kannte den Ausdruck auf dem Gesicht ihrer Mutter. Sie hatte ihn hundertmal gesehen. Das war der Blick, den Cedalie hatte, wenn sie mehr wusste als ihr lieb war. *"Nein. Das meine ich nicht. Ich kann dir nicht mehr sagen, mein Kind. Das weißt du."*

In dem Moment war Dante aus dem Bad gekommen, und es gab ohnehin nicht mehr viel zu sagen. Ihre Mutter würde nicht mehr sagen als das, was sie bereits gesagt hatte. Denn wenn man es aussprach, störte man es, und das war nicht die Absicht ihrer Mutter. War es nie gewesen. Aurora verstand das, doch sie war auch sehr verunsichert, weil ihre Mutter ihre Meinung geändert hatte.

Aurora fuhr in die Einfahrt zu ihrem Apartmentgebäude, stellte den Wagen ab und eilte schnell in ihre Wohnung. Sie duschte rasch, sprang in einen Pyjama und brauchte nichts mehr, als die Besinnungslosigkeit des Schlafes.

In ihrem Kopf drehte sich alles. Aurora hatte gar nicht gemerkt, wie bequem der Plan, abzuwarten und Informationen zu sammeln, für sie gewesen war. Die Dinge sich einfach langsam entwickeln lassen. So hatte sie alles erst einmal beim Alten belassen können, das einzige, was sich dabei änderte, war, wie nahe sie Dante war. Doch jetzt hatte ihre Mutter das Script komplett umgeschrieben. Sagte Aurora, sie solle alles auf den Kopf stellen. Bei dem Gedanken daran, diese Unterhaltung mit Dante führen zu müssen, wurde Aurora eiskalt. Sie wusste, das würde alles ändern. Sie dachte daran, wie er heute ausgesehen hatte, als er Arm in Arm mit ihrer Mutter gegangen war. Sein T-Shirt hatte sich über seiner Brust gespannt. Der selbstsichere Schwung seiner Hüfte. Gott.

Sie würde es ihm sagen, und es gäbe keine ungezwungenen Abendessen und Filmabende mit Michelle mehr. Sie würde es ihm sagen und hätte dann kein Recht mehr, bei ihm anzuklopfen, wann immer ihr Verlangen nach ihm sie überwältigte. Sie würde es ihm sagen und jedes Mal, wenn sie ihn sah, würde es so unangenehm sein, dass sie sich allmählich davor fürchten würde, mit ihm zu arbeiten.

Aurora warf sich hin und her. Sie wollte das Baby und er nicht. Und die Situation wäre dann so angespannt, dass sie entweder ihre Partnerschaft mit Gio beenden müsste, oder Dante würde es tun. Alles wäre in der Minute verloren, in der sie es ihm sagte. Und alles, was sie dann noch hatte, wären diese Erinnerungen.

Und sein Baby.

Nicht zum ersten Mal, seitdem sie schwanger geworden war, drückte Aurora ihre flache Hand auf ihren Bauch. Sie schloss die Augen und versuchte, versuchte wirklich, das Leben in ihr zu spüren. Und natürlich tat sie es sofort. Auroras Augen öffneten sich. Da war das Baby. Eine ziehende, wachsende Energie in ihr. Aurora konnte das Baby fühlen. Sie konnte ihre Zukunft dort fühlen.

Dieses Baby hatte es verdient, in eine Welt geboren zu werden, wo die Dinge klar und ruhig zwischen seinen

Eltern waren. Aurora meinte, dass sie wohl nicht die klassische Familie sein würden. Die Chancen dafür hatten sich in der Nacht in Rauch aufgelöst, als sie Dante besprungen hatte. Doch sie hatten eine Chance auf Frieden. Sie musste es ihm nur sagen. Reinen Tisch machen. Auf die Art konnten sie weiter machen.

Sie hoffte nur, dass sie zusammen weiter machen konnten.

KAPITEL DREIZEHN

Dante griff im Kino hinten über Michelles Sitz hinweg, um mit einer seidigen Strähne von Auroras Haar zu spielen. Aurora drehte sich um und schenkte ihm ein sanftes, kleines Lächeln. Er schätzte, dass sie genauso wenig auf den Film achtete wie er.

Doch Michelle hatte kommen wollen, und sie wollte Popcorn, und sie wollte in der Mitte sitzen. Das alles hatte sie nicht gefordert, aber sie hatte alles mit erstaunlicher Geschicktheit hinbekommen. Auf Dante warteten wirklich Schwierigkeiten, wenn sie erst einmal ein Teenager war. Abgesehen von der Sitzordnung konnte Dante sich nicht beschweren. Es ging nichts über einen Film an einem stürmischen Samstagnachmittag mit seinen beiden Mädchen.

Ihm war eine Sekunde lang der Magen hinuntergesackt, doch er hatte sich schnell wieder gefangen. Das erste Mal war er überrascht gewesen, dass er so über Michelle und Aurora dachte. Seine Mädchen. Doch jetzt gewöhnte er sich langsam an den Gedanken.

Irgendwie hatte Aurora sich in den letzten beiden Monaten in seine Familie vorgearbeitet.

Er wusste, dass auch Michelle so empfand. Sie war immer enttäuscht, wenn Aurora nicht bei ihnen übernachtete. Und sie hatte angefangen, Dante Fragen über das Heiraten zu stellen, über Mütter und, was am erschreckendsten war, darüber, ob er irgendwann einmal Kinder haben würde.

„Das wäre cool", hatte sie gesagt. „Ich wäre Tante und Schwester in einem."

„Wie das denn?", hatte er sie gefragt und ihr das halbe Erdnussbutter-Sandwich gereicht, das er ihr gemacht hatte.

„Weil du wie mein Bruder und Dad in einem bist, deswegen wäre dein Kind wie meine Schwester und Nichte oder Bruder und Neffe in einem. Das wäre cool."

Michelle hatte die Schulter gezuckt und war vom Küchenschrank gehüpft, bereit zu ihrer Lektüre zurückzukehren, was auch immer sie gerade las, doch Dante hatte weitere zwanzig Minuten entgeistert dagesessen.

Er war immer so vorsichtig mit Michelle gewesen, hatte sie wieder und wieder daran erinnert, dass er ihr Bruder, nicht ihr Dad war. Er hatte ihren Vater in ihren Köpfen präsent gehalten. Nicht, um dem Mann Ehre zu erweisen, sondern als warnendes Beispiel für sie beide. Positionen in der Familie musste man sich verdienen, die wurden nicht aufs Geratewohl verteilt. Und ihr Vater hatte sich keinen Platz in ihrem Leben verdient, das war so sicher wie das Amen in der Kirche.

Dante hatte keine Ahnung gehabt, dass Michelle angefangen hatte, ihn als ihren Dad zu betrachten. Es erfreute ihn einerseits, zugleich aber erschreckte es ihn zu Tode. Er konnte ein Bruder sein. Er war ein verdammt guter Bruder. Aber Vater? Er hatte keine Vorstellung wie er das machen sollte. Überhaupt nicht. Er vermutete, dass es nicht so wahnsinnig anders wäre. Er musste einfach nur weitermachen, was er ohnehin schon tat. Doch aus irgendeinem Grund ordnete er sich in Gedanken in eine andere Schublade.

Als der Abspann lief und alle drei das Kino verließen, beschleunigte Aurora ihren Schritt, um Michelle zu erreichen.

„Hey, ich wollte mit dir über etwas sprechen."

Michelle sah erwartungsvoll auf und schob ihre Hand genauso automatisch in Auroras wie sie es immer bei Dante machte.

„Ich habe schon mit Dante darüber geredet", fuhr Aurora fort. „Und er meinte, ich sollte dich fragen."

„Okay." Michelle sah zwischen ihnen beiden hin und her. „Ihr beide wollt heiraten?"

„Was? NEIN!"

Dantes Ego bekam einen empfindlichen Schlag in die Magengegend, als er Auroras vollkommen entsetzten Blick sah. Sie drehte sich um und sah Dante direkt ins Gesicht, flehte ihn geradezu um seine Hilfe an, ihr aus dieser besonderen Unterhaltung herauszuhelfen.

Er hob seine Hände und Brauen zur gleichen Zeit. Wenn sie die Vorstellung, ihn zu heiraten, so entsetzte, dann konnte sie selbst zusehen, wie sie da wieder rauskam.

„Ich ... nein. Wir heiraten nicht. Darüber wollte ich

nicht mit dir reden."

„Okay", sagte Michelle und trug es mit Fassung. „Was dann?"

„Meine Firma, die Esposito Group, wir richten ein paar Male im Jahr Wohltätigkeitsveranstaltungen aus. Dieses Jahr habe ich mir gedacht, wir sollten Spenden für die Erforschung von Von-Willebrandt sammeln."

„Oh!" Michelle sah überrascht aus, als sie die hintere Tür von Dantes Wagen aufzog. „Wirklich?"

„Ja, ich habe viel darüber nachgedacht, was du gesagt hast, dass du gerne mehr über die Krankheit wüsstest. Und wir suchen immer nach guten Anlässen."

„Das ist wirklich cool, Aurora."

„Dann..." Auroras Blick zuckte zu Dante hinüber, als sie beide auf die Vordersitze rutschten. „Wirst du eine Rede halten?"

„Was?!" Michelle kreischte, ihr strubbeliges Haar fiel ihr in die Augen. „Ich?"

„Ich denke, jeder würde wirklich gern jemanden hören, der mit der Krankheit lebt. Sie werden etwas davon erfahren wollen, wie es ist, sie zu haben, und was es dir bedeuten würde, mehr darüber zu wissen."

„Ich – ich habe noch nie eine Rede gehalten."

„Komm schon, Kleines, du kannst das", warf Dante ein. „Du bestehst doch aus Worten. Mann, du warst noch nie sprachlos."

Aurora und Michelle warfen einander eine Grimasse über Dantes schlechten Scherz zu, doch Michelle wurde gleich wieder ernst. „Kann ich es mir noch überlegen?"

„Natürlich."

Dante wusste, wann man bei Michelle das Thema wechseln musste. Er wusste, dass, wenn sie sich auf die Lippe biss, sie langsam nervös wurde. „Möchtest du immer noch zu der Übernachtungsparty heute Abend?", fragte er und hoffte fast, sie würde nein sagen.

„Ja", antwortete sie abwesend, sie dachte sichtlich noch über die Vorstellung nach, sie müsste vor einem Haufen Erwachsener eine Rede über Von-Willebrandt halten.

„Du musst nicht, wenn du nicht möchtest. Ich weiß, ich habe gesagt, dass ich es für eine gute Idee halte, aber –"

„Nein, nein. Du hattest ja recht", stimmte Michelle zu. „Ich mag Teya. Und sie hat mich noch nie zu etwas eingeladen, also sollte ich wahrscheinlich gehen."

* * *

Als sie zu Hause ankamen, folgte Aurora Michelle wortlos in ihr Zimmer und setzte sich auf das Bett des kleinen Mädchens, um ihr Vorschläge zu machen, was sie einpacken sollte. Sie merkte, dass Michelle etwas nervös war, weil das ihre erste Pyjamaparty bei ihrer neuen Freundin Teya war. Dante hatte Aurora erzählt, dass Michelle hauptsächlich mit anderen Kindern aus dem Krankenhaus befreundet war, die ebenfalls Blutkrankheiten hatten. Das war schon cool, doch mittlerweile fand sie auch ein paar neue Freunde an ihrer

Schule.

Aurora gab sich größte Mühe, einen viel zu großen Schlafsack in einen viel zu kleinen Rucksack zu stopfen, als Dante zu ihnen ins Zimmer kam.

„Wir müssen los", sagte er.

„Was dagegen, wenn ich hier auf dich warte?", fragte Aurora und legte eine Hand auf ihren Bauch. „Ich bin etwas müde."

„Fühlst du dich nicht gut?", fragte Dante sie und richtete seinen Blick auf die Hand an ihrem Bauch.

Aurora ließ die Hand gleich fallen. „Ach, ja. Bin einfach nur müde, das ist alles."

Michelle hielt ihre Arme hoch für eine Umarmung, und Aurora hielt sie ganz fest.

* * *

Als Dante Michelle zu der Pyjamaparty gebracht hatte und zurückkehrte, fand er Aurora auf seiner Wohnzimmercouch zusammen gerollt. Die Highheels hatte sie von sich gekickt.

Er beobachtete, wie sich ihr Brustkorb sanft hob und senkte. Ihr Haar war so strubbelig wie noch nie, die seidigen Strähnen waren über dem Dekokissen ausgebreitet. Sie trug ein einfaches grünes Kleid, ein wenig ausgeleiert und aus T-Shirt-Material. Ihm war aufgefallen, dass sie das in letzter Zeit öfter getan hatte. Sich am Wochenende etwas bequemer zu kleiden.

Bei dem Anblick lief ihm das Wasser im Mund

zusammen. Und es ließ ihn erschaudern. Er hatte das Gefühl, dass er irgendwie gerade die Lücke zwischen ihren beiden Versionen überbrückte. Die steife, formale Version und die leidenschaftliche, wilde Heimversion. Am Wochenende war sie dazwischen. Entspannt und locker und so faszinierend, dass es beinahe wehtat, sie anzusehen.

Er musste zugeben, dass ihm das Ganze entglitt. Seine Gefühle für sie. Er hatte gedacht, dass, wenn er sich mit ihr verwöhnen würde, sein Durst nach ihr dann gestillt sein würde. Doch er war höchstens noch stärker geworden. Die Kostproben, die er bekam, schienen ihm nie zu reichen.

Er dachte nicht unbedingt, dass sie ihn noch benutzte, um Gio zu vergessen, doch das hieß noch lange nicht, dass sie nichts mehr für ihn empfand. Und dennoch spürte er, dass sich die Dinge zwischen ihnen verändert hatten. Wie Aurora einfach in ihm war, hatte auch er einen Platz in ihr gefunden. Sie genoss seine Anwesenheit auf ganz elementare Weise, im Bett und anderswo.

Da er es nicht länger ertragen konnte, ihr fern zu sein, näherte er sich dem Platz, wo sie auf dem Sofa schlief. Als hätte sie seine Augen auf sich gespürt regte sie sich, ihr schlanker, goldener Hals lag entblößt im frühen Abendlicht.

Sie öffnete ihre Augen und blinzelte langsam, als müsste sie überlegen, wo sie war.

„Ach. Hi."

Er legte den Kopf auf eine Seite, unfähig und nicht willens, gegen die Woge von Zärtlichkeit anzukämpfen, die sich in ihm aufbaute.

* * *

„Schön, dass du wieder da bist", sagte Aurora und kämpfte gegen die Erschöpfung an, die so schwer auf ihr lastete. Irgendwie sorgte dieses Stadium der Schwangerschaft dafür, dass sie sich nur so dahinschleppte. Sie war doch tatsächlich neulich auf ihrem Stuhl am Schreibtisch eingeschlafen. „Ich wollte mit dir über etwas sprechen."

„Du siehst niedlich aus, wenn du noch so ganz benommen bist vom Schlaf."

„Bitte?"

„Normalerweise bist du umwerfend, wie aus dem Ei gepellt. Aber jetzt hast du Schlaffalten, deine Augen sind ganz schwer, dein Haar ist vollkommen strubbelig, und du siehst einfach niedlich aus."

Aurora hob eine Braue und war sich nicht sicher, ob sie sich jetzt beleidigt oder geschmeichelt fühlen sollte.

Doch ihr blieb nicht viel Zeit, das auszudiskutieren, denn schon Sekunden später schob sich Dantes Hand an ihrem angewinkelten Bein hoch und unter den Saum ihres Kleides.

Ihr stockte der Atem.

Mit athletischer Anmut glitt er auf sie, und sie versank in einem Kuss. Ein Kuss, der für sie alle Regeln von Raum und Zeit verkehrte. Er war zugleich tröstend, beruhigend und tief erregend. Aurora bemerkte vage, dass sie ihre Füße kaum spüren konnte, dass ihre Hände, als wären sie ohne Knochen, von seinen Wangen geglitten waren. Sie konnte an nicht viel anderes denken, nur daran, wie seine Zunge langsam an ihre stieß, an seine Zähne an ihrer Lippe.

Als das Licht sich veränderte, dunkler und tiefer wurde, stand Dante mit ihr in den Armen auf. Er trug sie durchs Haus und keiner von ihnen sagte ein Wort. Sie hatten sich so lange geküsst, dass um sie herum die Nacht hereingebrochen war, und keiner von ihnen hatte das Licht angeschaltet. Sie wollten den Zauber nicht zerstören. Sie waren warm und zerzaust und ineinander verschlungen. Die Erregung, die sie aus dem anderen zogen, war ein langes, träges Gleiten. Es hatte nichts von der Dringlichkeit, mit der sie einander sonst berührten.

Als Dante sie aufs Bett legte, sie auszog und dann sich selbst, sagte Aurora nichts. Es gab keine Worte dafür. Auch als er mit seinen Händen durch ihr Haar fuhr, ihre Lippen in einem weiteren wasserfallartigen Kuss nahm, sagte Aurora nichts. Als seine Hände die weiche Fläche ihres Rückens hinunter glitten, über die Wölbung ihres Hinterns, als er die sehnsuchtsvolle Feuchtigkeit erreichte, sagte sie nichts. Sie konnte nur fühlen, fühlen und fühlen.

Doch als er in sie eindrang, musste sie sprechen. Es gab ein Wort, dass sie einfach sagen musste, als wäre es ein Zauberspruch, der verhindern könnte, dass diese Nacht endete.

„Dante", flüsterte sie in die Dunkelheit, gegen die warme Haut seiner Schulter, ihre Augen zusammengepresst und ihre Hände in Fäusten auf seinem Rücken. „Dante."

* * *

Dante erstarrte, bevor er sich löste, um ihr in die Augen zu sehen. Das war das erste Mal, dass sie seinen Namen beim Sex ausgesprochen hatte, und es erschütterte etwas in ihm. Es war das erste Mal, dass er sicher sein konnte, dass sie an ihn dachte und nur ihn, während er ihren Körper liebte.

„Sag es noch einmal", forderte er. Seine harsche Stimme stand in auffälligem Kontrast dazu, wie zärtlich er sie hielt.

„Dante."

Die vorsichtigen, trägen Gefühle, die ihn durchströmten, erwärmten sich, kristallisierten, wurden schärfer. Er merkte, dass er mit ihr nicht auf einem langsame Fluss der Leidenschaft treiben wollte. Sie hatte seinen Namen gesagt, hatte ihm direkt in die Augen gesehen, und jetzt wollte er sie mit Haut und Haaren aufessen. Sein Körper verlangte danach.

Dante zog sich aus ihr hinaus, und Aurora schnappte nach Luft, stöhnte, weil er nicht mehr in ihr war. Doch er ließ sie nicht lange warten. Dante ergriff ihre Taille und drehte ihren Körper herum, setzte sie auf Knie und Hände.

Er gönnte sich eine Sekunde, die er brauchte, um eine Hand über ihr Rückgrat zu ziehen, eine Handfläche über ihren herrlichen Arsch zu legen. Doch dann konnte er keinen Moment länger warten. Dante brachte sich in Position und tauchte wieder in sie ein.

Aurora stöhnte und drückte ihre Hüfte zurück gegen

ihn. Sie rieb sich an seinem Körper als könnte sie ihm nicht nah genug sein.

Dante fiel auf sie, seine Brust auf ihrem Rücken, seine Hände auf jeder ihrer Seiten, sein Mund an ihrem Ohr.

„Sag meinen Namen", befahl er ihr, während er von hinten in sie hineinrammte.

Bei jedem seiner strafenden, köstlichen Stöße zitterte sie, ihr Körper wurde auf dem Bett nach vorn gedrückt.

„Dante", flüsterte sie in einem endlosen Stöhnen.

Als er zur Seite sah, erblickte er ihr Spiegelbild in dem bodenhohen Spiegel an der offenen Tür seines Schrankes. Er drehte ihren Kopf, damit auch sie hinsah, und sie stöhnte und verkrampfte sich. Ihr Orgasmus wusch durch sie in der Sekunde, als sie die animalische Szene erblickte.

Sein Körper, fest und definiert, der sich über ihrem erhob, seine Muskeln stark verschattet im Mondlicht. Und ihr Körper, zitternd und weich, der alles aufnahm, was er ihr gab.

Dante rammte durch ihren Orgasmus hindurch in sie hinein und noch weiter zu einem zweiten. Er ließ seinen Kopf an ihr Ohr fallen, und Aurora verdrehte ihren Mund, um seinen zu erreichen.

„Dante", flüsterte sie in seinen Mund.

Das schon reichte aus, dass sie beide den Grat überschritten. Sie sagte ihm damit, dass *er* es war, der sie fickte, in ihrem Körper und in ihrem Kopf. Und als er in ihr explodierte, stellte Dante fest, dass das alles war, was er je gewollt hatte.

* * *

„Wir müssen jetzt wirklich aufstehen!", beharrte Aurora am nächsten Morgen. Sie hatten verdammt noch mal beinahe eine Stunde lang geknutscht. Dante war gerade dabei, die Stelle an ihrem Hals zu lecken und an ihr zu saugen, die er am liebsten mochte, und sie meinte, sie könnte keine weitere Sekunde ertragen.

Er hatte sie mit dem ganzen Sex letzte Nacht vollkommen abgelenkt, und ihr war die riesige Bombe, die sie jetzt gleich fallen lassen würde, nur allzu bewusst. Sie wollte es einfach nur endlich hinter sich haben.

Außerdem war sie am Verhungern und brauchte ganz dringend ein Frühstück. Ihr Magen knurrte, und zwar laut, zum Beweis.

Dante sah grinsend zu ihr auf. „Hast du Hunger, Baby?"

„Was denkst du denn?", fragte sie, erwiderte das Grinsen und rutschte an den Bettrand.

Sie streckte sich, ließ ihr Haar über ihren Rücken fallen und musste unwillkürlich lächeln, als sie spürte, wie seine Finger ein Bild auf ihrem Rücken malten. Es war als könnte er keine Sekunde aushalten, ohne sie zu berühren.

„Außerdem", sagte sie und sah über ihre Schulter auf sein verschlafenes Gesicht. „Wir müssen uns einigermaßen vorzeigbar machen, für den Fall, dass Michelle gebracht wird."

„Die kommt erst am Nachmittag." Dante runzelte die

Stirn und schwang seine Beine aus dem Bett. „Ich hoffe, sie hat Spaß. Sie sagten, sie würden anrufen, wenn sie irgendetwas brauchte. Doch sie hatte schon lange keine Pyjamaparty mehr und ..."

Gedankenverloren führte er den Satz nicht zu Ende. Aurora schnappte sich eines seiner T-Shirts aus der Kommode und wählte ihre Worte mit Bedacht.

„Für jemanden, der so sorgfältig die Grenzen gezogen hat, sorgst du dich beinahe wie ein Vater."

Dantes Augen wanderten zu ihren, als er sich seine Boxershorts anzog. „Weißt du, in letzter Zeit verschwimmt diese Grenze für mich. Die Grenze zwischen Bruder und Vater."

„Wirklich?" Etwas in Auroras Brust stolperte, wie ein Stein, der über einen See hüpfte.

„Sie hat mir neulich gesagt, dass sie mich wie einen Vater betrachtet. Das hat mich aufgerüttelt."

„Warum?" Sie folgte ihm nach unten in die Küche. Er ließ sie am Tresen Platz nehmen, damit er sie immer sehen konnte, und fing an, Dinge aus dem Kühlschrank zu holen, um ihnen das Frühstück zu bereiten.

„Weil ich mir immer so sicher gewesen war, dass ich niemals ein Dad werde. Wegen meines Dads."

„Er ... ist kein guter Mensch?"

Dante schien seine Worte genau abzuwiegen. „Ganz ehrlich, als Person weiß ich nicht viel von ihm. Aber als Vater? Mann, ja. Er war ein schlechter Vater. Nachlässig, gelangweilt, verärgert. Er hat mich und meine Mutter behandelt als gäbe es keine schlimmere Last. Ich würde behaupten, dass er seine Liebe unterdrückte, aber eigentlich glaube ich nicht, dass er überhaupt irgendwelche Liebe empfand, die er hätte zurückhalten können."

„Dante", flüsterte Aurora. Sie war entsetzt über das, was er wohl durchgemacht hatte.

„Ich hatte kein Vorbild dafür, liebevoll oder aufmerksam zu sein." Er holte ein paar Pfannen hervor und schüttete ihr eine Tasse Kaffee ein. „Als Michelle bei mir einzog, musste ich feststellen, dass ich Dinge tat, die mein Vater hätte tun oder sagen können. Das hat mich entsetzt. Ich merkte, dass ich versuchte, für sie ein Vater zu sein. Und leider kann ich als Vater nur sein wie mein Dad. Doch als ich anders über die Sache dachte, als ich mich stattdessen ihr Bruder nannte, tja, das gab mir die Möglichkeit, noch einmal ganz von vorn anzufangen. Einem neuen Straßenplan zu folgen."

„Das ergibt einen Sinn", sagte Aurora leise. „Aber jetzt..."

„Ja, jetzt ändert sich die Lage langsam. Sie ist alt genug zu verstehen, was vor sich geht. Ich habe bemerkt, dass es weniger darauf ankommt, was ich denke, und mehr darauf, was sie denkt. Wenn sie mich als ihren Dad betrachtet, dann denke ich, dass ich wohl in vielerlei Hinsicht ihr Dad bin."

Seine Stimme war tief und ruhig, doch Aurora konnte die Schwere seiner Worte hören, wie sehr es ihn erschütterte, die Worte laut auszusprechen.

Sie schluckte den Kaffee ihre trockene Kehle

hinunter. „Lässt es dich darüber nachdenken, einmal eigene Kinder zu haben?"

Dante öffnete gerade seinen Mund, um zu antworten, als das Handy neben ihm auf dem Küchenschrank piepte. Er nahm den Anruf an und meldete sich.

„Hey, Süße."

Aurora beobachtete, wie Dantes Augen immer größer wurden, sich dann aber plötzlich verengten. „Okay, bleib ganz ruhig sitzen. Ich bin in zehn Minuten da. Wir werden zum Krankenhaus fahren müssen. Keine Diskussion. Und wenn es dir dann wieder gut geht, wir nach Hause fahren und ich bis dahin keinen Herzinfarkt hatte, dann werden wir uns einmal ernsthaft darüber unterhalten müssen, was zum Teufel dich überhaupt dazu gebracht hat, auf einem Trampolin herumzuhüpfen."

Aurora zuckte zusammen und sprang gleich von ihrem Platz am Tresen auf. Sie lief hinab, um seine Hose, Schuhe und ein Hemd für ihn zu holen. Ihre gerade zurückliegende Unterhaltung nagte noch an ihr. Sie war so nah dran gewesen, so schrecklich nah, es ihm einfach zu sagen. Doch sie schluckte die Worte hinunter. Er musste sich jetzt um Michelle kümmern. Und auf keinen Fall würde Aurora sich dem in den Weg stellen.

KAPITEL VIERZEHN

„Geht es euch wirklich beiden gut?", fragte Aurora Dante zwei Tage später. Das hatte sie ihn sicherlich schon zum zehnten Mal gefragt, doch diese Fahrt mit Michelle zur Notaufnahme hatte sie erschüttert. Zum ersten Mal hatte sie Michelle bluten sehen – zwar nicht furchtbar stark, aber genug – und zum ersten Mal hatte sie einen ganz ähnlich ängstlichen Gesichtsausdruck bei Michelle und Dante gesehen, als die Ärzte die Blutung zunächst nicht hatten stoppen können. Doch trotz der Furcht in Dantes Gesicht, war er ruhig und beruhigend gewesen, eine wirkliche Stütze für Michelle, wenn er sie in den Arm nahm oder sie nach Bedarf zum Lachen brachte.

Gott sei Dank hatten die Ärzte es schließlich geschafft, die Blutung zu stoppen, und Dante versichert, dass es Michelle gut ginge. Danach hatte Aurora Michelle einen Kuss auf die Wange gegeben und war gegangen, damit sie sich zu Hause erholen konnten, ohne, dass sie dazwischenfunkte. Sie war telefonisch mit den beiden in Kontakt geblieben und hatte vor, heute Abend hinzufahren, um ihnen Abendessen zu machen.

„Es geht uns gut, meine Hübsche. Aber wenn wir dich

heute Abend sehen, geht es uns noch besser."

„Mir auch", sagte sie. „Ich habe euch beide vermisst."

Die Worte waren ihr einfach so gekommen, und einen Moment lang wusste sie nicht, warum er am anderen Ende so still war. Als hätte sie ihn damit schockiert. Als wüsste er nicht, was er darauf erwidern sollte. Doch dann sagte er: „Wir haben dich auch vermisst. So sehr, dass ich denke, du solltest dir Schlafsachen einpacken. Was meinst du?"

Sie zögerte nicht einmal. „Ich sage ja. Vielleicht hole ich mir noch etwas in der Mall, das ich dir dann vorführen kann, wenn Michelle im Bett ist. Würde dir das gefallen?"

„Du gefällst mir, Aurora. Egal, was du trägst."

Bei seinen tief empfundenen Worten hielt sie die Luft an und musste plötzlich ein paar Tränen wegblinzeln. Bevor sie zu schluchzen begann, verabschiedete sie sich hastig und legte auf, dann starrte sie das Telefon an.

Heute Nacht, dachte sie. Heute Nacht werde ich es ihm sagen.

Und obwohl sich alles ändern wird, wird sich nichts ändern. Dante wird dieses Baby wollen. Er wird mich wollen. Und wir werden eine Familie mit Michelle sein.

Dessen war sie sich so sicher, dass sie die nächsten Stunden wie auf Wolken ging. Als sie sich daran erinnerte, was sie Date versprochen hatte, verdrückte sie sich beim Mittagessen, um einzukaufen. Dreißig Minuten später war sie in der Umkleide. Sie hatte sich schon ein paar Dessous ausgesucht und entschlossen, auch das umwerfende himmelblaue Etuikleid anzuprobieren, und stellte sich Dantes Gesicht vor, wenn sie das morgen bei seinem

Meeting mit der Esposito Group trug.

Aurora seufzte, als sie das himmelblaue Kleid über ihre Hüfte und Arme gezogen hatte. Überraschenderweise hatte sie etwas kräftiger ziehen müssen als sonst, um den Reißverschluss an dem Ding zuzubekommen. Und als sie dann in den Spiegel sah ...

Man sah es. Nicht eindeutig, nicht absolut, doch in diesem Kleid, bei diesem Licht, bestand kein Zweifel, dass sie schwanger war.

Heilige Scheiße. Schnell öffnete sie den Reißverschluss wieder und betrachtete ihren Bauch, als sie so nackt dastand. Hatte Dante es bemerkt? Offensichtlich nicht, denn er hatte nichts gesagt. Vielleicht hatte er es bemerkt, war aber zu höflich, sie darauf anzusprechen, weil er meinte, sie habe ein paar Pfunde zugelegt.

So, in ihrer nackten Haut, hatte sie eindeutig eine kleine Kugel, doch die konnte man noch leicht mit einem Bäuchlein vom Essen verwechseln. Sie zog das Kleid wieder an und zog den Reißverschluss hoch. Und wieder gab es keine Frage, was ein anderer für Schlüsse ziehen würde, wenn er sie in diesem Kleid sah. Sie war schwanger.

Aurora ließ sich auf die Bank in der Umkleide sinken und legte die Hand auf ihren Bauch. Es wird alles gut werden. Sie hatte doch ohnehin vorgehabt, es Dante zu erzählen. Und sie konnte die kleine Limabohne da drin schon spüren. Sie konnte das Leben des Kindes spüren. Seine wachsende, umwerfende Energie.

Heute Nacht würde sie Dantes Hand auf ihren Bauch

legen. Und auch er würde die Energie des Babys spüren. Sie wusste es einfach.

Sie kaufte das Kleid. Behielt es sogar an. Sie wollte ihre Schwangerschaft keine Sekunde länger verbergen. Sie schämte sich ihrer nicht. Sie war stolz. Und sie konnte es nicht abwarten, dass Dante es erfuhr.

Aurora schmiss ihre Sachen hinter den Schreibtisch, als sie zurück in ihr Büro kam, und trat an ihr Fenster. Dante war nicht weit entfernt. Wenn sie ein wenig den Hals streckte, konnte sie sein Bürogebäude die Straße hinunter beinahe sehen. Vielleicht sollte sie einfach hinüber gehen und es ihm sagen? Warum warten? Warum –

„Aurora, hast du mal eine Sekunde? Ich habe mich gefragt..." Gio kam in ihr Büro, doch es verschlug ihm die Sprache, als seine Augen auf ihren Bauch in diesem blauen Kleid fielen. Er schloss die Tür hinter sich. „Heilige Scheiße."

Aurora lächelte ein wenig und senkte ebenfalls ihren Blick auf ihren Bauch. Ihre Hand legte sich auf die sanfte Wölbung. „Wem sagst du das?"

„Ich – ähm, wusste es nicht." Gio räusperte sich. „Ähm, ich meine, natürlich wusste ich es nicht, du hast es mir ja nicht gesagt. Ich – ähm –"

„Ist schon okay, Gio." Sie war ganz hingerissen davon, wie der sonst so aalglatte Giovanni Esposito jetzt so über seine Worte stolperte. „Ich habe es ehrlich gesagt noch niemandem erzählt."

„Wow!" Gio ließ sich in den Stuhl vor ihrem

Schreibtisch sinken. „Du wirst eine Mom sein."

„Japp", sagte Aurora, nickte mehrmals und kam herum, um sich vor ihm an den Tisch zu lehnen.

Eine Sekunde lang rieb sich Gio über das Kinn. „Brauchst du Hilfe? Weiß der Vater Bescheid?"

Seine Worte wärmten ihr Herz, und sie erinnerte sich wieder, warum sie so lange Gefühle für ihn gehabt hatte. Doch wie er da so saß, verdammt gutaussehend und so nett, da war Aurora eher überrascht, wie sehr sie ihre Gefühle ihm gegenüber fehlinterpretiert hatte. Klar, sie hatte für ihn geschwärmt. Ziemlich heftig sogar. Doch Liebe? Nein. Jetzt, da sie wusste, was Liebe war, war sie überzeugt, dass sie die nie für den Mann vor sich empfunden hatte.

„Ja, er ist im Bilde." Plötzlich war sie nervös und spielte mit der Spitze ihres Zopfs. „Gio, ich möchte nicht, dass du einen falschen Eindruck von mir bekommst. Doch diese Schwangerschaft, die ... war nicht geplant."

„Was meinst du mit ,falschen Eindruck'?"

„Naja, unsere Partnerschaft und meine Beziehung zu dieser Firma basiert auf Professionalität, und ich möchte nicht, dass meine Handlungen –"

„Ach, scheiß doch auf die Firma, Aurora. Wenn sich irgendein Klient daran stört, mit einer unverheirateten Mutter zusammen zu arbeiten, dann schick ihn in die Fünfziger zurück. Denkst du, ich schere mich um so was? Mir liegt etwas an dir! An deinem Glück. Und dem des Babys."

Auroras Augen füllten sich mit Tränen. Sie hatte gar

nicht bemerkt, wie sehr sie sich davor gefürchtet hatte, dass ihre Kollegen feststellten, dass sie nicht unfehlbar war, chaotisch und leidenschaftlich. Alles, was sie so lange nicht hatte sein wollen. All die Dinge, die Dante aus ihr hervorgezogen hatte, wie Garn von einer Spule.

„Ich hoffe, der Vater hat so viel Verständnis wie du."

Da erhob Gio sich. „Besteht die Möglichkeit, dass nicht?"

Aurora wischte sich die Tränen weg. „Nein. Ja. Also, er ist sehr süß. Und auch wenn er gesagt hat, dass er keine Kinder will–" In dem Moment versagte ihre Stimme, als die Emotionen sie überschwemmten. Sie war zu neunundneunzig Prozent sicher, dass Dante sie und das Baby wollte, doch plötzlich war da dieses winzige eine Prozent, das sie an allem zweifeln ließ, was sie in den letzten Wochen füreinander gewesen waren. Was wenn? Was, wenn sie sich täuschte?

Bevor sie wusste, was geschah, hatte Gio geflucht und sie in seine Arme gezogen, und sie presste ihre Wange an seine Schulter. Vor wenigen Monaten noch hätte sie einen Mord begangen, um Gio so halten zu können. Jetzt, von seinen Armen umschlungen, so sehr sie auch dankbar war für seine Nettigkeit, wünschte sie, es wäre Dante.

Dante. Der Vater ihres Kindes. Der Mann, den sie liebte.

* * *

Dante schloss Auroras Bürotür so leise wie er sie geöffnet

205

hatte. Er nahm sich eine Sekunde, um sich gegen die Wand zu lehnen. Eine Sekunde brennenden Schmerzes in der Brust. Er war atemlos und sicher, dass sein Herz zeitweise aussetzte.

Als er ein Geräusch in ihrem Büro hörte, machte er einen Satz, ging mit großen Schritten zum Aufzug und schlug auf den Knopf. Auf keinen Fall würde er es zulassen, dass einer der beiden aus diesem Büro käme und ihn hier in der Lobby erwischte, wie das einfache Werkzeug, das er offensichtlich gewesen war.

Als der Aufzug nicht schnell genug kam, stieß Dante die Tür zum Treppenhaus auf und nahm auf seinem Weg nach unten vier Stufen auf einmal. Das Bild von Auroras Gesicht, als sie an Gio gehangen hatte, hatte sich in sein Hirn gebrannt. Er hatte Stimmen gehört, als er sich der Tür genähert hatte, hatte sie geöffnet und ... das vorgefunden.

Was zum Teufel taten sie da? Umarmten sich mitten in ihrem Büro, am helllichten Tag?

Dante blieb stehen und drückte sich eine Hand auf die Brust. Aber ehrlich, es war egal, was sie taten. Es war eher wie sie es getan hatten, das so schändlich war.

Aurora hatte Gio fest umschlungen, ihre Wange an seine Schulter gepresst.

In ihrem Gesicht stand Liebe geschrieben.

FUCK.

Gott. Wie hatte er nur solch ein Idiot sein können? Er hatte wirklich gedacht, die Dinge zwischen ihnen beiden hätten sich geändert. Dass selbst wenn sie nicht vollkommen über Gio hinweg war, sie doch genauso starke Gefühle für Dante hatte. Jetzt sah er, dass es das nur in seinem Kopf gegeben hatte. Eine Frau konnte einen Mann auf keinen Fall so umarmen und nicht verliebt sein.

Dante stieß den Hinterausgang des Gebäudes auf und rutschte sofort auf den Fahrersitz seines Wagens. Er nahm sein vibrierendes Handy aus der Tasche und las mit freudlosem Lächeln Auroras Nachricht.

Hast Du gerade Zeit? Ich muss dir etwas Wichtiges sagen und möchte nicht damit warten.

Ja, darauf konnte er wetten, dass sie ihm etwas sagen wollte. Und, Gott, ihm wurde übel, als er nur daran dachte. Er erkannte eine Nachricht, in der es ums Schlussmachen ging. Und ganz sicher würde er nicht ruhig dasitzen und zuhören, wie sie über ihre Gefühle für einen anderen Mann sprach. Er war stark, doch auch er hatte sein Grenzen.

Dante ignorierte die Nachricht, warf sein Handy auf den Beifahrersitz und fuhr nach Hause.

KAPITEL FÜNFZEHN

Aurora sah ihr Handy mit gerunzelter Stirn an. Ein kleiner Angstwurm arbeitete sich langsam durch ihr Hirn. Sie hatte Dante nun zweimal geschrieben, doch nichts von ihm gehört. Der Arbeitstag war zu Ende, und sie war mit ihm und Michelle in ungefähr einer Stunde bei ihm zu Hause verabredet. Aber verdammt, sie wollte zuerst mit ihm sprechen. Dieses Mal jedoch versuchte sie ihn auf seinem Geschäftsapparat anzurufen.

„Callaghan."

Als sie seine Stimme hörte, blieb ihr der Atem im Hals stecken. Weil sie ihn liebte und weil seine Stimme etwas mit ihr anstellte. Doch auch, weil sie sich wohl zu Recht Sorgen gemacht hatte, dass er ihre Nachrichten ignorierte.

„Dante."

Mehrere Sekunden verstrichen, bevor er hervorbrachte: „Aurora."

Sie räusperte sich und kämpfte plötzlich mit dem merkwürdigen Gefühl, mit einem Fremden zu sprechen. „Ist alles in Ordnung? Ich hab schon mehrmals versucht dich zu erreichen."

„Alles in Ordnung. So wie immer. Anscheinend."

Was? Sie hatte keine Ahnung, was das zu bedeuten hatte. „Hör zu, hast du Zeit, dich jetzt mit mir zu treffen? Ich weiß, wir sind gleich bei dir zu Hause verabredet, aber–"

„Ich weiß, was du mir zu sagen hast, und ich habe keine Zeit für so etwas."

„Ich – was?" Auroras Herz schlug unregelmäßig in ihrer Brust. Ihr Atem kam nur noch gepresst hervor. Sie hatte wohl nicht recht verstanden.

Er wusste, dass sie schwanger war? Aber wie?

„Ich war vorhin bei deinem Büro, Aurora. Ich habe es gesehen. Ich weiß Bescheid."

Aurora stieß heftig einen Atemzug aus, und der kalte Ton seiner Stimme ließ sie sich vornüberbeugen, als hätte er sie in den Magen geboxt. Instinktiv legte sie eine Hand um ihren Bauch. „Du hast es gesehen?"

* * *

„Du hast es gesehen?"

Als er den schuldbewussten Unterton in ihrer Stimme hörte, knirschte Dante mit seinen Zähnen. Das Bild, wie sie Gio so eng umschlungen hielt, so intensiv, erschien zum fünfhundertsten Mal in seinem Gehirn. Er würde fünf Jahre seines Lebens hergeben, wenn er nur diese Erinnerung aus seinem Gehirn hätte radieren können.

Jetzt war sie still am anderen Ende der Leitung, anscheinend überlegte sie, was sie sagen sollte. Er empfand eine schwere Genugtuung, weil er sie sprachlos gemacht hatte. Er wusste wie ruhig und gesammelt sie war. Wie viele Gedanken sie sich wahrscheinlich gemacht hatte, um sich zurechtzulegen, wie sie es ihm sagen würde. Sicher wäre ihre kleine Rede höflich und respektvoll gewesen. Und die hätte er genauso gerne gehört wie eine Kugel in seinen Kopf zu bekommen.

Er konnte es nicht. Konnte sich das nicht anhören, dass sie Gio immer noch liebte und dass sie nun zusammen waren. Konnte nicht das tun und der gleiche Mann bleiben.

Jetzt kam es nur noch darauf an, lebend aus dieser Scheißsituation herauszukommen. Mit intakter Seele. Und das hieß, die Dinge schnell und effizient zu cutten. Es hieß sie verlassen, bevor sie ihn verlassen konnte. Es hieß grausam sein.

Etwas verkrampfte sich in Dantes Magengegend. So wütend er auch auf sie war, so verletzt er auch war, er wollte sie nicht schlecht behandeln. Er liebte sie, verdammt noch mal. Selbst jetzt, mit dem Bild, wie sie einen anderen Mann umschlungen hielt, den Mann, der in Wahrheit in ihrem Herzen war, liebte er sie immer noch. Doch er brauchte einen sauberen Schnitt.

„Ja. Ich habe es gesehen. Und ich kann das mit dir nicht tun. Es ist vorbei. Du weißt das. Ich weiß das."

* * *

Dantes Worte waren Gift in Auroras Ohren, doch

irgendwie schaffte sie es hervorzubringen: „Das ist alles? Mehr hast du nicht zu sagen?"

„Ich bin mir nicht sicher, was du noch mehr von mir hören möchtest."

„Du willst uns also nicht in deinem Leben?"

„Ich wüsste nicht, wie ich das könnte."

Die Stille zwischen ihnen dehnte sich hin. Die Vorstellung, aufzulegen und ihre Trennung damit zu besiegeln, war entsetzlich für Aurora, doch was hätte sie sonst tun können? Endlich schaffte sie es tief einzuatmen und ihre innere Stärke in den Griff zu bekommen.

Sie weigerte sich, dem Vater ihres Kindes für immer die Tür vor dem Gesicht zuzuknallen. Ihr Kind verdiente eine Zukunft, in der er oder sie Dante kannte. Wenn sie jetzt vor Schmerz oder Wut etwas Schlimmes sagte, dann könnte sie damit eine solche Zukunft für immer verschließen. Das würde sie nicht tun.

„Wenn du es dir anders überlegst, Dante – ich werde dich niemals aus unserem Leben ausschließen."

„Leb wohl, Aurora."

Sie sagte nichts. Legte einfach auf und starrte trübe, ohne wirklich zu sehen in eine Zukunft, die viel einsamer sein würde, als sie jemals geahnt hatte.

KAPITEL SECHZEHN

Zwei Monate später

Dante lehnte sich im Liegestuhl zurück und sah zu wie Michelle in dem türkisfarbenen Salzwasserpool auf der Terrasse des Resorts herumtollte. Er war nicht betrunken, denn er war mit Michelle im Urlaub, doch er wünschte sich verzweifelt, er hätte es sein können.

Er hatte seit zwei Monaten keinen Alkohol getrunken, und auf gewisse Weise war es ätzend nicht diesen unklaren Blick zu haben, den der Alkohol einem bot. Doch andererseits war er auch froh, dass er die Dinge so klar sah. Das ließ ihn vorsichtig sein. Dadurch merkte er, dass es eine richtige Entscheidung gewesen war, die Sache mit Aurora sein zu lassen.

Aus der Reise, die er Sekunden nachdem er das Gespräch mit Aurora beendet hatte, gebucht hatte, war ein Langzeiturlaub geworden. Er und Michelle waren einfach nach Spanien abgehauen. Gott sei Dank hatte sie Sommerferien, denn er war nicht einmal versucht gewesen zurückzukehren. Das hieß nicht, dass er seine letzte Unterhaltung mit Aurora nicht wieder und wieder im Kopf durchgespielt hätte. Er überlegte, ob er irgend etwas hätte anders machen sollen. Doch wenn er ihr mehr Zeit gegeben hätte, ihr zugehört hätte, dann wäre es einfach eine lange, furchtbare Unterhaltung geworden, an deren Ende er ein Wrack gewesen wäre. Niemals. Er hatte auf lange Sicht das Richtige getan. Schnell und schmerzhaft war besser als lang und schmerzhaft.

„Kommst du auch rein, Coco?", rief Michelle. Ihre Beine baumelten vom Rand einer riesigen aufblasbaren Palme. Das Positive an dem Ganzen war, dass Dante und Michelle sich so nahe waren wie nie. Er korrigierte die Menschen nicht mehr, wenn sie ihn für ihren Vater hielten. Und Michelle merkte es entweder nicht, oder es war ihr egal.

Er hoffte nur, dass Aurora erst einmal nicht von Aurora anfangen würde.

Er hatte den Fehler gemacht, ihr ehrlich zu sagen, wie er Schluss gemacht hatte. Michelle war überrascht und außer sich.

„Du hast es einfach so im Raum stehen lassen?!", hatte sie ihn angebrüllt, ihre Hände in die Hüfte gestemmt, ihr Haar war ganz zerzaust gewesen. „Es gibt so viele Möglichkeiten, dass du etwas missverstanden haben könntest, Dante! Du hättest deutlicher sein sollen!"

Doch er gab nicht nach. Er würde nicht zulassen, dass er Michelles wegen seine Meinung änderte. Er wusste, was er gesehen hatte.

Er wünschte sich bloß, er würde etwas schneller darüber hinwegkommen. Es gab Tage, wenn er so mit

Michelle durch alte spanische Dörfer wanderte oder aufs Meer hinausschaute, wenn sie schlief, da hatte er das Gefühl, dass er endlich über Aurora hinwegkam. Doch dann musste er feststellen, dass er nachts an sie dachte, und es traf ihn erneut wie ein Hurrikan.

Er war *nicht* dabei, über sie hinweg zu kommen. Er wünschte, er hätte sie dafür hassen können, doch ganz egal was er tat, sein dummes Herz liebte sie einfach weiter. Es wäre so viel einfacher, wenn er nur verbittert und wütend hätte sein können. Doch er konnte nichts anders, als ihr nur Gutes zu wünschen.

Dante stellte seine Wasserflasche beiseite und machte eine Arschbombe in den Pool, um Michelle aufzuheitern.

An jenem Abend entschieden sie, in die Stadt zu gehen, zu sehen, ob sie irgendwo Fisch oder Meeresfrüchte essen konnten. Michelle ging neben ihm her. Sie trug Jeansshorts und ein Oberteil, das sie sich in Barcelona gekauft hatte. Es sah überraschend nach Mädchen aus. Gar nicht ihr üblicher Stil. Das Top war rot und fließend, und darauf waren spiralförmig kleine Punkte und Sterne zu sehen.

Dante sah eine Sekunde zu wie sie ging und stellte überrascht fest, dass sie sogar ihr Haar gebürstet hatte, bevor sie das Hotel verlassen hatten. Sie war fast elf. In einem Monat hatte sie Geburtstag.

Bald würde sie ein Teenager sein. Sich fürs Daten verabreden und Make-up und Gott weiß was. Der Gedanke zog ihm den Magen zusammen. Dante hatte den Eindruck, dass er wohl viel Zeit damit verbringen würde, nach

Erziehungstipps zu googeln.

Er dachte daran, wie natürlich Aurora mit Michelle umgegangen war. Wie sie Michelle dabei geholfen hatte, ihre Taschen für die Übernachtungsparty zu packen. Wie sie in der Notaufnahme neben ihnen gestanden und beide beruhigt hatte, ihnen Kraft gegeben hatte.

Der Gedanke war wie ein vergifteter Pfeil in seinem Herzen. Aurora würde nie wieder diese Person für Michelle sein. Sie würde niemals Dantes Partnerin bei ihrer Erziehung sein.

„Dante?", fragte Michelle und zog ihre Fingerspitze an den Ziegeln der alten Gebäude entlang, zwischen denen sie entlang schlenderten.

„Ja?"

„Wäre es in Ordnung, wenn ich Aurora anrief?"

Das kam völlig unerwartet. Es war beinahe als hätte sie seine Gedanken gelesen. Warum dachte sie jetzt gerade an Aurora?

Michelle sah ihn an und sagte rasch: „Ich habe mich gar nicht von ihr verabschieden können. Und ich habe sie richtig gemocht. Ich wollte mich bloß verabschieden."

Dante fühlte sich wie der letzte Idiot. Warum hatte er nicht daran gedacht? Michelle und Aurora waren einander nahe gestanden. Wirklich nahe. Natürlich würde Michelle noch einmal mit ihr sprechen wollen.

„Ich wollte dich nicht von ihr fernhalten. Wenn du sie anrufen möchtest, kannst du das natürlich. Es tut mir leid. Ich hätte daran denken sollen."

„Ist schon okay", sagte Michelle und streckte den

Hals, um einigen Kids hinterherzusehen, die zum Strand liefen. Dann sah sie nervös zu Dante auf. „Das, ähm, ist nicht der einzige Grund, weswegen ich mit ihr sprechen möchte."

Er hob eine Braue und bedeutete ihr weiterzureden.

Michelle atmete tief ein. „Ich möchte ihr sagen, dass ich sie lieb habe. Dass sie mir eher wie Familie vorkam, nicht wie eine Freundin."

Dante schwieg, während sie weitergingen.

„Sag doch etwas", drängte sie ihn.

„Ich weiß nicht, was ich sagen soll, Michelle. Ich möchte es dir nicht verbieten, aber ich habe Angst, dass du denkst, das könnte etwas zwischen Aurora und mir ändern. Die Sache ist wirklich kompliziert, wir können nicht zusammen sein. Das weißt du."

„Ich weiß", sagte Michelle und nahm Dantes Hand. „Ich möchte ihr das nicht sagen, weil ich denke, das könnte irgend etwas ändern. Ich möchte ihr das sagen, weil es stimmt. Und es fühlt sich an wie lügen, wenn ich es ihr nicht sage. Es fühlt sich schlecht an. Hier drin." Sie klopfte sich auf die Brust und schaute zu ihm hinauf. „Weißt du, was ich meine?"

Dante strich sich mit einer Hand über sein frisch geschnittenes Haar. Einfach so hatte seine geniale kleine Schwester etwas beleuchtet, das er seit zwei Monaten hatte im Dunkeln halten wollen. Er und Aurora waren am Ende, doch seine Gefühle für sie nicht. Und er hatte ihr nie gesagt, wie er empfand. Nicht einmal. Und so sehr es auch weh tat, Aurora zu verlieren, er hatte den Verdacht, dass es sich noch schlimmer anfühlen würde, zu wissen, dass er es sich zu einfach gemacht hatte. Er hatte das getan, um sich selbst zu schützen. Er hatte gedacht, dass, wenn er die Sache schnell beendete, wenn er erst gar nicht darauf hörte, was sie zu sagen hatte, oder aussprach, was er gerne gesagt hätte, das das Beste wäre. Doch zwei Monate später blutete die Wunde weiterhin.

Er hatte sie gehen lassen, ohne auszudrücken, was er für sie empfand.

Vielleicht, aber nur vielleicht, musste er das in Angriff nehmen.

* * *

„Es reicht, Manman!", knurrte Aurora und zog ihr Gesicht aus der Reichweite des Puderpinsels ihrer Mutter, den sie über ihre Lider zog. Aus irgendeinem Grund versuchte Cedalie seit mehr als einer Stunde, Aurora noch mehr für die Von-Willebrandt Wohltätigkeitsveranstaltung herauszuputzen, und das nervte sie bis zum Gehtnichtmehr.

Vielleicht war es die Spätsommerhitze. Vielleicht war es, weil sie sich dick fühlte wie ein Wal. Vielleicht war es, weil sie als einzige allein zu einer Wohltätigkeitsveranstaltung musste, zu der sie eigentlich mit Dante und Michelle hatte gehen wollen. Doch ihre Mutter war nur einen Rougestrich davon entfernt, von ihr ins Meer befördert zu werden.

„Ich möchte doch nur, dass du perfekt aussiehst, mein

Kind", sagte Cedalie zum gefühlt hundertsten Mal. Cedalie wusste, wie schwierig die letzten beiden Monate für Aurora gewesen waren. Die ersten drei Wochen war sie ein Schatten ihrer selbst gewesen. Eines Tages jedoch war ihr ein Licht aufgegangen. Sie hatte Cedalie gesagt, dass sie niemandem hinterher trauern würde. Sie trat in die Fußstapfen ihrer Mutter. Sie würde ein Baby großziehen. Allein. Und sie würde es gut machen, wenn auch nicht furchtlos.

Sie sehnte sich immer noch nach Dante. Und nach Michelle. Und nach dem, was sie für ihr Baby hätte haben können. Doch sie musste ihr Leben leben, eines mit ihrem Baby, und sie würde dieses Leben leben und die beste Mutter sein, die sie sein konnte.

„Warum interessiert dich das so, Mama? Ist doch bloß eine Wohltätigkeitsveranstaltung. Die haben wir dreimal im Jahr, und sonst hat es dich auch nicht interessiert."

„Ich habe ein gutes Gefühl, was den heutigen Abend angeht. Ich glaube, du wirst romantische Aufmerksamkeit bekommen." Cedalie zog den Rest des Reißverschlusses an dem nachtblauen Satinkleid hoch, das ihre Brüste umfasste und sich dann über ihrem sehr schwangeren Bauch ergoss. Das Kleid hatte einen langen Schlitz über einem Bein, das einzige an ihrem Körper, das Aurora nicht walartig vorkam.

Aurora schnaubte und fing an, ihr Haar hochzustecken. „Romantisch? Ich bitte dich. Ich sehe aus, als erwarte ich Drillinge. Kein Mann wird heute Abend irgendwelche Annäherungsversuche starten." Und Dante ist immer noch auf der anderen Seite der Erde in Spanien, zumindest war das ihr letzter Kenntnisstand. Doch das fügte sie nicht laut hinzu.

„Man weiß nie", sagte Cedalie in einem Sing-Sang-Ton und legte eine dünne Kette mit kleinen Amethystkristallen um Auroras Hals.

Aurora warf einen Blick aus dem Fenster und auf das Taxi, das gerade vorgefahren war. „Ja, ich weiß." Sie wandte sich zum Gehen, fühlte sich jedoch schuldig, weil sie sie so angeschnauzt hatte, und drehte sich noch einmal um. „Aber danke für die Mühe!"

Cedalie küsste ihre Tochter auf die Wange, legte eine Hand über ihr Enkelkind und schob Aurora sachte aus der Tür.

Aurora versuchte nicht zu ächzen, als sie an dem Hotel ankamen, in dem der Ball stattfinden sollte. Sie wusste, dass Gio und Rose da sein würden, was merkwürdigerweise mittlerweile ein Trost für sie war. Als ziemlich klar geworden war, dass der Vater des Kindes die Neuigkeit nicht so positiv aufgenommen hatte, hatten sowohl Gio als auch Rose ihr öfter ihre Hilfe angeboten. Sie saß oft noch mit ihnen beim Mittagessen an ihren leergegessenen Tellern zusammen, unterhielt sich mit Rose oder Gio in einem ihrer Büros.

Sie hätte niemals gedacht, dass es je so kommen könnte, und sie genoss ihre neue Freundschaft.

Sie zupfte ihr Kleid zurecht, glättete es und betrat den großen Ballsaal. Der Raum war mit glitzernder Dekoration umgestaltet worden, und reihenweise standen Dinge da, die sie für die stille Auktion bei der Wohltätigkeitsveranstaltung gesammelt hatten. Der Höhepunkt des Abends würde eine Live-Auktion sein, und eines der großzügigsten Dinge war von Gio selbst gekommen – ein Jahr seiner Beratungsdienste.

Sie ging durch den Veranstaltungsraum, ordnete dieses und jenes und begrüßte die ersten eintreffenden Gäste. Sie konnte nicht gegen dieses dumpfe Gefühl an, wenn sie an Michelle dachte. Sie hatte das alles auf die Beine gestellt, um dem kleinen Mädchen Mut zu machen. Wollte ihr Hoffnung auf eine strahlendere Zukunft geben.

Aurora seufzte. Sie hatte wirklich gehofft, diesen Abend mit ihr teilen zu können. Doch Gio zufolge, der immer noch nicht wusste, dass Dante der Vater war, hatten er und Michelle die Stadt vor zwei Monaten für eine ausgiebigere Sommerreise verlassen. Sie fuhren in Spanien von einer Villa zur nächsten.

Aurora war auf verrückte Weise eifersüchtig auf Spanien gewesen, weil es mit beiden zusammen sein konnte.

Bah. Sie war es so leid, traurig zu sein. Nicht zum ersten Mal hoffte Aurora, dass diese Art von Gefühlen keine Auswirkungen auf ihr Baby haben würden. Denn wenn doch, dann würde sie ein melancholisches Kind großziehen müssen.

Einige Minuten später fing die Band an zu spielen. Die Party kam in vollen Gang, und Aurora setzte das beste Lächeln auf, das sie hinbekam.

MIT DEM VATER DES BABYS IM BETT

* * *

Dante war unleidlich, müde, hungrig und durstig. Er hatte in vier Flugzeugen gesessen, einem Zug und zwei Taxen in den letzten 24 Stunden. Nach zwei Monaten in Sandalen und Shorts fühlte sein Anzug sich wie ein Gefängnisoverall an, und irgendwie wollte jeder, der ihm begegnete, fünfhundert Dinge sagen, die ihn kein bisschen interessierten.

Als er und Michelle aus dem Flugzeug gestiegen waren, hatte Dante als erstes Aurora anrufen wollen. Doch Cedalie war an ihr Handy gegangen.

„Du bist ein sturer Bock, Dante Callaghan", hatte sie gesagt.

Dante hatte die Augen verdreht, seine Zirbeldrüse massiert und sich dann vergebens gefragt, ob Cedalie genug hellsehen konnte, um zu wissen, dass er genau das getan hatte. „Ich muss aber wirklich mit ihr sprechen, Cedalie."

„Ja, das musst du."

„Kannst du sie an den Apparat holen?" Er versuchte aus einer ganz, ganz tief liegenden Quelle, von der er hoffte, sie überhaupt zu besitzen, Geduld aufzubringen.

„Sie hat heute Abend ihr Handy bei mir vergessen. Aber du kannst sie bei der Gala treffen, was du tun wirst, wenn du so ungeduldig bist, und das bist du."

„Stimmt. Was für eine Gala?"

„Die Von-Willebrandt Spendenaktion, die sie organisiert hat? Im Ballsaal des Hilton."

Dante fühlte sich als hätte er gerade einen Schlag ins Gesicht bekommen. Natürlich hatte sie diese Wohltätigkeitsveranstaltung auch weiterhin organisiert. Da sie solch ein guter Mensch mit solch einem guten Herzen war.

„Stimmt", sagte er wieder und legte auf.

Er war kurz zu Hause reingesprungen, um sich ein Kleid für Michelle und einen Smoking für sich zu schnappen.

Und jetzt watete er durch die reiche Klientel dieser Wohltätigkeitsveranstaltung und suchte verzweifelt nach Aurora. Michelle war in der Minute, in der sie hineingekommen waren, ans Buffet verschwunden, was für ihn in Ordnung war. Er legte keinen Wert auf Publikum in dem emotional aufwühlenden Moment, der ihm sicherlich bevorstand.

Erneut warf Dante einen Blick über die Menge. Obwohl er Aurora nicht sah, zog etwas anderes seinen Blick an.

Giovanni Esposito zog eine kleine Rothaarige in einen rückwärtigen Gang und drückte sie gegen die Wand.

Was. Zum. Teufel.

Dante sah rot. Gio fickte immer noch Rose, während er und Aurora zusammen waren? Oder, noch schlimmer, hatte Aurora etwa zugestimmt, sein Seitensprung zu sein?

Dante drängte sich durch die Menge, und es kümmerte ihn einen feuchten Kehricht, wessen Champagner er auf seinem direkten Weg zu Gio verschüttete.

Rose verschwand gerade hinter einer Toilettentür, als Dante um die Ecke kam. Er stand einem arrogant grinsenden Gio von Angesicht zu Angesicht.

Ohne zu zögern schlug Dante Gio geradewegs in sein dummes, gutaussehendes Gesicht.

„Himmel, Dante!" Gio beugte sich vor, überprüfte, ob seine Lippe blutete, und richtete sich wieder auf. „Was zum Teufel ist denn mit dir los?"

Dante vibrierte, da er seinen Zorn kaum bändigen konnte. „Ich kann verdammt noch mal nicht begreifen, dass du Aurora das antust." Er deutete abfällig auf die Tür, hinter der Rose gerade verschwunden war.

Gio sah der Geste hinterher, offensichtlich vollkommen durcheinander. „Bitte?"

„In aller Öffentlichkeit machst du quasi vor Auroras Augen mit Rose herum? Siehst du denn nicht, dass sie jemand ist? Dass sie verdammt noch mal der beste Jemand ist? Ihr Herz ist so groß wie das Universum, und sie wirkt ruhig und cool, als könnte sie alles bewältigen, aber sie ist auch zerbrechlich. Und du kannst sie nicht so behandeln. Wie etwas, das man wegwerfen kann." Dante hatte Gio mit dem Rücken gegen die Wand des Gangs gedrückt. Jedes Wort brach wie mit einem Messer aus ihm hervor.

„Ich weiß das alles, was du mir da sagst, du Arschloch. Und trotzdem weiß ich nicht, was es mit Aurora zu tun hat, wenn ich meine Frau bei einer Party küsse." Gio schob Dante beiseite. „Oder was es mit deinem dummen Arsch zu tun hat."

Dante blinzelte Gio an. „Du willst mir allen Ernstes

weismachen, dass du nicht nebenher etwas mit Aurora am Laufen hast? Dass du sie nicht hinhältst?"

Gio fiel die Kinnlade hinunter. „Was. Zum. Teufel."

Dante zog die Brauen zusammen. Diese Reaktion hatte wirklich wie echt überrascht gewirkt.

„Ich habe niemals etwas mit Aurora LeMonde gehabt und werde es auch nie. Sie ist eine gute Freundin und Geschäftspartnerin. Und ich liebe meine Frau, du Hurensohn."

Dante trat einen Schritt zurück. Verwirrt und wütend. „Aber ich habe euch doch gesehen."

„Du hast was gesehen?"

Plötzlich sah Dantes Beweis furchtbar klein aus. Verwirrend klein. „Ich habe vor ein paar Monaten gesehen, wie du sie in ihrem Büro in den Arm genommen hast. Es sah aus, als wenn ihr..."

Seine Stimme versagte.

Gio kniff die Augen zusammen, man sah, dass er sich das Hirn zermarterte. „Dass ich Aurora in ihrem Büro umarmt habe? Ich habe keine Ahnung, wovon du ... *Ach!* Das war der Tag, an dem sie mir von ihrer Schwangerschaft erzählt hat. Ich habe sie getröstet, weil sie nicht wusste, wie der Vater des Kindes reagieren würde."

Dante nahm nicht mehr wahr, ob Gio noch mehr sagte, ob die Welt sich weiter drehte. Er war wie vom Donner gerührt. Grenzenlos und vollkommen fassungslos.

Er spielte die letzten paar Monate in Zeitlupe und Zeitraffer in seinem Kopf ab. Er fühlte sich, als wäre sein

Leben ein Kreisel, den jemand gerade beiseite geworfen hatte.

Gio las es in Dantes Gesicht und trat einen Schritt zurück, auch er ein wenig fassungslos. „Du?"

Dann wiederum ging Gio einen Schritt vor, diesmal war er Auroras wegen außer sich. „Du bist das Arschloch, das sie mit nicht mehr als einem ‚Viel Glück' sitzen gelassen hat?"

Dante strich sich mit einer Hand über das Gesicht und wünschte sich, sein Blut würde endlich wieder pulsieren, damit er einen *Gedanken* fassen konnte.

„Konnte man es sehen?"

„Was?"

„An jenem Tag in ihrem Büro, hat man es ihr da angesehen? Wenn ich hineingekommen wäre und du nicht ihren Bauch verdeckt hättest, hätte ich sehen können, dass sie schwanger ist?"

„Ja, so habe ich es ja überhaupt erst erfahren."

„Oh Gott. Ich habe es nicht gesehen. Ich habe es nicht gewusst." Dante ging in die Hocke und fuhr sich mit den Händen durchs Haar. Er brauchte Luft. Er sah zu Gio auf, entsetzt über das, was er getan hatte. „Sie sprach von ‚es'. Sie sagte ‚unser Leben'."

„Bitte?"

„Ich dachte, ihr beide wärt zusammen. Dass sie mich deinetwegen verlassen wollte. Sie sprach von ‚es', und ich dachte, sie spräche von dir und ihr. Doch sie meinte das Baby. Sie dachte, ich wüsste, dass sie schwanger ist und sie fallen ließe. FUCK!"

Gio reichte Dante seine Hand und zog ihn wieder auf die Füße. „Okay, Mann, das ist wirklich schlecht. Gott, verdammt schlecht. Doch du musst sie finden und es ihr erklären. Der allererste Schritt. Erkläre es einfach. Okay?"

Dante löste sich bereits von seinen Händen und lief zurück zur Party. Seine Augen wie wild, sein Herz raste.

Als er sie in einer Ecke des Ballsaals stehen sah, wie sie an ihrem Eiswasser nippte und höflich auf etwas hin nickte, das George Mills Junior von sich gegeben hatte, blieb Dante abrupt stehen.

Zunächst war es ihr Gesicht, das ihn innehalten ließ. Ihr kostbares, umwerfendes Gesicht mit seinen scharfen Linien und den großen Augen. Durch die Schwangerschaft war sie nur ein wenig weicher geworden, aber nicht weniger schön. Dann wanderten seine Augen hinab. Zu der Wölbung ihrer Brüste. Und dann noch weiter hinab zu ihrem gerundeten Bauch. Prall von einem Kind. Seinem Kind.

Dante konnte nicht atmen. Er wünschte, er hätte sagen können, dass es wegen ihrer Schönheit war, deswegen, weil er so glücklich war, diesen nächsten Schritt mit ihr gehen zu können. Doch da war auch eine gehörige Portion Angst. Ein Kind. Sein Kind. Heilige Scheiße. Dante machte einen Abstecher zur Bar, bestellte mit einer Geste ein Glas Whiskey und kippte ihn schnell hinunter. Er sah sich im Raum um, entdeckte Michelle, die mit Rose am Buffet sprach, dann blickte er zurück zu Aurora.

Er wappnete sich. Es gab nichts weiter zu tun als ein Mann zu sein, zu ihr zu gehen und mit ihr zu sprechen.

* * *

„Deswegen habe ich ihm gesagt, dass das ein definitives ‚Nein' ist. Wenn er mit meinem Geld herumspielen will, dann werde ich es einfach woanders hin bringen", sagte George Junior und schnaubte mit einer Bewegung in seinen Drink, wie er es bei seinem Vater schon mehrfach beobachtet hatte. Es hatte nicht ganz den gleichen Effekt.

Aurora versuchte angestrengt, nicht zu gähnen, doch sie war sich nicht sicher, ob sie noch ein weiteres Wort von George Junior ertragen konnte, ohne vor Langeweile ohnmächtig zu werden. Der Mann tat offensichtlich sein Bestes, sie mit seinem neuen Geschäftssinn zu beeindrucken. Er hatte das Gespräch begonnen und dabei klebte sein Blick auf ihrem Bauch. Von da an hatte er ohne Pause davon geredet, wie verantwortungsvoll, kompetent und zuverlässig er war. Aurora rührte es ein wenig, dass George Junior immer noch an ihr interessiert war, selbst mit Baby an Board. Doch sie war zugleich auch lachhaft genervt, dass die ‚Romanze', von der ihre Mutter behauptet hatte, sie warte auf sie, im Moment hinab auf ihr Kleid starrte.

Aurora räusperte sich betont, und George Junior lief rot an, bis hin zu der glänzenden kahlen Stelle an seinem Kopf.

Er atmete tief ein. „Weißt du, Aurora, ich bin ein sehr reicher Mann."

Sie hob eine Braue.

„Bei mir müsstest du nie wieder arbeiten", baggerte er

weiter.

Aurora bewegte sich auf ihren Füßen, die sie wirklich langsam umbrachten. Sie dankte Gott, dass Gio Richtung Bühne lief. Sobald er seine Consulting-Dienste versteigert hatte, würde der Abend so ziemlich vorbei sein, dann könnte sie endlich hier abhauen und ihre Nase ins Kopfkissen drücken. Nein, Moment, dachte sie und sah auf ihren großen Bauch hinab ... Sie könnte dann ihre Wange ins Kopfkissen drücken. Dann drangen George Juniors Worte zu ihr durch. Dieser Typ war wirklich ein Klassenclown. Nein.

„Bieten Sie mir an, für meine Dienste zu zahlen, Mr. Mills?"

George Junior öffnete und schloss seinen Mund wie ein Fisch auf dem Trockenen. „Nicht genau. Ich wollte nur sagen, dass wenn wir ... uns näher kämen, dann könnten Sie auf gewisse Ressourcen zurückgreifen."

Galle stieg in Auroras Kehle hoch, als sie einen entschiedenen Schritt nach hinten machte. Sie stieß gegen eine solide, warme Wand, die ihr auf die vertrauteste, angenehmste Weise eine Hand unten auf den Rücken legte. Ihr Herz blieb stehen.

„Wie oft muss ich Ihnen noch sagen, dass sie sich zum Teufel scheren sollen, bevor Sie sich noch tiefer reinreiten, Junior?" Dantes Stimme ergoss sich über sie.

George Junior kniff die Augen zusammen. „Callaghan. Ich dachte, Sie haben die Stadt verlassen. Haben einfach all ihre geschäftlichen Verpflichtungen in den Wind geschrieben?"

Aurora wollte, dass ihr Herz wieder schlug. Sie wollte sich umdrehen und nachsehen, ob er wirklich da war. Doch nichts geschah. Ihr Körper war an Ort und Stelle erstarrt.

„Nun, jetzt bin ich wieder da. Und ich wäre Ihnen sehr dankbar, wenn Sie nicht weiter an Ms. LeMondes Kleid hinabstarren würden."

George Junior ballte seine Fäuste und schob sie in die Taschen seines Jacketts. „Sie sind solch ein verdammtes Arschloch, Callaghan. Und Sie haben hiermit einen wichtigen Klienten verloren." Er drehte sich um und marschierte in die Menge.

„Trotz seines plötzlichen Interesses für das Geschäft seines Vaters merkt er nicht einmal, dass er noch nie dein Klient war", sinnierte Aurora, ihr Gehirn versuchte, sich an jedes gerade mögliche Detail zu klammern. Denn Dante war auf einmal da, stand vor ihr. Tiefblaue Augen und kurzes Haar. Er war leicht gebräunt und trug einen kurzen Vollbart. Gott, er sah so gut aus, sie hätte ihn am liebsten verschlungen.

Doch seine Augen waren voller Schmerzen, entsetzt, verzweifelt.

Er stand vor ihr und packte sie an den Schultern. „Aurora—"

„Du bist zurückgekommen." Sie fühlte sich wie in einem Traum, ihre Worte flossen träge aus ihr hinaus zu ihm.

„Ja. Michelle und ich sind zurück gekommen. Ich muss jetzt mit dir reden. Können wir nach draußen gehen?"

Aurora atmete einmal tief ein. Sie sah alles verschwommen außer seinem Gesicht, das ganz klar und scharf konturiert war, es tat fast weh, ihn anzusehen. Er wollte mit ihr sprechen. Er hatte Dinge zu sagen. Nach zwei Monaten kompletter Funkstille war der Gedanke daran, sich mit ihm zu unterhalten, als hätte sie wochenlang gehungert und setzte sich jetzt vor einen Teller mit einem Filet Mignon.

Eine Nachricht hätte ihr genügt.

Doch hier stand er vor ihr, live und in Farbe.

„Dante", hob sie an und hob ihre Hand an ihr Haar in einer verlorenen, abwesenden Geste. „Ich–"

„Aurora, komm doch bitte zu mir auf die Bühne!" Gios Stimme drang durch den Ballsaal zu ihr. Nur entfernt war ihr bewusst, dass er über das Mikrophon zu der Menge gesprochen hatte, die Von-Willebrandt Krankheit erläuterte und den Leuten für ihre großzügigen Spenden dankte. Er wollte wohl jetzt gleich seine Consulting-Dienste versteigern. Brauchte er sie deshalb auf der Bühne?

Benommen und als watete sie durch hüfttiefes Wasser ließ Aurora Dante stehen und ging zu Gio auf die Bühne.

* * *

Sie ließ ihn stehen. Dantes Atmung beschleunigte sich. Sie ließ ihn einfach stehen. Doch nicht, bevor sie ihn nicht angesehen hätte, als wäre er der verdammte Geist der vergangenen Weihnacht. Überwältigt. Am Ende. Er hatte Aurora nie so hilflos gesehen. Und er konnte ihr keinen Vorwurf machen. Der Daddy ihres Babys taucht einfach so aus dem Nichts auf, und was dachte er, dass sie tun würde? Einen Freudensprung machen?

Er sah zu wie Gio ihr auf die Bühne half. Dante sah zu Michelle hinab, die an seiner Tasche zog.

„Was ist passiert? Hast du es ihr gesagt? Wusstest du, dass sie schwanger ist?"

Dante strich sich mit einer Hand über das Gesicht. „Ich hatte keine Ahnung, dass sie schwanger ist, und nein, ich konnte ihr noch nicht sagen, dass ich sie liebe."

Da ergriff Michelle mit erstaunlicher Kraft für eine Zehnjährige sein Gesicht und zog es zu sich herunter. „Ich schwöre bei Gott, Coco. Du sagst ihr alles bei der ersten Gelegenheit. Alles. Und du solltest besser zusehen, dass du scheißkristallklar bist."

Dante blinzelte sie an, richtete sich auf und starrte Aurora an, die so umwerfend war, dass sein Herz sich zusammenzog. „Verstanden."

Er sah auf Michelle zurück. „Und wir beide unterhalten uns noch über den Gebrauch des Wortes mit Sch-."

„Ja, ja." Sie wedelte mit der Hand durch die Luft. „Du kannst mich später zusammenstauchen."

Dante strengte seine Ohren an und hörte zu, was Gio gerade sagte.

„Miss LeMonde hat nicht nur diesen ganzen Abend organisiert, sondern Miss LeMonde selbst ist auch noch das letzte zu versteigernde Objekt." Flüstern und Jubelrufe waren im Publikum zu hören, während Aurora kreidebleich wurde. Sie zog an Gios Schulter und flüsterte ihm wie wild etwas ins Ohr.

Dantes Kopf begann zu surren.

Gio klopfte auf Auroras Schulter und sprach weiter ins Mikrophon. „Die Esposito Group stellt zur Auktion: Miss LeMondes Consulting-Dienste für ein ganzes Jahr. Als ihr Freund und Geschäftspartner kann ich Ihnen nur sagen, dass niemand cleverer und klarer ist oder härter arbeitet." Er schob Aurora ein Stück nach vorn.

Dante konnte ihr ansehen, wie gerne sie gerade ganz woanders wäre. Und dann sah er, wie ihre Professionalität die Oberhand gewann. Ihr glattes und poliertes Äußeres überdeckte sogleich ihre Unsicherheiten. Eine Hand ruhte automatisch auf ihrem runden Bauch.

Ihr Kind. Sein Kind. Ihrer beide Kind.

„Das Gebot beginnt bei 5.000 $", hallte Gios Stimme durch den Raum.

* * *

Aurora stöhnte innerlich, als George Juniors rosa Hand sich an einem Ende des Saals hob. Oh, Gott. Dann würde der Traum dieses Perverslings wahr werden. Er konnte sie mit seinem Geld tatsächlich kaufen.

„Einhunderttausend Dollar", sagte eine tiefe, vertraute Stimme.

Aurora hatte nichts im Mund, das sie hätte schlucken

können, außer Luft, doch sie schluckte. Dante marschierte durch das Meer von murmelnden, wispernden Leuten. Seine Augen brannten sich in ihre wie heiße Kohlen. Sie rührte sich nicht vom Fleck, ihr Mund stand einfach nur offen.

„Ja. Gut. Das reicht dann wohl, denke ich. Ich danke Mr. Callaghan, und, bitte, genießen Sie den Rest des Abends." Gio, der grinste wie die Grinsekatze, schaltete das Mikrophon in dem Moment aus, als Dante auf die Bühne sprang.

„Dante, du kannst doch nicht – Bist du verrückt? Das ist zu viel!"

„Aurora", sagte Dante und ergriff ihre eiskalten Hände. „Ich habe das verdammte Geld, es geht in die Erforschung der Krankheit, an der meine Schwester leidet, und es holt dich von diesem gottverdammten Auktionsblock herunter. Du spinnst, wenn du meinst, dass du mir das ausreden kannst."

Damit schob er einen Arm unter ihre Knie und hob sie hoch als hätte sie nicht zehn Kilo in den letzten beiden Monaten zugelegt.

Dante wandte sich an Gio, der immer noch grinste. „Und du glaube ja nicht, ich wüsste nicht, was du vorhattest, indem du ihre Dienste anstatt deiner eigenen zur Auktion gestellt hast."

Gio zuckte die Schultern und deutete auf seine schwellende Lippe. „Jetzt sind wir quitt."

Dante grunzte und ging von der Bühne hinter den purpurfarbenen Vorhang. Er setzte Aurora auf einen

Klappstuhl und ging gleich vor ihr auf die Knie. Die strahlenden Lichter des Ballsaals drangen durch die Risse in den Vorhängen und malten Muster auf beide Gesichter.

„Ich habe ganz viel zu sagen, und Michelle meint, ich solle scheißkristallklar sein, also sag du gar nichts und lass einfach mich reden, okay?"

Aurora, deren Herz immer noch raste, nickte kaum merklich.

„Ich wusste bis vor zehn Minuten nicht, dass du schwanger bist."

Aurora zog die Brauen zusammen, ihr Mund öffnete sich, und sie holte schon Luft, um etwas zu sagen. Dante legte ihr einfach eine Hand auf den Mund und verkniff sich die Hitze, die ihn durchströmte, als er ihre Lippen an seiner Handfläche spürte.

„Weißt du, was es war, das ich an jenem Tag gesehen habe? Wie du Gio umarmtest. Ich habe die Tür zu deinem Büro geöffnet und sah dich eng an ihn geschmiegt. Ich - ich wusste ja, dass du ihn liebtest, dass du mich nur benutzt hast, um ihn zu vergessen, und eine Zeitlang war das in Ordnung, aber..."

Er stand auf und ging vor ihr auf und ab.

„Aber als ich euch beide dann so sah ... die Liebe, die dein ganzes Gesicht ausstrahlte, Liebe, die ich für mich wollte, es hat mich beinahe zerstört. Also habe ich die Sache beendet. Ich habe sie schnell beendet. Und das habe ich, ohne dir zu sagen, was ich für dich empfinde."

Wieder ging er vor ihr auf die Knie. „Es hat mich umgebracht, Aurora. Du hast ,es' gesagt, du sagtest ,unser

Leben' am Telefon, und ich dachte, du sprichst von dir und Gio als Paar. Doch eben, als ich hierher kam, habe ich Gio zur Rede gestellt. Er sagte mir, dass man es dir an jenem Tag bereits angesehen hat, aber ich konnte deinen Bauch überhaupt nicht sehen. Ich wusste es nicht."

„Wenn du es nicht wusstest, warum bist du dann hier?"

Er nahm ihr Gesicht in beide Hände. „Weil ich dich liebe. Ich liebe dich so sehr. So sehr, dass ich, obwohl ich dachte, du wärst nun mit Gio zusammen, der Liebe *deines* Lebens, ich es dir trotzdem wenigstens sagen musste. Ich konnte nicht weiterleben, ohne es dir gesagt zu haben. Und dann komme ich hier rein, laufe gleich in Gio und da lässt er die Bombe platzen. Dass du schwanger bist. Und ich weiß, dass es meins ist. Vielleicht färbt deine Hexenmama auf mich ab, aber ich kann dich jetzt direkt ansehen und ich *fühle* dieses Baby da drin. Das Baby ist meins. Doch selbst wenn es Gios wäre, wäre es mir egal. Es wäre mir egal, wenn es von George Junior wäre. Ich liebe dich, Aurora. Ich liebe dich so sehr. Ich will euch beide. Dich und das Baby."

Aurora saß vollkommen unbewegt da. Er sah, wie ihre professionelle Maske unter der Hitze ihrer leidenschaftlichen Seite einfach schmolz. Er beobachtete fasziniert und erleichtert, wie sie aufstand und sich vor ihn stellte, ihr Feuer blühte in ihrem ganzen Gesicht auf.

„Du sagst also, du willst zu dem Leben des Babys gehören? Einfach so? Plötzlich bist du bereit, ein Vater zu sein?"

„Nein, nicht einfach so." Auch er erhob sich, sein Temperament ließ ihn wieder auf und ab gehen. „Es sind die vier Jahre, die Michelle nun schon bei mir ist. Ich habe mich langsam an den Gedanken, ein Vater zu sein, gewöhnt. Dazu musste ich dich erst verlieren und feststellen, dass ich ohne dich leben *könnte.* Michelles wegen. Ob mit gebrochenem Herzen oder nicht, ich musste einen Weg finden, weiter zu machen, obwohl ich nie wieder ganz sein würde. Und, ich weiß ja nicht, aber ich denke, das macht mich zu einem Vater. Und ich werde Fehler machen, Aurora. Ich weiß das. Aber ich werde da sein." Er ging zu ihr. „Bitte, lass mich da sein."

Sie starrte ihn an, die Energie knisterte zwischen ihnen beiden. „Ich würde dich niemals von dem Baby fernhalten, Dante. Selbst als ich dachte, du hättest mich wegen der Schwangerschaft verlassen, hätte ich das nicht tun können. Erinnerst du dich noch an das letzte, das ich dir sagte?"

„Dass du mich niemals aus eurem Leben ausschließen würdest."

Sie nickte. „Wenn du das Baby möchtest, dann finden wir einen Weg. Wir werden es gemeinsam hinkriegen."

„Ich möchte das Baby. Egal was kommt, das wird sich nie ändern. Aber, Aurora, ich muss es noch einmal ganz klar sagen. Ich möchte auch dich. Du liebst Michelle, das konnte ich von Anfang an sehen. Das wird also kein Problem sein. Und du bist gerne mit mir zusammen. Ich werde alles in meiner Machte Stehende tun, damit das reicht. Selbst wenn du immer Gio lieben wirst, ich werde versuchen, dich glücklich zu machen–"

Aurora brach in ein kleines, hysterisches Lachen aus und legte sich rasch eine Hand über den Mund. „Damit das reicht." Sie packte Dante bei den Schultern und schüttelte ihn fest. „Ich habe doch an dich gedacht, du Dummkopf."

„Was?", fragte er.

„An jenem Tag in meinem Büro fragte Gio mich, ob der Vater das mit dem Kind verstehen würde. Ich habe *ihn* umarmt, aber ich habe an dich gedacht. Ich habe daran gedacht, wie sehr ich hoffte, du würdest mich immer noch wollen, wenn du wüsstest, dass ich schwanger bin."

Dantes Mund öffnete und schloss sich. Er runzelte die Stirn.

Aurora fuhr fort. „Ich bin im sechsten Monat, Dante. Das heißt–"

„Ich habe das in jener ersten Nacht gezeugt. Nach der Gala."

„Wahrscheinlich über der Kühlerhaube deines Autos." Ironisch hob sie eine Braue. „Ich habe nicht an Gio gedacht, als ich in jener Nacht mit dir geschlafen habe. Du hast jeden meiner Gedanken erfüllt. Und danach war ich noch traurig wegen Gio, fühlte mich einsam und zurückgewiesen. Doch ich konnte nicht aufhören, an dich zu denken. Besonders bei all diesen verflixten Blumen."

Er lächelte.

„Dann stellte ich fest, dass ich schwanger war. Ich war spitz wie Nachbars Lumpi und verwirrt und traurig, und ich wollte dich so sehr. Und dann warst du da, hast dich mir angeboten, ohne Verpflichtungen, und ich ergriff meine Chance." Sie atmete tief ein und ließ einen ihrer Daumen einen kleinen Kreis über seiner Halsschlagader kreisen. „Ich fing an, mit dir zu schlafen. Doch niemals aus dem Grund, den du vermutet hast."

„Du hast mich nicht benutzt, um über Gio hinwegzukommen?"

Sie schüttelte den Kopf. „Ganz ehrlich, ich glaube, nach dieser Nacht in deinem Eingangsbereich habe ich keinen Gedanken mehr an Gio verschwendet."

Eine Sonne ging in Dantes Brust auf, doch er drückte sie weg. Er musste den Rest wissen. „Und du hast nicht an ihn gedacht, wenn ich dich berührt habe?"

Jetzt legte Aurora ihren Kopf in den Nacken und lachte, lachte wirklich. Dante war sich nicht sicher, wie er das aufnehmen sollte. Er war zwischen schmollen und lachen hin- und hergerissen.

„Dante, ich habe es dir schon einmal gesagt, und ich werde es dir noch einmal sagen. Du saugst allen Sauerstoff aus einem Raum. Du bist so unleugbar du. Man kann absolut nicht leugnen, dass du du bist." Sie fuhr mit ihren Fingern über seinen Mund, seine Nase. „Dein Duft, deine Stimme, deine Gegenwart, es spricht mich an, Dante. Es gab nur dich für mich, Dante. Und als ich feststellte, dass ich dich liebe ... Ich hätte es dir früher sagen sollen. Von meiner Liebe und dem Baby. Und es tut mir jetzt so leid, dass ich es nicht getan habe. Aber es tut mir nicht leid, dass du da bist. Und es tut mir nicht leid, dass wir eine zweite Chance haben."

Dante hatte den Schatten gar nicht bemerkt, der noch

über ihm gehangen hatte, nicht, bis er merkte, dass er sich hob. Nicht bis er die Sonne aufgehen spürte. Er fühlte, wie es in ihm explodierte. Dante kniete noch vor ihr und ließ seine Stirn fallen und auf ihrem gerundeten Bauch liegen. Und er spürte etwas Echtes, etwas Elektrisches und Starkes, das durch ihn surrte.

Überrascht hob er seinen Kopf und blinzelte Aurora an.

„Hast du das auch gespürt?", fragte sie und strich mit einer Hand über ihren Bauch.

Er nickte und legte vorsichtig seine Hand auf ihre.

Er spürte es wieder. Eine Energiewelle, die so stark war, dass sie die Haare an seinem Arm sich aufstellen ließ.

„Was ist das?", fragte er.

„Liebe."

Dante stand auf. „Nur um es noch einmal klar zu stellen. Ich liebe dich. Und du liebst mich."

„Japp."

„Und wir bekommen ein Baby."

„Japp."

„Und du wirst mich jetzt wie verrückt daten, um zu sehen wie es weiter geht."

Auroras Augen wurden ganz groß und füllten sich mit Tränen. Er wischte sie fort, als sie über ihre gerundeten goldenen Wangen kullerten. Dann beugte er sich vor und drückte seine Lippen auf ihre. Ihr voller Mund schmolz gegen seinen, und er spürte das Zischen, das er immer spürte, wenn sie in seiner Nähe war. Die Hitze und die Wärme.

Das Feuer, das Aurora war.

Sie löste sich, blinzelte die Tränen aus ihren Augen und atmete einmal tief ein. „Japp."

EPILOG

Ein Jahr später

Aurora warf einen Blick aus dem Küchenfenster auf die hintere Veranda, während sie einige Tomaten unter fließendem Wasser wusch. Das, was sie da sah, ließ sie lächeln.

Michelle hörte genau zu, als Cedalie, die auf den Verandastufen direkt unter ihr saß, eine Tarotkarte hochhielt. Man musste wohl kaum betonen, dass Michelle und Cedalie gut miteinander auskamen. Michelle hielt ihren kleinen Bruder auf ihrem Schoß, Dante „Cal" Callaghan Jr., Auroras süßen kleinen Bruder, der die blauen Augen seines Daddys hatte.

Aurora war ungefähr zwei Sekunden nach der Auktion bei Dante eingezogen. Seitdem hatte Dante sich jede Sekunde um sie und ihr Baby gekümmert. Als Cal geboren worden war, war er nachts genauso oft aufgestanden wie sie. Er erfreute sich an jeder Spuckeblase, die Cal produzierte, wie sie es tat. Und Gott allein wusste, dass er dieses Baby so sehr liebte wie sie es tat.

Aurora schüttelte den Kopf, überwältigt von ihrem Glück.

„Spionierst du den beiden hinterher?", fragte Dante, als er hinter sie trat und seine Arme um ihre Taille schlang. Auch er schaute aus dem Fenster und schmunzelte, als Cedalie eine weitere Tarotkarte zog. „Wenn wir nicht aufpassen, haben wir demnächst zwei Wahrsagerinnen am Hals."

„Drei", korrigierte Aurora. „Hast du gesehen, wie Cal meine Mutter ansieht, wenn sie spricht?"

„Oh Gott." Dante ächzte. „Ich bin unterlegen."

„Das magst du doch."

„Oh ja", murmelte er gegen die weiche Haut ihres Halses. „Das tue ich."

Aurora ließ sie seine Liebe durchströmen. „Dante", sagte sie und drehte sich in seinen Armen um. Es gefiel ihr, wie er sie gegen die Spüle drückte.

„Hmmm?" Er schmiegte sich an die Haut direkt unter ihrem Ohr.

„Ich möchte dich nicht mehr daten."

Er erstarrte.

„Ich möchte mit dir verheiratet sein."

Sein Kopf ruckte nach oben, und seine Augen brannten in ihre, pure Überraschung war in jeder Linie seines Gesichts zu sehen.

„Möchtest du mich heiraten?", fragte sie.

Dantes Augen weiteten sich, dann trat er einen Schritt zurück und stieß ein zitterndes Lachen aus.

„Du weißt wirklich, wie man einem Mann den Wind

aus den Segeln nimmt, meine Hübsche."

„Bitte?"

Er ging zu der Schublade unter dem Besteck und holte eine kleine, schwarze Schachtel hervor, die er hochhielt. „Ich wollte dich an diesem Wochenende fragen, doch da du so kribbelig bist und es etwas schneller haben möchtest, schätze ich, kann ich dir das auch ein paar Tage früher geben."

Er ging zurück zu ihr und legte die Box vorsichtig in ihre Hand. Als Aurora sie öffnete, lächelte sie die kleinen Kristalle an, die so perfekt in Gold gefasst waren.

„Deine Mutter hat mir dabei geholfen, die richtigen Steine auszuwählen. Der hier ist für Geduld, der für emotionales Wohlergehen, der für die Leidenschaft und der hier für Kreativität. Sie sagt, sie haben alle gute Magie."

Aurora stellte die Box auf den Küchenschrank und küsste ihn fast zur Besinnungslosigkeit. „Ich nehme die Tatsache, dass du es auf dich genommen hast, mit meiner Mutter Edelsteine einzukaufen, als einen Hinweis dafür, dass du meinen Antrag annimmst?"

„Es ist mein Antrag", korrigierte er. „Sagst *du* ja?"

Sie grinste. „Lass uns uns darauf einigen, dass wir beide ja sagen."

Er küsste sie zart. „Dann ja, meine Liebe. Ja, dazu, dass ich dich heiraten werde. Ja dazu, dass wir den Rest unseres Lebens miteinander verbringen werden. Ja, ja, ja."

„Ja", wiederholte sie, und zwanzig Minuten später in ihrem Bett, zufrieden in dem Wissen, dass ihre Kinder bei ihrer Mutter sicher aufgehoben waren, sagte Aurora weiter ja und träumte von dem Tag, an dem sie bald vor der ganzen Welt stehen würde, um die Worte zu sagen: „Ja, ich will."

* * *

Vielen Dank, dass Sie " **Mit dem Vater des Babys im Bett** " gelesen haben.

Wenn euch dieses Buch gefallen hat, dann solltet ihr auch **Gio's** Geschichte lessen.

Und haben Sie eigentlich schon mit den O'Neill-Brüdern Quinn, Conor, Brady, Riley und Sean Bekanntschaft gemacht?

BÜCHER von VIRNA DEPAUL

KISS TALENTAGENTUR

Band 1: Küss mich für immer (Bastian)
Band 2: Halt den Mund und küss mich (Simon)
Band 3: Küss mich, du sexy Typ (Caleb)

LIEBE AM SPIELFELDRAND

Band 1: Gelbe Karte für die Liebe (Heath)
Band 2: Blaues Blut und tiefe Pässe (Kyle)

HART WIE STAHL-REIHE

Band 1: Harte Zeiten für Schwere Jungs
Band 2: Harte Fälle für Toughe Anwälte
Band 3: Harte Entscheidungen, Sanfte Liebe
Band 4: Harte Jungs - Zwischen Hammer und Amboss
Band 5: Harte Schale, Weicher Kern

DIE SERIE, ROCK'N'ROLL CANDY

Die Rock'n'Roll Candy Serie handelt von einer Gruppe von Freunden, Schauspieler Bad-Boys und sexy Rock Stars Anfang 20, die jeweils der Frau ihrer Träume begegnen.

Band 1: Sexy wie Rock'n'Roll
Band 2: Stark wie Rock'n'Roll
Band 3: Süß wie Rock'n'Roll
Band 4: Crazy wie Rock'n'Roll
Band 5: Wild wie Rock'n'Roll

ÜBER DIE AUTORIN

Virna DePaul ist eine *New York Times* Bestsellerautorin und steht auch auf der Bestselling-Liste von USA Today für erregende, spannungsvolle Erzählliteratur. Ob es um Vampire, eine Spezialeinheit für paranormale Phänomene, heiße Polizisten oder umwerfende identische Zwillingsbrüder geht, ihre fiktiven Geschichten handeln immer von komplexen Individuen, die gewillt sind, auch die unglaublichsten Schwierigkeiten zu überwinden, um der Liebe den Weg zu bahnen.

Um weitere Informationen zu erhalten und den kostenlosen Newsletter zu abonnieren, besuchen Sie mich bitte auf: www.virnadepaul.com

Website: www.virnadepaul.com
Facebook: www.facebook.com/booksthatrock
Twitter: twitter.com/virnadepaul